Knaur
Lemon

Über den Autor:

Malte Roeper, geboren 1962, war schon Tankwart, Bauarbeiter, Testperson bei Arzneimittelversuchen, Fensterputzer, Taxifahrer und Gag-Schreiber bei *RTL-Samstag-Nacht*. Heute arbeitet er als freier Autor und Journalist. Als erster Deutscher kletterte er die Eigernordwand im Alleingang. Ihm gelangen 50 Routen im Montblancgebiet, davon 15 im Winter, sowie die 1. Begehung der Route ›Daheim sterben d' Leut‹ am Nevado Cayesh (in Peru, 5721 Meter) und die 1. Begehung der ›Maria-Callas-Gedächtnisroute‹ an der Droites-Nordwand (Montblancgebiet).
Auch wenn momentan Familie und Beruf im Vordergrund stehen: einmal Bergsteiger – immer Bergsteiger. Bergsteiger sein ist für Malte Roeper ein Bekenntnis. Und darüber schreiben auch.

malte roeper

westwand

roman

Knaur
Lemon

Besuchen Sie uns im Internet:
www.knaur-lemon.de
Sagen Sie uns die Meinung zu diesem Buch:
lemon@droemer-weltbild.de

Originalausgabe 2002

Redaktion: Moritz Volk
Umschlaggestaltung: ZERO Werbeagentur, München
Satz: Ventura Publisher im Verlag
Druck und Bindung: Clausen & Bosse, Leck
Printed in Germany
ISBN 3-426-61534-7

5 4 3 2

Für die großartigen Menschen,
die ich in den Bergen und an den Felsen
kennen lernen durfte

Aber auch: für Dr. Udo Brömme

Furcht gibt es in der Liebe nicht,
sondern die vollkommene Liebe
vertreibt die Furcht.
Denn die Furcht rechnet mit Strafe,
und wer sich fürchtet,
dessen Liebe ist nicht vollendet.

2. Brief des Johannes

In wenigen Monaten sollte ich mein siebzehntes Lebensjahr vollenden; jeden Gedanken an feste Arbeit wies ich mit Verachtung weit von mir.

Jack London, König Alkohol

starten

wie immer: der Bus nach Lima hat zwei Stunden Verspätung. Eine gewisse Form von Pünktlichkeit ist das ja auch. Selber zwei Stunden zu spät kommen, das traut man sich aber nie als Europäer. Alex und Gianluca kommen eine Stunde zu spät und sind da schon stolz drauf. Sie haben sich rasiert, denn es ist ein besonderer Tag: Alex fährt heim.

Der Bus nebenan geht nach Norden ins Hochland. Eine Indio-Frau reicht Käfige mit Hühnern und Enten aufs Dach. Als alles oben ist, hieven ihr Mann und der Beifahrer zwei Schafe hinauf. Die Schafe wehren sich. Am Ende gucken sie stumm von dem Bus herab wie von der Arche Noah. Okay, wir sind noch zusammen, aber wo geht es hin?

Alex und Gianluca holen sich einen *jugo* an einer der bunten Holzbuden. Die Touristen denken alle, dass man stirbt, wenn man das trinkt, denn *jugos* bestehen aus Fruchtsaft, Zucker, Milch und ungekochtem Wasser. Am Anfang traut man sich nicht, so was zu trinken, und das ist einem peinlich. Dann traut man sich stolz, und der Durchfall kommt, und dann ist es doch wieder peinlich. Eine Woche Scheißerei lässt sich schwerlich als Erfolg verbuchen, höchstens als Lernerfolg, aber vorsichtig sein hat ja nun noch nie zu den Lernzielen gehört. Irgendwann kommt kein Durchfall mehr, und dann fühlt man sich gut, wenn andere beim Bestellen zugucken.

»Just for the fucking Matterhorn?«, fragt Gianluca.

»Just for the Matterhorn«, grinst Alex, und sie stoßen mit den Saftgläsern an.

Ein paar Amis fotografieren die Indio-Frauen. Pechschwarze geflochtene Zöpfe und zehn bunte stinkende Röcke übereinander, genau wie im Prospekt: Wir waren in Peru. Vor allem aber beobachten sie ihr Gepäck, das auch auf dem Dach liegt. Alex fängt das Lächeln einer Indio-Frau auf, die auf dem Gehweg sitzt und Pullover verkauft. Sein Herz bekommt einen Stich, aber er wusste ja, dass dieser Stich kommen würde. Also gut, dann werden wir melancholisch.

Luca und er, sie haben es gut gehabt. Sie haben freien Eintritt zu den Discotheken. Sie kennen die Frau am Postlagernd-Schalter, die ihnen immer noch Pullover verkaufen will, wenn sie nach Briefen fragen oder Alex seine Sport-BILD abholt. Sie kennen die Indio-Frauen, die auf dem Gehweg grell gefärbte Pullover verkaufen und Mützen und Schals und Handschuhe. Die Farben kommen von Bayer und von Hoechst, und die Abwässer strömen ungeklärt in den Rio Santa. Alex ratscht mit ihnen über das Wetter und die Touristen, die sie beide brauchen. Wie war es in den Bergen, fragen sie. Wie geht es deinem Mann, fragt er. Heirate meine Tochter, sagt die eine immer wieder, sie ist gesund und kann gut kochen.

Mit ihren einsachtzig sind sie größer als die Peruaner, allein das macht selbstbewusst. In den letzten zwei Jahren war Alex achtmal auf dem Huascarán, dem zweithöchsten Gipfel Südamerikas. 6786 Meter und noch nie was passiert. Er hat einen guten Ruf hier in der Cordillera Blanca. Darauf ist er stolz, weil sich das so ergeben hat, ohne dass er je etwas anderes getan hätte als das, was er für richtig hielt. Die Sonne hat seine Haare gebleicht, er ist jetzt dunkelblond. Seine erste Freundin fand, er sähe ein bisschen aus wie Paul Newman. Wegen der blauen Augen. Die war zwar strohdoof und das Ganze sehr lange her, aber immerhin. Einen Vergleich mit Paul Newman vergisst man nicht. Wer sähe nicht gern aus wie Paul Newman? Das Gesicht hat er zwar nicht von ihm – da hat die sich eben getäuscht –, aber ein bisschen was vom Gesichts*ausdruck*: markant, freundlich, selbstsicher. Nicht ganz so ausgeglichen, vielleicht. Aber das Grinsen.

Besonders athletisch ist er nicht, eher ein Hagerer, Drahtiger. Einer von denen, die nie dick werden. Meistens geht und steht er ein wenig krumm, das liegt daran, dass man vom Klettern sehr starke Rückenmuskeln bekommt, aber nur wenig Muskulatur an der Vorderseite. Und der Muskeltonus zieht den Oberkörper ganz automatisch ein wenig zusammen, wenn man nicht aufpasst. Sobald er es wieder einmal bemerkt, ärgert er sich und richtet sich steil auf.

Er lehnt sich rückwärts an die Mauer und stellt einen Fuß hinten an, betrachtet liebevoll Gianlucas Profil. Luca hat ihm ein paar Sachen erklärt, die manche ihr Leben lang nie begreifen. Erstens: Frauen sind viel interessanter als Klettern. Zweitens: Frauen finden es toll, wenn man klettert. Drittens: Frauen ist es vollkommen gleichgültig, wie schwer man klettert. Nach Toni sein zweitbester Freund. Vielleicht sogar der beste. Darf sich das so schnell ändern, wer der beste Freund ist? So lange sind drei Jahre ja auch wieder nicht.

»Du solltest nach Mexiko gehen, Billy«, empfiehlt ihm einer in *Pat Garett & Billy the Kid*, und Billy reitet los. Aber dann sagt er sich: »Ich komm nicht los von dem verdammten Land«, wendet sein Pferd und bleibt lieber in Texas. Und Alex fährt in Urlaub; München ist für ihn Mexiko, und Peru ist Texas. Das verdammte Land, von dem er nicht loskommt. Die Globalisierung hat die Analogien erreicht, da muss man wissen, wo man steht – also: München ist Mexiko, Peru ist Texas, der Atlantik ist der Rio Grande. Huarás ist Fort Sumner. Warum bin ich eigentlich immer so fröhlich? Wenn es stimmt, dass jedes Mal eine Million Hirnzellen draufgeht, wenn man besoffen ist, dann kommt bei mir ja einiges zusammen. Und da keiner die toten Zellen wegräumt, werden sie verfaulen. Und die Fäulnisgase steigen nach oben wie in einem schlammigen See, in dem man barfuß die Blasen aus dem Schlick holt. Und in den Blasen ist Lachgas drin. Ich bin ein Selbstversorger in Sachen Heiterkeit. Ich bin autark. In meinem Hirn bin ich Biobauer.

Im Straßengraben verdampfen schwarze Abwässer. Kinder verkaufen Nüsse und Limonade in kleinen Plastikbeuteln, die man aufbeißt und leer nuckelt. Ausgeleierte Stromleitungen hängen von Mast zu Mast wie Girlanden. Es gibt Stromausfälle, und dann heißt es: die Terroristen. Wie ein Sprichwort. Die Terroristen. Als ob man sagt: das Wetter! In den Duschen ragen blanke Drähte aus den Boilern. In Deutschland kann man wieder duschen, ohne den Duschstrahl von irgendwelchen Drähten weghalten zu müssen.

Die äquatornahe Sonne sengt auf das dreitausend Meter hoch gelegene Huarás, und wer nicht hier im Hochland geboren ist, braucht eine Sonnenbrille und am besten noch einen Hut. Die anderen *gringos* schauen ratlos und missmutig: Schon wieder eine Verspätung. Ist doch nicht zu fassen. Und die Peruaner sind auch nicht viel besser gelaunt, nur geduldiger, gesprächiger, schlechter gekleidet und mit mehr Kindern. Dass die Einheimischen die ständigen Verspätungen, die Korruption und das Nichtfunktionieren von öffentlichen Einrichtungen im Grunde lustig finden, ist eine weltfremde Legende, die von Rucksacktouristen, namentlich den deutschen, gepflegt wird. Die anderen Deutschen regen sich drüber auf, denken sie, aber weil wir ja so dermaßen anders drauf sind, regen wir uns nicht drüber auf, rein aus Prinzip. Und weil das nicht reichen könnte, damit die Leute uns mögen, regen wir uns lieber über unser eigenes Land auf. Wir stehen nicht so auf Stress, wisst ihr, und auf den Konsum. Finden wir alles total Scheiße. Und am Ende sind sie enttäuscht, weil die Latinos sie trotzdem wie *gringos* behandeln, weil das dumme Volk ja einfach nicht begreifen will, was das für einen großen Unterschied macht, was sie da alles erzählen. Und die Kinder betteln sie trotzdem um Geld an, die blöden Hippies.

Morgen sieht er Toni wieder. Großartig. Wahrscheinlich sieht er auch einen Haufen Leute wieder, die sich über ihn freuen, die er aber überhaupt nicht vermisst hat. Und dann heißt es wieder: »Los Alex, erzähl!« Immer muss er erzählen, so geht das seit zehn Jahren. Und die anderen erzählen dann meistens nix mehr, wenn er fertig ist. Sollen sie halt auch mal was anstellen, was sich zu erzählen lohnt. »Los, Alex, erzähl, dann lad ich dich ins Kino ein«, das wäre wenigstens ein Deal. Aber so?

Schließlich rollt der Greyhound nach Lima an seinen Platz. Die Greyhounds sind in den USA ausgemustert und hängen in Peru noch ein paar Jahre dran, so ähnlich wie die deutschen Fußballer, die im Alter noch in Österreich oder Japan spielen, weil sie in jungen Jahren zu viele Sportwagen hatten.

»Was ist mit dieser *chica* aus Kanada?«, fragt Alex.

Wenn Gianluca sich eine aussucht, sieht die Frau immer aus wie ein Supermodel, das muss man ihm lassen. Meistens sind es einheimische Touristinnen aus Lima, da ist man sowieso ab und zu, und alle fragen wochenlang nach der Nummer seiner letzten und vorletzten Freundin. Er würde sogar noch Geld bekommen für die Telefonnummern seiner *chicas* vom letzten Jahr.

»Ja. Die ist weg.« Gianluca sieht sich um. Der nahe Abschied drängt zur Vertraulichkeit.

»Na ja, sie sah super aus, aber sonst – ich konnte froh sein, wenn die sich überhaupt mal bewegt hat. Die kannte – Alter, am Anfang kannte die nur fünf verschiedene Stellungen.«

Damit kannte die dumme Cindy drei mehr als Alex. Wer weiß, wie viele Gianluca ihr noch beigebracht hat.

»Echt?«

»Du weißt es nie vorher. Nie. Wie ihr in Deutschland sagt: Man steckt nicht drin.«

Alex blickt auf seine Schuhe und sagt: »Das hätte ich nicht gedacht. Sie wirkte so welterfahren. Aber na ja: Man steckt nicht drin.«

»Bei den Frauen steckst du nicht drin. Nie. Du steckst erst drin – wenn du drinsteckst.«

»Idiot!«

Gianluca ist ein Kavalier, findet Alex, ein Künstler. Er reißt sie auf, verlässt sie, aber man hat immer den Eindruck, als ob er ihnen nicht wehtut und es ihm selbst völlig egal bleibt. Das zeichnet den Könner aus: Genuss ohne Reue. Sie umarmen sich, heben einander in die Luft und streicheln sich über die Köpfe.

»Hasta la vista, Baby!«

»Hasta la vista, *cumpadre!*«

Gianluca ist traurig. Er kann es immer noch nicht glauben. Alex winkt zurück. Eigentlich findet er, dass er genug Frauen gehabt hat in den letzten drei Jahren. Das und vor allem: die können sich sehen lassen. So viele waren es natürlich auch wieder nicht. Man muss objektiv bleiben. Aber alle waren schön, und er hat sie alle gemocht. Meistens war es eher kurz, und mit der in Buenos Aires ging es einen ganzen Monat. Großartig. Rein objektiv großartig. Oder der HST-Faktor von der aus Kolumbien. Großartig. Rein objektiv großartig. Der HST ist der Hat-sie-Titten?-Faktor.

Bevor er wiederkommt, muss er mindestens eine neue Stellung draufhaben. Es kann nicht sein, dass jeder Idiot mehr Stellungen draufhat als er. Die Aufgabe ergibt sich sportlich und von selbst. Das ist das Angenehme, wenn man das Leben sportlich nimmt: diese permanente Präzision der persönlichen Aufgabenstellung. Auf der Busfahrt grinst er in sich hinein. Ein Selbstversorger in Sachen Heiterkeit. Wenn man so richtig lange in seinem Hirn herumfährt, ist es manchmal, als ob man nie wieder etwas zu lesen bräuchte. Ein Pflichtspiel also. Als ob es im Viertelfinale schon wieder gegen Kroatien geht. Dazu: Auswärtsspiel. Zu Haus die süßen Latinamädels, da hat er als *gringo* Vorteile, obwohl das für ihn Texas ist, aber in Deutschland? Vielleicht lernt er ja eine Australierin kennen. Auswärts muss man auf Konter spielen.

»Maaaaann!«

Der kleine Prinz liegt tot und blond in seinem Blut. Vom Fallgitter durchbohrt. Rumms. Schon wieder. Die Blutlache bildet so komische kleine Ecken, weil der Gameboy keine gute Auflösung hat. Manchmal stürzt der Prinz auch in die Schlangengrube oder Schwerter fliegen durch die Luft und schneiden ihm den Kopf ab. Toni Kronberger erschreckt sich immer noch jedes Mal, wenn das Blut da so eckig herausläuft. Obwohl er doch älter ist als sie.

»Du hättest die Wunderlampe auslassen müssen«, sagt er, »aber nachher, in Level vier, da gibt's total viele Sprünge, die musst du auswendig lernen. Systematisch, verstehst du. Der Reihe nach, aber das liegt dir ja nicht.«

Vielen Dank.

»Ist nicht persönlich gemeint. Geht echt nicht anders.«

Toni lässt eine Banane fallen, und sie schauen ihr hinterher, wie sie an vierzehn Stockwerken vorbei in kleinen Pirouetten Richtung Gehweg trudelt. Da haben sie zwar abgesperrt, aber peinlich ist das trotzdem. Man sieht sie platzen, aber man hört nichts, komisch. Zu hören ist nur das amorphe Brummen des Verkehrs da unten, das mit den Ampelphasen anschwillt und abebbt.

»Ein langer Ball in die Tiefe des Raums«, sagt Toni. »Der tödliche Pass auf ähh, auf Chiquita!«

Alex würde da jetzt eine ganze Geschichte draus machen. Und ergänzen, dass leider kein Tor draus wurde, weil Chiquita am Boden liegt und nun die Frage ist, ob er simuliert oder nicht, und weiter ausführen, dass die Männer aus den Macho-Ländern alles Muttersöhnchen sind, was man ja gerade am Fußball sieht, wo sie sich auf den Rücken werfen und simulieren, weil das früher bei Mama auch immer geklappt hat, während die Engländer, Deutschen und Skandinavier wenigstens schnell wieder aufstehen, wenn es keinen Elfer gibt.

»Man wird ihn auswechseln müssen«, sagt Toni, »sonst rutschen die anderen noch auf ihm aus.«

Vielleicht sollte seine Schwester lieber was anderes machen, vielleicht was Kreatives, denkt Toni manchmal. Das mit dem Profiklettern wird ein steiniger Weg.

»Hast dir schon mal überlegt, was der Staub eigentlich wert ist, den wir hier von den Fenstern wischen?«, fragt sie.

»Hä?«

»Wenn man mal den gesamten Staub wiegen würde, den wir an einem Tag wegputzen, also nur den unmittelbaren Netto-Staub, den reinen Staub sozusagen – der reine, also der pure Dreck, das sind doch allerhöchstens zehn Gramm.«

»Ja, und?«

»Für zehn Gramm Dreck berechnest du denen so ein Schweinegeld – ich meine: aus Dreck wird Geld, Toni. Wie im Kino! Nur wegen dem Smog. Sonst würden die Scheiben ja nie dreckig.«

Sie schauen hinunter auf den Mittleren Ring, wo mit blau qualmendem Auspuff ein Sattelschlepper anfährt. Während die nachfolgenden Autos in die Wolke hineinfahren, löst sie sich langsam auf. Der Dreck ist also noch vorhanden, nur nicht mehr zu sehen.

»In millionenfacher Verdünnung legt sich das auf die Scheiben, die wir putzen. Im Grunde ist das Goldstaub. Wir müssten den Smog lieben.«

»Wenn ich in Zahlen denke, müsste ich den Smog lieben. Klar.«

Tonis Firma *Vertical Services* putzt und repariert außen an hohen Gebäuden für einen Bruchteil der Kosten, die normalerweise allein das Gerüst verursacht. Früher war das verboten. Aber in den meisten EU-Ländern ist es erlaubt, und daher fällt das Verbieten jetzt schwer in Deutschland. Toni hat auch deswegen gute Karten, weil er Bergführer ist. Die Bergführerei hat mit Fassadenarbeiten nicht das Geringste zu tun, aber »Staatlich geprüfter Berg- und Skiführer« ist nun mal der einzige offizielle Titel, den man im Umgang mit Seilen erwerben kann.

Die brühwarmen Aufwinde an der Südseite tragen Lärm und Abgase zu ihnen herauf. Die breiten Arbeitsgurte drücken an der Hüfte. Sie haben nichts mehr zu trinken. Der künstliche Zitronenduft des Putzmittels steigt in die Nase, und die Julisonne knallt herab.

Dreißig Grad im Schatten: als Alex landet, ist es erstaunlich warm. Er tut alles ganz langsam, als wäre er misstrauisch. Aber er will sich nur jeden Handgriffs sicher sein: beim Aufstehen aus dem Sitz, am Gepäckband, beim Zoll. Aus den Lautsprechern reden sie deutsch, und überhaupt: schon im Flugzeug war überall deutsch. Da achtet man auf jedes Wort. »Hühnerbrühe« stand auf der Speisekarte. Manchmal spricht er das Wort wie ein Mantra leise vor sich hin: Hühnerbrühe, Hühnerbrühe. Es erscheint ihm eine der erstaunlichsten Lautfolgen, die er je gehört hat.

Eine Eiswerbung lässt ihn unvermittelt ans Skifahren denken. Wie still es ist, wenn man morgens im Bergwald die Felle aufzieht. Ein paar Stunden Aufstieg wie im Koma, wenn die Beine von alleine gehen, und wenn man Glück hat, schwebt man in diesem sagenhaften Zustand von Ich-bin-eins-mit-dem-Pulverschnee wieder runter. Wenn der Schnee so leicht wie Luft ist und sich Schnee und Luft vermischen, wenn alles ein einziger weißer Rausch ist, aus dem man erst erwacht, wenn man zum Luftholen anhalten muss. Eine Minute kann reichen, und man ist zwei Tage lang glücklich. Manchmal hat er sich gewünscht, es möge nie wieder Sommer werden.

Er hat das Gefühl, sich in Zeitlupe zu bewegen, aber Zeit hat er ja. Ein sehr gutes Gefühl: Zeit zu haben. Ein Gefühl von Sicherheit. Die anderen Leute rennen herum wie Insekten auf einer Kochplatte. Wenn er Termine hat, bricht er oft vor der Zeit auf, um unterwegs nicht in Eile zu geraten. Ein freier Mann lässt sich nicht vom Stundenzeiger hetzen. Und das nächste gute Gefühl: er gehört nicht dazu. Immer wieder zutiefst beruhigend. Und man kann es überprüfen, sooft man will und so kritisch wie man will. Immer kommt man zum selben beruhigenden Resultat: ich gehör nicht dazu. Ihr wisst nicht, was ich vorhab, und es geht euch auch nichts an. Er streicht über die verschrammten Eisbeile, die außen am Rucksack hängen. Er hat in den drei Jahren nicht das Bergsteigen vermisst, sondern die Lust aufs Bergsteigen. Mit den Kunden auf Sechstausender stiefeln ist gut bezahlte Arbeit in prächtiger Umgebung, aber nicht mehr. Als ob man Skipisten bergauf läuft, die sehr einsam liegen. Was er vermisst hat, war sich auf ein Ziel einzubrennen: die Planung, das Training, das Verfolgen des Wetterberichts. Jetzt also das Knatterhorn, und das ist noch nicht einmal sehr schwer.

»Just for the fucking Matterhorn?«, hat Luca gefragt.

»Just for the Matterhorn.«

Wenn Toni nicht da ist, geht Anja manchmal in einer seltsamen Unruhe durch die Wohnung. Sie geht gern barfuß, weswegen sie die Wohnung sehr sauber hält. Sie schaut auf den Jahresplaner in Tonis Arbeitszimmer, auf seine Bilder von den Alpen, vom K2 und den anderen Expeditionen. Seine Freunde sind eine fabelhafte Ansammlung von Leuten, die eigentlich lebensmüde sind, aber denen nie was passiert und die alle immer unglaublich viel lachen. Das ist eine der guten Seiten der Kletterer: die lachen so viel. Und keiner von ihnen kann ein Bild normal aufhängen, alles überdimensioniert mit riesigen Dübeln, weil sie es so gewohnt sind: wenn was rausbricht, würde man sterben.

»Sie sind also Bergsteiger«, hatte Anjas Vater gefragt, »und was machen Sie beruflich?«

»Das wird sich noch rausstellen. Bekomme ich noch was von dem Tiramisu?«

Er hatte mit *Vertical Services* schon angefangen, aber er fand es nicht nötig, davon zu erzählen. Daran muss sie wieder und wieder denken. Sie streicht über ihre Medizinbücher und stellt sich vor, wie solide das Fundament ist, das man aus so dicken und mitleidlosen Büchern gießen kann. Beim Kücheneinbau hatten sie keine Helfer, weil sie sich so kurzfristig entschlossen hatten. Der Juli vor zwei Jahren war sehr heiß, und sie kamen ziemlich ins Schwitzen, einmal wegen der Hitze und außerdem, weil es so kompliziert war. Wenn sie nicht weiterkamen, haben sie gevögelt, meistens auf der Arbeitsplatte, und so kommt es, dass sie sogar an die Montage einer IKEA-Küche positive Erinnerungen haben. Falls es bei IKEA mal irgendein Teil namens *Poppen* gibt, wollen sie das kaufen, egal, was es ist.

Sie tritt nur mit dem Ballen auf, wenn sie so barfuß geht, das fühlt sich noch heimlicher an. Als wäre sie eine Spionin in der eigenen Wohnung. Mit etwas Phantasie ist das viel aufregender, als es ein Einbruch in eine fremde Wohnung je sein könnte: ganz gleich, was man sieht – man kennt die Hintergründe so genau wie ein Hochverräter. Sie weiß, wer das Weinglas stehen ließ, zu welchem Referat die Notizen im Altpapier gehören, dass das ›V‹ im Jahresplaner ›Vortrag‹ bedeutet und was für Bilder von welchen Expeditionen Toni dann zeigt.

Als sie Toni kennen lernte, war er so besoffen, dass er kaum stehen konnte. Gerade in seinem Rausch zeigte er, wie sie fand, eine fabelhafte Selbstkontrolle. Zwei Tage später fuhr sie mit ihm nach Berchtesgaden zum Brückenspringen. Sie hatte nie zuvor einen Klettergurt angehabt, und als er sagte: »Okay«, da ist sie gesprungen. Die schiere Wucht der Beschleunigung, die lähmende Erkenntnis, dass nicht der Schritt ins Leere das Schlimmste war, sondern der Augenblick danach, das war ein Schrecken, wie sie noch nie einen erlebt hatte. Aber als sie dreißig Meter tiefer im Seil hing, das sie so überraschend sanft gefangen hatte, wusste sie, dass sie ihn liebte.

Mit achtzehn organisierte Gert Raabe in einem Kaufhaus seine erste Autogrammstunde für Bata Ilic. Seine Lehrer verdienten weniger als er. Er wurde einer der ersten vom DFB zugelassenen Spielerberater und managt Fußballer, die halbe Ski-Nationalmannschaft und neuerdings auch ein paar Schauspieler. Sein verzogener Sohn lebt bei seiner Frau, und nach nichts sehnt er sich mehr, als mit Kevin noch mal ganz von vorne anzufangen oder einen anderen Sohn zu haben, der erst in die erste Klasse kommt und alles von ihm lernen könnte. Pepa hat auch so was: die braucht Orientierung, Ziele, Werte, eine Richtung. Alles Dinge, die er geben kann.

Den fabelhaften Ausblick auf die Dächer von München nehmen die meisten Besucher kaum wahr. Denn sein Büro hängt voller großer, geradezu spektakulär subtil fotografierter Porträts der wichtigsten von ihm vertretenen Persönlichkeiten, wie er sie nennt. Nicht zu groß, aber auch nicht zu übersehen sitzen die Logos der Sponsoren auf dem Hemd, so dass Mercedesstern oder Schriftzug von Milchschnitte wie Orden wirken. Und eine Art Orden sind die Logos ja auch. Man muss schon etwas Besonderes sein, damit Leute einen dafür bezahlen, dass man vor laufender Kamera genau die Sachen isst, vor denen einen die Eltern immer gewarnt haben.

Pepa will sich an alles genau erinnern, damit sie später erzählen kann, wie großartig damals alles gewesen ist. Allein dieser Fahrstuhl mit dem immer blanken Spiegel, den Strahlern an der Decke und diesem Rolls-Royce-Geräusch, mit dem die Tür schließt. Es ist ein Fahrstuhl für die Sieger.

Sie sieht gut aus, sagt der Spiegel. Doch, ist so. Professionelle Selbstkritik darf den Blick für die eigenen Stärken nicht trüben. Ihre Augen gefallen den Leuten immer. Braun, und in der Mitte ist das Braun heller. Das sieht man nur, wenn man ganz nah rangeht. Ihre Nase ist ein bisschen klein, aber sie hat schöne, dichte, geschwungene Augenbrauen, einen süßen Mund (sagt der Spiegel), perfekte Zähne und überhaupt ein harmonisches, klares und unheimlich romantisches Gesicht. Eine griffige Taille. Einen Hintern, der etwas kleiner, und einen Busen, der etwas größer sein könnte. Trotzdem gut so. Und es ist absolut wurst, dass sie nicht mal einssiebzig ist. Denn sie hat eines, das ist absolut unbezahlbar (sagt der Spiegel): Haltung! Man sollte sich in sie verlieben. Und zwar schnell, die Herren! Die Konkurrenz wird jeden Tag größer.

Ich bin ein Champion, sagt sie sich, ich hab's verdient, und heut Abend bei Toni sauf ich mich voll, das kann er mir nicht verbieten, und morgen kauf ich ihm ein fettes Geschenk. Gestern hat sie trainiert, und jetzt heben sich die Rippen beim Atmen wie gegen einen gut geölten Widerstand, geschmeidig und weit und in einer ganz genauen Bahn. Jeder Atemzug ist eine Freude. Die Kraft kehrt in die Arme zurück. Langsam rieselt sie herein: leise, leicht und unaufhaltsam wie der Sand in einer Eieruhr. Und der Verstand sagt ihr jedes Mal, dass es ein klein bisschen mehr Kraft sein müsste als vorher. Das ist das Privileg der Jugend, meint Toni, sobald die Jungen in Form sind, sind sie stärker denn je. In den letzten drei Monaten hat sie nur acht Tage bei Toni gearbeitet und stattdessen für *Skastadt* trainiert, und das war goldrichtig, das merkt sie jetzt. Das weiß sie jetzt. Für *Skastadt* braucht sie nur noch zwei oder drei Tage, und dann beginnt die neue Zeitrechnung. In einem Robert-De-Niro-Film sagt der Mafiaboss, er hat bei Machiavelli gelesen, dass es nicht reicht, wenn einer ein Ziel hat, sondern er muss dem Ziel auch ununterbrochen zur Verfügung stehen. Und so ist es doch: Ein Ziel haben reicht nicht. Man muss ihm zur Verfügung stehen. Regisseure sagen in Interviews, am Set hätten sie immer gedacht: Think Lubitsch! Think Lubitsch! Und wenn sie ihr Konto sieht, sagt sie sich: Think Machiavelli! Was soll man denn später der Presse erzählen? Ich war immer ordentlich und brav und sparsam? Als Toni mit Alex am *Frêneypfeiler* die Tschechen gerettet hat, hatten sie doch auch nur dreißig Mark für die Heimfahrt.

Sie will ihr Geld dafür bekommen, dass sie Milchschnitte oder irgendwas anderes isst oder trinkt oder fährt oder anzieht. Raabe mag sie, das hat er immer gesagt, und er liebt ihren Allgäuer Akzent, der Authentizität wegen, ein Wort, das er aussprechen kann, ohne sich anzustrengen. Die Zielgruppen werden ihr schon glauben, dass sie Freude am Leben und keinen Bausparvertrag hat. Sie hat zwei Jahre lang alle Wettkämpfe in den Hallen gewonnen und war dreimal nacheinander deutsche Meisterin. Die Wettkämpfe werden manchmal im

DSF übertragen, aber die Quoten sind lausig. Sehnige Kerls und ausgemergelte Mädels zerren sich an Kunstharzgriffen über riesige Überhänge, und irgendwann macht es plumps. Wer soll das ansehen? Wie beim American Football: es passiert immer das Gleiche, und man kapiert nicht, warum. Draußen am Naturfels klettert sie auch am schwersten. Aber auch da weiß niemand, worum es geht: Wer macht die Haken in den Fels? Wie kommt das Seil da hoch? Oder: Trainieren Sie für die Eigernordwand? Angst hat sie davor, irgendwann so auszusehen wie ihre Konkurrentinnen, die eigentlich alle nur aus Sehnen, Haut und Knochen bestehen. Und die Brust so flach, als seien sie in eine Kreissäge gelaufen. Sie hat kräftige Hände, okay, das geht nicht anders. Aber Rücken, Schultern, Arme prüft sie regelmäßig, ob die auch nicht zu muskulös werden. Ein Mann schenkt keiner Frau Blumen, vor der er Angst hat, dass sie ihn verprügelt.

Macht nichts. Nicht heute. Macht alles nichts. Sie sieht verdammt gut aus. Sie weiß, dass sie verdammt gut aussieht. Dieser Spiegel hier ist ehrlich. Dieser Spiegel ist ein Freund.

Dumm, dass sie vom Putzen kommt, aber umgezogen hat sie sich nicht. Ausnahmen haben es nicht nötig, sich an Konventionen zu halten. Das hat Raabe selbst gesagt, und wenn er jetzt meckert, sagt sie, dass er ihr das gesagt hat. Mein Bruder hat mich gemanagt, wird sie der Presse sagen. Ihm kann ich vertrauen, und er war auch immer mein schärfster Kritiker.

Geschwindigkeit ist keine physikalische Arbeit. Geschwindigkeit ist ein Zustand. Wenn es den Luftwiderstand und ein paar andere Faktoren nicht gäbe, könnte die S-Bahn im Prinzip ewig so weiterfahren. Alex sieht durchs Fenster und hat noch mit niemandem gesprochen. Er freut sich auf Gummibärchen, Kebab, Weißbier, Emmentaler und auf süßen Senf. Jemand hat ihm das Video von *Lola rennt* nach Huarás geschickt. Er verschloss die Tür und sah die Kassette dreimal nacheinander. Der Film ließ ihn sprachlos. Ist Deutschland in der Zeit, in der er nicht zu Hause war, vielleicht ein sehr aufregendes Land geworden? Kohl ist nicht mehr Kanzler, wer weiß, was das vielleicht alles bewirkt hat. Steffi Graf ist nicht mehr da, stand in der Sport-BILD, nicht einmal mehr Lothar Matthäus. Die Vorstellung, in ein Deutschland ohne Lothar Matthäus, Steffi Graf und ohne Helmut Kohl zu kommen, ist fast so seltsam wie der Klang des Wortes »Hühnerbrühe«.

Er ist aufgebrochen. Damit fühlt er sich heimisch, nicht weil er sich München nähert. Ein Aufbruch ist etwas Fabelhaftes. »Aufbruch«, das müsste man mal synthetisieren, genau wie die Jungs damals den Stickstoff. Vielleicht als Abschuss eines Pfeils. Das Endstück reißt sich von der Sehne los, und dann ist der Pfeil von nichts umgeben als von Luft. Ein schönes Bild, da ist man gleich bei Zen und Japanern und, wenn man will, gleich noch beim Walfang. Aber wenn man länger über einen Pfeil nachdenkt, der abgeschossen wird, kommt man doch nur bei Freud wieder raus. Wie am Ende einer allumfassenden Sackgasse. Bei den meisten Gedankengängen kommt man irgendwann bei Freud wieder raus, so als ob man sich an einer Baustelle verfährt und immer und immer wieder an der gleichen Ecke vorbeikommt, obwohl man gar nicht will. Vielleicht sollte er ein Café aufmachen, der alte Freud, das wäre sicher gut besucht. Das hieße dann *Zur Mutter aller Sackgassen*, was ja auch schon wieder Freudsch ist, diese Verbindung aus *Mutter*, *Sack* und *Gasse*, und Freud würde sagen: »Die Leute kommen ja doch immer wieder vorbei, und da dachte ich mir, wär doch nett, wenn wir mal wieder alle so beisammen wären und außerdem: wer nichts wird, wird Wirt, haha.«

»Frau Kronberger! Guten Tag! Wie geht es Ihnen?«

»Sehr gut, danke. Sie haben angerufen?«

Raabe hat sie an keinen einzigen Werbekunden vermitteln können. Die Zusammenarbeit ist beendet.

»Aber ich hab Sachen geklettert, da kommt in Deutschland keine andere Frau hoch!«

»Solange keiner Sie kennt, interessiert es leider niemanden, ob Sie besonders gut klettern. Es interessiert niemanden, ob Sie überhaupt klettern.«

Ihn hat noch nie jemand um ein Autogramm gebeten, und sobald es nicht läuft, ist er für die jungen Ehrgeizlinge nicht länger Wegbereiter, sondern Hindernis, Versager und Arschloch vom Dienst. Dass er Karrieren ermöglicht hat, dass er Verdienste wie sonst nur wenige Trainer hat, dass ohne ihn die eine oder andere Rückholung deutscher Fußballgrößen aus Italien nach Dortmund nicht stattgefunden hätte, dankt ihm niemand.

»Sie hatten einen Probevertrag, Frau Kronberger, okay? Ich habe sogar sämtliches Klettermaterial bezahlt, das Sie beim Sport-Scheck gekauft haben. Soll ich Ihnen das mal alles zusammenrechnen? Wie viel das war? Wissen Sie das?«

»Nö«, schnappt sie.

»Das Jahr ist rum, und Sie haben die Erwartungen nicht erfüllt. Tut mir Leid.«

Wegen dieser Gespräche, die immer wieder kommen, bleibt Raabe grundsätzlich beim ›Sie‹, mit allen seinen Klienten. Unerträglich, wenn sie sich jetzt duzen würden.

»Was soll das heißen – Erwartungen nicht erfüllt?! Ich kletter viel schwerer als letztes Jahr!«

»Es kennt Sie ja niemand. Besteigen Sie den Mount Everest, gehen Sie mit Til Schweiger ins Bett, ganz egal: Werden Sie berühmt, Frau Kronberger. Mit Klettern geht das nicht.«

Er ist aufgestanden und gibt ihr die Hand.

»Vielleicht wechseln Sie die Sportart«, sagt er, »oder studieren Sie. Aber erst mal suchen Sie sich einen vernünftigen Job.«

»Ich bin jung und gesund. Was soll ich mit 'nem Job?«

Ihr Audi sieht aus wie der Hauptdarsteller in einem Zombiefilm über die Motorsportszene: *Die Rückkehr der rollenden Leichen* oder *Wenn Zylinderköpfe zweimal klingeln.* Im Gebläse raschelt Laub, als wären es die Bronchien eines Asthmatikers. Wenn es regnet, bilden sich Pfützen am Boden, die beim Bremsen über die Pedale schwappen. Letzten Winter hatte Pepa Glatteis im Auto. Da musste sie streuen. Hinter dem Sitz. Seit kurzem röhrt der Auspuff. Da wird sie Toni wieder um was bitten müssen. Damit sie es nicht hört, nicht auch noch jetzt, dreht sie die Musik lauter. *Blutiger Dienstag*, diese Band aus dem Schwarzwald. Muss auch eine gute Gegend sein, wenn da solche Bands herkommen. Wie in Stichflammen schießt die Rhythmusgitarre aus der rechten Box. Die Gruppe hat sich aufgelöst, aber, wie es immer heißt, die Melodien sind unsterblich.

Jeden Morgen aus dem Bett,
macht mich ganz bescheuert.
Ich wäre lieber faul und fett,
besoffen, krank und bleich.

Steffi Graf hat Millionen verdient, und alles, was Pepa bekommen hat, sind Kletterschuhe, Karabiner, ein paar Klamotten und ein Zelt. Und das ist jetzt auch vorbei.

Ich träume jeden Morgen
von 'ner Villa mit Balkon und Swimming-Pool.
Ich könnt ja auf'n Strich, doch leider bin ich
weder attraktiv noch schwul.

Goldne Rolex, goldnes Bett,
Kaviar im Garten,
'n Flugplatz und 'n Düsenjet,
ich will nicht länger warten.

Bloß nicht nachdenken. Wenn Wahrheit schon wehtut, grenzt drüber Nachdenken manchmal an Selbstkasteiung. Sie dreht laut, bis die Bässe flattern. Hätte sie doch mehr trainieren sollen? Weniger Angst vor Muskeln haben? Draußen ist Stau. Berufsverkehr. Wenn das die Folgen davon sind, einem Beruf nachzugehen, will sie nie einen haben.

Wenn man was werden will, muss man hart arbeiten oder wenigstens hart trainieren. Grundsätze braucht man auch, und ihre sind: nie aufgeben, nie durcheinander trinken und nie was aufs Autodach legen. Wenn das keine guten Grundsätze sind. Daran kann's schon mal nicht liegen.

Es ist wie meistens bei ganz schlimmen Nachrichten. Erst bleibt man ruhig, dann ist man wie betäubt, und langsam wird es immer schlimmer. Im Treppenhaus weicht sie ihren Nachbarn aus. Also: doch mehr trainieren sollen? Weniger Angst vor Muskeln haben? Aber was soll sie sich überhaupt einbilden, sie wäre attraktiv? Sie ist weiß. Weiß ist nicht sexy. Dunkel müsste man sein, das ist die Leitkultur. Diese Tussen auf MTV und VIVA sind alle dunkel, und Boris Becker nimmt ja auch nur dunkle Frauen.

Sie macht ihre Haare auf und guckt sich im Spiegel zu, wie sie Rotwein trinkt und heult. Sie beobachtet, wie ihre Lippen Worte formen: »Mein Leben ist sinnlos Punkt Klettern ist Scheiße Punkt Ich hab keinen Plan und keiner liebt mich Punkt Lieber Gott lass mich nicht allein Bitte.«

Wie konnte der andere Spiegel sie nur so belügen? Sind die Spiegel alle verbündet, um wehrlose Frauen reinzulegen? In Wahrheit ist sie hässlich, fett, langweilig und durch und durch reizlos. Und verloren ist sie, jawohl. Verloren ist sie auch.

Sie schlägt mit dem Kopf gegen den Türrahmen, bis der Schmerz für kurze Zeit reichen wird.

Toni hat ihm die Sachen gezeigt, die von dem WG-Zimmer übrig sind, das er für Alex aufgelöst hat. Die Tourenski sind noch da, das Snowboard und die CDs, die jetzt im Wohnzimmer stehen. Ein paar amtliche Briefe liegen auch in Tonis Keller, Lohnsteuerkarten und irgendwelche Drohungen vom Einwohnermeldeamt. Die erste Lohnsteuerkarte war praktisch der Einberufungsbescheid zur bürgerlichen Gesellschaft. Diese Dinge hat er immer mit Knoblauch hinter einem Schrank gelagert, eine Flasche Bier davor, so dass die guten Geister des Alkohols das Ausschwärmen der bösen Geister der Normalität verhinderten. Bei Jobs hat er sich um die primitivste Arbeit gerissen. Möbelpacker: was für eine Erlösung. Zwanzig Jahrgänge *Essen & Trinken* vom vierten Stock runterbuckeln – für etwas so Sinnloses konnte man sich bezahlen lassen: großartig. Man braucht Geld, nun gut, also tauscht man Stunden gegen Lohn. Und wenn man schon nichts anderes bekommt als Geld, ein an sich wertloses, da beliebig austauschbares Substrat, dann will er nicht auch noch denken bei der Arbeit. Das sieht er nicht ein.

Er hat nie begriffen, warum Arbeitslose sich überflüssig fühlen. Wenn einer Verpflichtungen hat, kann der Verlust des Einkommens ärgerlich sein oder auch beängstigend. Aber wie kann man sich weniger wertvoll fühlen, wenn einem der Herr Produktionsmittelbesitzer kein Gehalt mehr zahlt, um sinnloses Zeug zu produzieren? Wie kann man so tief sinken?

Wissen ist Macht, sagt man, aber das ist alles Käse. Es ändert ja nichts, wenn man es begriffen hat, denkt er, während er auf dem Balkon sitzt und die heimische

Stadtluft atmet. Andererseits: Man muss ja nicht mitmachen.

Er sieht hinab auf die Straße. Mein Gott, ist er ein Trottel. Warum ist er zu Haus geblieben? Der Sommer gibt einen Galaabend. Die Hitze steht in den Straßen wie eine allgemein gültige Einladung, und die Leute tragen kurze Sachen und sehen aus, als hätten sie noch viel Vernünftiges vor. Er reibt den Hinterkopf am rauen Putz. Am Himmel steht der Große Wagen, der Old Faithful der Nordhalbkugel. Seit drei Jahren hat er ihn nicht gesehen. Seit drei Jahren nur fremde Sterne am Himmel. So gesehen war es eine harte Zeit. Der Dank, dass sein Leben so ist, wie es ist, steigt in ihm hoch, bis es in der Kopfhaut kribbelt. Und der Old Faithful da oben flüstert: Jetzt geh einen trinken, du Depp. Die beiden freuen sich doch. Wirklich.

Das Glas in der Hand, denkt Toni an die alten Zeiten. Vor zwei Monaten hat Alex ihm mitgeteilt, wann er kommt, wie sie das Knatterhorn machen und wie lange er bleibt. Da hat er sich nicht im Geringsten verändert. Früher war er Commander Alex und Toni der Erste Offizier. Alex las die besseren Bücher und suchte die Filme aus, wenn sie ins Kino gingen. Er bestimmte, welche Musik im Auto lief und hatte die schöneren Frauen. Hoffentlich dauert die ganze Matterhorn-Aktion nicht so lange. Es ist prächtig, dass Alex da ist. Aber er ist auch eine Verpflichtung.

»Tut mir Leid«, sagt Alex, als er hereinkommt, »ich war gar nicht müde. Ich weiß auch nicht, was es war.«

Sie stehen am Tresen, so wie es auch Alex' alte Gewohnheit ist. Toni nimmt ihn in die Arme und drückt ihn lange.

»Willkommen, Alter!«, und sagt ihm ins Ohr: »Nur dieses eine Mal und du brauchst auch nichts zu antworten. Falls du doch länger bleibst, kannst du bei uns bleiben. Solange du willst.«

»Gracias, amigo!«

Er lächelt Anja an, weil er weiß, dass sie damit einverstanden wäre, sonst hätte Toni das nicht gesagt. Und noch mal schließt er Toni in die Arme.

»Amigo mio!«

Bei einem Rosenverkäufer kauft er zwei rote Baccara und schenkt sie ihnen. Spät am Abend, als Anja schon nach Hause ist und die Lichter der Kneipe in ihren Augen zu schwimmen beginnen, sagt Toni: »Ich hab das Kohle-Monster an der Gurgel, weißt du. Und ich lass das Biest nicht los, bis es richtig blutet. Ich lass nicht mehr los. Verstehst du, was ich meine?«

»Klar, Mann. Du machst es richtig. Man muss aus der Defensive kommen bei dem Thema.«

»Ich hab die richtige Frau dazu, also, nicht bloß für die Firma. Sie macht mir die Buchführung und gibt sich am Telefon als meine Sekretärin aus. Wenn ich einen wichtigen Termin hab, sagt sie mir, was ich anziehen soll. Und wenn ich genau die Sachen dann anhab, fühl ich mich einfach sicherer. Klingt bescheuert, aber es funktioniert.«

»Ist doch korrekt.«

»Bevor wir damals geflogen sind, hast du so viel Spanisch gelernt. Hast du wirklich nicht damals schon geplant, dass du drüben bleibst?«

»Geplant nicht. Ehrlich. Nur gehofft, dass ich mich traue.«

Alex schlendert vom Stachus zum Marienplatz und betrachtet alles, wie nur Heimkehrer es tun. Heimkehrer sind neugieriger, als Fremde es je sein können. Sieh einer an: Radfahrer mit Helm. Und: Aha, die Leute sammeln also immer noch eigenhändig die Scheiße ihrer Hunde ein. Das ist doch wirklich unglaublich. In Peru sammelt man nicht mal die Hunde ein, die auf der Straße überfahren werden. Die bleiben liegen und werden immer breiter und flacher, dann sind sie trocken und irgendwann sind sie weg. Hier wird ja sogar der Müll sortiert, bevor man ihn auf den Müll schmeißt. Und das, obwohl diese Heuchler vom Grünen Punkt wahrscheinlich immer noch den größten Teil auf der Halde wieder zusammenkippen. Wie beim Essen: im Magen kommt doch alles zusammen. Er wirft seinen Müll auf die Straße. In der Stadt holen sie das mit Maschinen. Solang sich nach seinem Abfall niemand bücken muss, macht er keinen Umweg zum Mülleimer. Er nimmt auch nie Unterführungen.

Ihn befremdet, wie wenig Kinder zu sehen sind. In Peru wimmelt es von Kindern, immer und überall, auf der Straße, im Restaurant, bei irgendjemand zu Hause. In Deutschland scheint diese Generation einfach abgereist. So als ob die alle an der Front sind. Und wer hat damals eigentlich erlaubt, dass auf die Bänke Sitzschalen montiert wurden, damit die Penner nicht mehr drauf liegen können?

An einem Kiosk entdeckt er das Magazin der Stiftung Warentest. Das gibt es also auch. Die testen Automobilclubs, Farbfilme und Milch. Wie kann man nur Milch testen? Automobilclubs? Freiwillig? Die Hölle hat er sich immer so vorgestellt, dass man auf einen Kunstledersessel von Quelle geschnallt wird und Werbung mit Franz Beckenbauer anschauen muss. Oder man ist jeden Tag eingeladen zu den Urlaubsdias einer japanischen Familie. Farbfilme testen muss aber auch ziemlich schlimm sein. Vielleicht muss man da nach Mallorca und genauso schlechte Fotos machen wie die ganzen Hanseln am Strand und dann die Farben vergleichen?

Anderseits – was soll's? Das Wetter ist immer noch prächtig. Heimkehrer nehmen das Wetter immer persönlich. Er hat was vor, er hat einen Rückflug und achthundert Dollar in der Tasche. Und wenn er zurückkommt, hat er eine Gruppe Schweizer für den Huascarán. Was will er denn mehr?

Am Marienplatz sitzt immer noch dieser besessene Tscheche mit dem riesigen Akkordeon. Es scheint überhaupt nichts zu geben, was sein Akkordeon aus der Luft, die er hineingibt, nicht hervorzubringen imstande wäre. Vielleicht kam sogar der Große Wagen irgendwann aus dem Bauch seines Akkordeons und die Blumen und die Sonne und die Luft selbst. Wenn der verkrümmte Tscheche spielt, ist es, als ob er den lieben Gott beatmet. Die Welt könnte untergehen, und der würde weiterspielen. Man möchte eine Lerche sein, die in den Lüften schweben darf, die aus diesem Akkordeon kamen. Wenn man nach einem Sinn des Lebens sucht, könnte er darin bestehen, solche Momente angemessen zu würdigen. Dem Tschechen zuhören und ihm huldigen. Die guten Filme ansehen, mehrmals nacheinander, und sie würdigen, indem man beginnt, ein kleines bisschen von ihrem Genius zu ahnen. Musik hören, so oft, bis man sie verstanden hat. Die großen Bücher lesen und vor Dankbarkeit innerlich niederknien. Man sollte einfach Kunst rezipieren und nicht in Versuchung kommen, produktiv zu werden.

Und nebenan filmen die Touristen den Brunnen und das Rathaus. Man sollte sie alle verprügeln. Die gucken gar nicht mehr auf das Rathaus, sondern nur noch auf die kleinen Bildschirme ihrer Kameras. Er hat Japaner in einem Hotel gesehen, die gingen morgens gleich mit diesem Blick auf den Bildschirm ans Büfett. Wahrscheinlich stellen sie das alles in ihre Homepage, und irgendwann ist das Universum 1:1 im Internet. Wie machen das Japaner beim Sex? Eine Hand an der Kamera, klar, aber was machen sie mit der anderen? Kann man es in einer anderen als den zwei ihm bekannten Stellungen tun, wenn man eine Kamera in der Hand hält?

Wahrscheinlich.

Mit großen Augen entdeckt er ein Plakat. ›Keine Macht den Drogen‹ wird offensichtlich neu aufgelegt, und jetzt tragen die Sportler knackige Tattoos. Super. Ob es da auch mal ein ›Best of‹ gibt, mit den alten Bildern von Klinsmann und Andi Köpcke, wie er keinen Anzug tragen kann? Auf demselben Plakat werben für sich: ZDF, Panasonic, der Fachverband für Außenwerbung und die Bundesregierung. Wer wirbt da eigentlich für wen? Klinsmann hat mal einer Schuhfirma gekündigt, weil sie zu wenig Werbung mit ihm gemacht hat. Werbung wirbt für den Werbeträger. Alles wird eins. It's one world, Baby.

Er kommt sich vor wie ein Hausmeister, der alles prüfend anschaut und sich für nichts wirklich interessiert. Alles hat seine Ordnung, und im Grunde ist es sowieso genau wie früher. Besser ist es jedenfalls nicht geworden.

Pepa versteckt ihre Wertsachen im Wald. Tage ohne Schlüssel, Geld und Uhr: das ist Freiheit. Klettern gehen, barfuß laufen, draußen schlafen, draußen essen und jede Woche stärker werden. In dieser Welt kann man versinken wie in einem Computerspiel.

Sie sitzt neben Anja am Einstieg und sieht den Eidechsen zu, die in kurzen Sprints über die Steine huschen. Man kann an einer Hundertmeterwand in Südfrankreich hängen, und dann wird man seitlich, wo der Fels so viel Halt bietet wie eine Raufasertapete, von einer Eidechse überholt. Eidechsen leben an den Felsen, genau wie die Kletterer, und sie lieben die Sonne, genau wie die Kletterer. Sie sind ihre Wappentiere.

Pepas Aufwärmtouren ist Anja nachgestiegen, jetzt kann sie nur noch warten und den Eidechsen zuschauen; wie immer, wenn sie zum Sichern mitkommt. Ihre Medizinbücher liegen im Auto. Pepa hat sie vergessen. Sie ist so possierlich zerknirscht, da kann Anja ihr nicht böse sein. Zum Parkplatz und zurück ist es eine Dreiviertelstunde, das lohnt einfach nicht.

Mit geschlossenen Augen geht Pepa den Bewegungsablauf von *Skastadt* durch, setzt Füße, schnappt nach imaginären Griffen oder dreht die Hüfte zum Fels. Der Fels ist ein Tanzboden, sagt Toni immer, der Fels bietet perfekte Bewegungen an, und wenn man die unelegant löst, obwohl es schöner geht, ist es Pfusch. Aber in den wirklich harten Routen stimmt das nicht. Die wirklich harten Routen sind eine Mischung aus

- Quizshow
- Gewichtheben
- Kartenhausbauen und
- Hoppe-Hoppe-Reiter.

Denn a) ist nur eine Lösung für den nächsten Zug richtig, und für die hat man sehr begrenzt Zeit, weil b) sonst die Kraft dahin ist und c) muss jede Bewegung ganz genau und vorsichtig sein, sonst d) macht der Reiter plumps. Auf Tritte von der Größe eines Marienkäfers kann man nicht draufsteigen wie auf eine Treppenstufe. Über so einen Tritt muss man ziemlich viel wissen. Ob frontal oder seitlich, Knöchel nach oben oder Knöchel nach unten, Hüftstellung. Da könnte man ganze Expertisen schreiben.

Gut, dass es nicht so heiß ist. Wenn es zu heiß ist, wird der Fels so ein bisschen schmierig. Dann rutschen die Schuhe von den Tritten, und die Fingerkuppen werden weich. Vögel singen. Das Turbinengeräusch des nahen Wasserkraftwerks brummt durch den Bergwald. Sie reden über Musik, aber viel reden sie nicht. Pepa trinkt noch einen Schluck und arbeitet sich in die Schuhe hinein, die zwei Nummern zu klein sind, so dass die Zehen sich aufstellen und mehr Kraft auf die Tritte bringen. Sie beginnt den zweiten Versuch so ruhig, als ginge sie bei Grün über die Straße. Das bewundert Anja am meisten: wenn jeder Zug, jede Bewegung im richtigen Tempo kommt. Präzis wie ein Roboter, leicht wie eine Tänzerin.

An der einzigen Stelle, wo man etwas entspannter hängt, atmet sie durch.

Los, du lahme Sau, denkt sie.

Mehr als zwei Versuche hat sie normalerweise nicht. Wenn man zweimal alles gibt, sind die Arme leer, dann kann man nach Hause fahren oder vielleicht noch zum Baden. Wenn sie es jetzt vermasselt, weiß sie nicht, wann Anja wieder mitkommt. Es hängt nur an ihr, und das fand sie immer einen erstrebenswerten Zustand.

»Okay?«

»Schaffst du!«

Über die überhängende Zone des Mittelteils schwebt sie geradezu hinauf. Zeige- und Mittelfinger in das eine Loch, den Daumen daneben in ein anderes und die drei Finger mit einer Zangenbewegung zusammenpressen, als wäre ihre Hand die Schere einer Languste. Im Langustengriff hängt man normalerweise den nächsten Haken ein, aber das Einhängen kostet so viel Kraft, also lässt sie ihn aus. Mit der Linken schraubt sie ein Zweifingerloch zu und setzt den Fuß auf eine vom Sohlengummi schwarz gefärbte Delle. Der Sprung. Ein weiter Sprung, aber der Griff ist riesig. Der Griff kommt nicht näher vom Warten, und die Kraft wird nicht mehr vom dumm Rumhängen.

Los, du lahme Sau, denkt sie.

Sie wirft sich nach oben. Zu weit links kommt die Hand auf, da wo das Loch flach und abschüssig ist. Weiter rechts kann man richtig tief hineingreifen. Immerhin, sie hat das Loch. Dann schwingt das nach oben beschleunigte Körpergewicht wieder nach unten. Sie fängt den Schwung ab. In der äußersten denkbaren Anspannung zwischen Fallen und Nicht-Fallen verbrennt man weit mehr Kalorien als beim Vögeln kurz vorm Höhepunkt. Das hat vermutlich noch nie einer untersucht, aber das ist garantiert so. Anja feuert sie an. Pepa hält sich. Sie keucht und keucht. Und erkennt, dass sie keine Chance hat.

»Ich bin so blöd!«

Und rauscht zehn Meter abwärts.

»Maaaaaann!«

Sie tritt gegen den Fels, und Anja lässt sie ab. Noch bevor sie unten ist, reißt sie sich den Schuh vom Fuß.

»Mein Zeeeeeh … Maaaaaann! Boh, scheiße, auaaa!«

»Hast du eigentlich nie Angst vorm Fallen?«

»Ich hab höchstens Angst, nicht hochzukommen.«

Die gebohrten Haken halten so viel, da könnte man ein Auto dran hängen, und wenn man zwei Meter über dem Haken fällt, fliegt man vier Meter, bis das Seil sich strafft, und dann hängt man eben im Seil. Die Gurte halten, die Seile halten, Karabiner und Schlingen halten. Trägt auch alles ein prima CE-Zeichen. Im Vergleich zu den Geschichten, die Toni passiert sind, ist das ziemlich undramatisch.

»Ich war weit genug! Anja, ich war weit genug! Aber ich hab daneben gegriffen. Ich bin so dumm! Ich verdien's doch gar nicht.«

Sie holt Anja die Lernsachen aus dem Auto, und nach zwei Stunden Pause gelingt ihr mit *Skastadt* die schwerste Tour ihres Lebens. Keine andere Deutsche hat auch nur annähernd so schwer geklettert.

Allerdings wird es kaum möglich sein, die Blamage mit Raabe vor Toni zu verbergen. Sie würde sich am liebsten vergraben.

Im Hinterhof lässt Alex Salsa laufen. Er hat mit Anja peruanisches Essen gekocht, Reis, Geflügel und höllisch scharfe Spießchen aus Rinderherz. *Pisco Sour* gibt es auch, den peruanischen Nationalcocktail. Toni hat von einem Bauzaun ein Poster geklaut: ›Giganten der Volksmusik‹, präsentiert von Marianne und Michael. Digital ins Bild montiert grinsen sie vor dem Matterhorn, und wer weiß, vielleicht ist ja auch das Grinsen aus dem Computer, so wie die Brüste der Mädels auf den Programmzeitschriften. Der Berg jedenfalls ist etwas mehr von Norden aufgenommen als normalerweise, so dass die Nordwand in allen Einzelheiten perfekt zu erkennen ist, und da hat Toni gleich die Route eingezeichnet. Eiger gemeinsam, *Jorasses* gemeinsam, und jetzt werden sie auch das Knatterhorn zusammen abknipsen.

Viele sind gekommen: Commander Alex ist zurück. Alle wollen sie wissen, was Alex alles gemacht hat und was er jetzt noch alles vorhat. Man schreibt Diplomarbeiten oder hat sie hinter sich. Man hat einen besseren Job und fragt nach seiner E-Mail-Adresse. Ein paar haben Kinder, das ist ganz schön stressig, aber man teilt sich ja die Arbeit. Er soll unbedingt noch mal vorbeikommen. Benzin ist teurer geworden, na und, aber dafür gibt es Bestrebungen, das winterliche Eisklettern an gefrorenen Wasserfällen zu verbieten. Großartig. Der Anteil von Grünwählern bei Kletterern unter vierzig liegt noch höher als bei der CSU auf dem flachen Land. Und der Anteil, für den ›Umweltschützer‹ ein Schimpfwort bedeutet, ist noch wesentlich größer. Jahrelang versuchten die Öko-Ayatollahs vom BUND Umwelt und Naturschutz, vom Bund für Vogelschutz und ähnlichen Bünden Felsen zu sperren. Am schlimmsten tobte der Djihad der Vogel- und Kräuterzähler im Südwesten, wo man gleich ein kletterfreies Baden-Württemberg anstrebte. Aber wenn ein Falke auf einem bekletterten Felsen nistet, kann man auch den einen Felsen sperren und die anderen offen lassen, so wie es die Ossis machen. Dass in Deutschland mehr Wanderfalken nisten als vor dem Krieg, war jedenfalls kein Grund, den blöden Falken von der Roten Liste der gefährdeten Arten zu nehmen, an deren Erstellung jene Bünde beteiligt sind – was denn ja vielleicht doch im Zusammenhang damit steht, dass bekannte Arten mehr Umsatz einbringen, wenn ihre Drückerkolonnen an der Haustür Spenden sammeln. In der Fränkischen Schweiz werden Felsen durch Kahlschlag gleichsam aus dem Wald geschält, damit die frei stehenden Wände mehr Touristen anlocken, und die Liste der zum Klettern gesperrten Felsen bleibt so lang, dass man sie auf der Homepage der *Interessengemeinschaft Klettern* als Download bekommt. Trotzdem ist in den Klettergärten das Schlimmste überstanden, aber jetzt versucht man, Teile der Alpen für Bergsteiger zu sperren: Biotopschutzrichtlinien der verdammten EU. Wie Trotzki sollen sie alle enden: mit einem Eisbeil im Kopf. Und die Skipisten werden weiterhin so laut mit Musik beschallt, dass jedes Birkhuhn im weiten Umkreis die Charts kennen muss.

»Stimmt es, dass du mit Klettern angefangen hast, weil du so begeistert darüber warst, dass du auf einer Klassenfahrt abgestürzt bist?«, fragt Anja.

»Exakt!«, grinst Alex. »Ich hatte diese ganzen Abenteuerbücher gelesen, aber was die da gemacht haben, das war alles vorbei, da gab's nicht mehr. Das hat mich fürchterlich frustriert. Und dann, auf Klassenfahrt im Kaiser, hab ich mich ein bisschen in den Schrofen verlaufen und bin gleich mal dreißig Meter abgestürzt. Und da dachte ich mir: Dabei kann man sterben – das mach ich! Dass es da wirklich noch etwas Gefährliches gab, das war eine – wie soll ich sagen – eine enorme Erleichterung.«

»Klingt ungewöhnlich.«

»Ich wollte ja nicht sterben. Ich wollte mich nur vergewissern, dass ich sterben könnte. Ich war dann aber für mein Alter zunächst mal sehr vorsichtig. Ich hab mich auch später immer ganz langsam gesteigert. Da war ich dann eher ein Feigling.«

»Ich hatte für so was wohl die falsche Kindheit. Ich komme aus einer schrecklich heilen Familie.«

Er geht zwei Schritte zurück und inszeniert einen langen prüfenden Blick.

»Ich würde sagen, das hast du gut überstanden. Normalerweise kommen aus heilen Familien doch nur so Leute wie die Stoibers.«

»Das war ein Kompliment?«

»So war es gemeint.«

»Danke.«

»Wie wohnt es sich mit Toni? Ist er ordentlich?«

»Geht so. Ist nicht wichtig.«

Er holt ihr ein Bier und sich selbst was zu essen.

»Was ist wichtig?«, fragt er mit vollem Mund.

»An Toni? Oder beim Zusammenwohnen?«

»Such dir was aus.«

»Ehrlichkeit ist wichtig. Und Humor.«

Das hätte ich auch gesagt, denkt Alex.

»Worauf achtest du?«, fragt er.

»Wobei?«

»Beim Wohnen mit Toni.«

»Ganz früher hat er mal gesagt: ›Das Hauptproblem, wenn du mit den Hühnern zusammen wohnst, sind diese verdammten Haare in der Dusche.‹ Nach jedem Duschen nehme ich meine Haare aus dem Abfluss. Wirklich nach jedem.«

»Das war mein Spruch! Das war verdammt noch mal mein Spruch!«

»Hattest du mal eine Freundin mit so was wie Haarausfall?«

»Es war nur ein Spruch! Ich habe nie mit ‘ner Frau zusammen gewohnt.«

Pepa frisst die scharfen Spieße in sich rein. Der Rotwein ist alle: was für ein durch und durch beschissener Abend. Sie spielt Gameboy. Gameboy mit Alkohol, das ist aussichtslos, aber immerhin, man muss mit niemandem reden. Weggehen wäre gut. Aber draußen alleine wäre schlimmer als allein auf der Fete. Alex redet auf Toni ein, erzählt von den Discotheken, vom paarweise Tanzen und von den Peruanerinnen. Er ist glücklich, und er ist betrunken. Er ist betrunken, und er ist glücklich. Ist das nicht eine Wortverwandtschaft wie »überraschend« und »plötzlich«?

»Warum kommst du nicht mit?!«, drängt er Toni, schon einigermaßen hacke. »Nur für ein paar Wochen. Du hast doch auch blaue Augen. Du wirst sie flachlegen wie die Sense das Korn!«

»Ich kann doch kein Spanisch.«

»Und?! Die einzige Sprache, auf die es ankommt, ist die Körpersprache!«

»Ach, komm.«

»Es geht nicht ums Reden. Der Ball muss ins Tor, darum geht's. Du musst dir immer vorstellen, du bist ein Strafraumspieler: wie der dumme Bierhoff. Oder Ulf Kirsten.«

Halt bloß dein dummes Maul, denkt Pepa und bückt sich nach dem Kasten Bier, der hinter Alex auf dem Boden steht. Schnell und leise will sie wieder weg. Aber Alex bückte sich auch, und sie knallen mit den Köpfen zusammen. Rumms. Stöhnend bleibt sie in der Hocke und stützt sich auf dem Bierkasten ab. Sie trägt ein T-Shirt mit V-Ausschnitt, und wenn man steht, guckt man da rein bis zum Bauchnabel.

»Maaaaaann!«

Der Ball muss ins Tor. Think Bierhoff.

»Das tat weh«, sagt Alex, »aber nett, dass du mir wenigstens deinen Ausschnitt zeigst. Bleib doch einfach noch eine Weile so hocken.«

»Die Liga der Vollidioten feiert zwei Straßen weiter, falls du da vielleicht hinwillst ...«

»Wer wird denn gleich so unfreundlich sein? Ich kann dir auch gern zeigen, wo das alkoholfreie Bier steht.«

Sie erkennt ihn. Natürlich, die Fotos.

»Commander Alex! Na, großartig! Toni sagt, beim Bergsteigen wird man manchmal ein ganz anderer Mensch. Aber ich möcht wetten, du warst schon immer ein Arschloch!«

Sie lässt sich von Toni die Flasche öffnen und zieht ab.

»Das war meine Schwester.«

Er ist stolz auf sie. Die lässt sich nichts gefallen. Wenn sie wirklich mal berühmt wird, würde sie jeden Auftritt vor versteckter Kamera schmeißen, weil sie einfach aufstehen und losschnauzen würde: »Was soll denn die Scheiße?«

Ansonsten ist Toni enttäuscht. Er hätte gern eine richtige Party geschmissen, eine, die mal wieder ein bisschen aus dem Ruder läuft. Nicht so eine Fete, auf der Leute einfach rumstehen und reden. Sondern eine, von der die Nichtkletterer befremdet nach Hause gehen, weil man sich mit Nudelsalat bewirft oder mit einer Mülltonne Völkerball spielt. Oder wenigstens Reiterkampf. Alex möchte seinen Teil zum Gelingen des Abends beitragen und nimmt Toni huckepack.

»Los Jungs, Reiterkampf!«, johlt er, und: »Dass wir aus Giesing sind / das sieht ein jedes Kind«, obwohl nur er aus Giesing ist.

Nur wenn man besoffen auf den Beton fällt, fällt man weich, und Alex ist so hacke, da kann ihm überhaupt nichts passieren. Anja sieht zu Toni hinüber, und so wie sie ihn ansieht, würden auch gerne andere von ihr angesehen. Der berühmte Alex ist sein Partner, sein Gefährte, und das T-Shirt spannt sich über seiner Brust. Am liebsten würde sie ihm ein Zeichen geben und ihn im Schlafzimmer erwarten. Sie hat sich noch nicht getraut, ihm zu sagen, dass sie ein Kind von ihm will. Sie traut sich kaum, das vor sich selbst zuzugeben.

»Dass wir aus Giesing sind / das sieht ein jedes Kind / wir reißen Bäume aus / wo keine sind«, johlt Alex weiter und wiegt sich wie ein Tanzbär. Er stolpert über eine Mülltonne, und ohne jede Gegenwehr donnern sie die

Kellertreppe hinunter: die Tonne, Toni und Commander Alex. Endlich was los hier. Was hat das schön gerumpelt. War sogar was drin in der Tonne. Lachend und stöhnend bleiben sie liegen.

»Toni, bist du okay?«

Ja, will Toni eigentlich sagen, um alle zu beruhigen.

Er hat ein Einzelzimmer, und in ein paar Tagen kann er nach Hause. Der Arzt sagt, das Wadenbein sei außergewöhnlich glatt gebrochen, geradezu perfekt gebrochen, wenn man das mal so sagen dürfe. In drei Wochen kann er schon wieder laufen.

»Kaum bin ich zurück, geht's dir schlecht. Tut mir Leid. Scheint an meinem Karma zu liegen«, hat sich Alex entschuldigt.

»Sei nicht so egozentrisch. Mir geht's nicht schlecht. Ich hab nur ein gebrochenes Bein.«

Pepa bringt Blumen mit, und ihre Turnschuhe quietschen auf dem frisch gebohnerten Boden. Krankenhäuser sind so beängstigend ordentlich.

»Tut's weh?«

Nein, es geht.

»Wieso hast du nicht erzählt, dass du *Skastadt* gemacht hast?«

»Och, ich wollt nicht so rumposaunen.«

»Du bist lustig! Sonst hast du mir 'ne SMS geschickt, wenn du zwei Züge weiter warst. Egal: Glückwunsch! Super!«

»Danke.«

»Was meint Raabe? Hast ihm schon gesagt?«

»Nö.«

»Alex braucht einen Partner.«

»Ja, und? Er ist schuld. Er hat dir das Bein gebrochen. Nicht du ihm.«

»Pepa, das ist die Chance: Mit *Skastadt* bist du nicht nur die Nummer eins in Deutschland, du bist eine der Besten in Europa. Und jetzt machst du eine der drei großen Nordwände mit dem unvergleichlichen, charismatischen, nur für die Route mit dir zurückgekehrten – Tusch! – Commander Alex. Das Wetter ist perfekt. Da kommt ein Riesen-Azorenhoch.«

»Toni, vergiss es!«

Eine Schwester rauscht herein und gibt Toni das Thermometer: »Und bitte nicht wieder unter der Achsel!«

Das ist eben so: man muss rektal messen. Auch wenn man kein Fieber hat. Alle Menschen sind gleich, das hat mit Sozialismus gar nichts zu tun.

»Pepa, außer dir ist niemand da, der jetzt grad Zeit hat. Und du hast ein Auto!«

»Ich denke, es geht um mich?! Soll er halt trampen!«

»Du hast Zeit.«

»Ob ich Zeit hab, das bestimmst du nicht!«

»Du arbeitest nicht und du hast dein Projekt geklettert. Und was Besseres kann dir für die PR doch gar nicht passieren. Ich ruf Raabe an. Vielleicht kann der gleich einen Fotografen mitschicken. Wann machst du Fotos von *Skastadt?*«

»Du rufst ihn nicht an. Ich – ich manage mich in Zukunft selbst.«

»Warum denn das auf einmal?«

»Ich hab das so beschlossen.«

Man hat es nicht leicht mit ihr.

»Scheiße, das hatten wir doch schon hundert Mal! Also: dass du *Skastadt* gemacht hast, teilst du ihm meinetwegen selber mit. Du fährst jetzt ans Knatterhorn. Wir haben Eiger gemacht, wir haben *Jorasses* gemacht, und jetzt ist er aus Peru gekommen, um das Knatterhorn zu machen. Mit jemand anders würde ich dich doch gar nicht gehen lassen.«

Sie starrt auf ihren Blumenstrauß. Fünf Mark beim Lidl, das hat doch alles kein Niveau.

»Ich hab's damals vermasselt, weißt du doch. Ich bin es ihm schuldig.«

»Was kann ich denn dafür, wenn dieses besoffene Arschloch mit dir die Treppe runterfliegt?!«

»Nicht in dem Ton, sonst fängst du dir eine!«

»Leck mich doch am Arsch!«

»Und was war gestern bei Raabe? Neuer Vertrag? Oder hast du's mal wieder verbockt mit deiner großen Klappe?«

Draußen scheint die Sonne. Für andere Leute ist es sicherlich ein schöner Tag.

»Kein neuer Vertrag. Aber er hat mir gesagt, dass er an mich glaubt.«

»Und was heißt das? Hat er das Materialsponsoring verlängert?«

»Nicht verlängert. Erhöht.«

»Und warum bist du dann so scheiße drauf?«

Sie sieht aus dem Fenster.

»Das mit dem Material kommt wie gerufen«, sagt Toni. »Fürs Matterhorn brauchst du eh noch das ganze Zeug. Er hat deinen Materialetat wirklich erhöht?«

»Sag ich doch.«

Alex geht den weiten Weg vom Krankenhaus zu Fuß zurück. Er gibt sich Mühe, gerade zu gehen, so wie Gianluca es immer von ihm fordert. Dein Brustbein muss sein wie ein Wellenbrecher, Aleman! Und wenn du durch eine Lichtschranke gehst, müssen die Eier weit vorne sein. Eine junge Mutter diskutiert mit ihrem heulenden Dreijährigen. Musst du immer provozieren?! Wahrscheinlich heißt er Yannick oder Jonathan oder Stewart-Anthony, einer von diesen »Mein-Kind-hat-einen-ganz-besonderen-Namen-weil-ich-es-so-was-Besonderes-finde-ein-Kind-zu-haben«-Namen. Warum nicht gleich Jehova oder Mao-Tse-tung? Das Erste, was Baby artikuliert, wenn es gerade imstande ist, einen Ton hervorzubringen und ihn zu unterbrechen, wird das große erste Wort: Ma-(sabber-)ma (Schluss). Ein glücklicher Moment im Leben einer und fortan derselben Ehrentitel: Mama. Und auf dem Anrufbeantworter ist längst schon der Name des Kindes, obwohl das Baby auf Jahre hinaus noch keine Anrufe erhalten wird. Aber keinem soll entgehen, dass sie jetzt auch eins hat.

Sie diskutiert noch immer mit Jonathan. Um genau zu sein: doch eher ein Monolog als ein vernünftiges Gespräch unter Erwachsenen. Wahrscheinlich hat Mama auch mal sechs Semester studiert, bis das mit Jonathan passiert ist. Harald Schmidt hat gesagt, es sei keineswegs Unsinn, wenn Frauen Kunstgeschichte studieren. Man will ja später auch mal Möbel kaufen. Oder Vorhänge. Wenn man sich mit Jonathans Mama unterhält, muss man wahrscheinlich mit Geschichten rechnen wie: »Und dann kam Jonathan hahaha in die Küche hahaha und hat sich die Kleider runtergerissen hahaha und gesagt kuck mal hahaha so zieh ich mich aus und die Sachen einfach hingeschmissen Hahahahahahahahahaha Das war wirklich sooo komisch haha-haha.« Der wahre Tiefpunkt einer lausigen Geschichte kommt ja immer erst dann, wenn der Erzähler fordert, man solle das witzig finden. Eigentlich, findet Alex, muss man verstehen, wenn Frauen dümmer sind als Männer. Wer jahrtausendelang tagein, tagaus faseln musste »Geh ins Bett« oder »Das wird jetzt gegessen«, der musste ja verblöden. Andererseits: Von Müttern das Sprechen lernen zu müssen ist und bleibt die große intellektuelle Herausforderung der frühen Kindheit: »Hei-du-dei-du-dei-du, hei-du-dei, ja wo isser denn, ja wo isser denn?« Das lässt einen doch immer wieder staunen, wie die Kinder mit sechs dann tatsächlich schulreif sind. Wenn er ein Kind hätte, er würde versuchen, ihm Worte wie »Schopenhauer« beizubringen oder »Hedonismus« oder »Orson Welles«.

In Huarás hat er fast jeden Tag mit den Kindern seiner Nachbarn gespielt. Er hat ihnen erklärt, was er für wichtig hält: das Alphabet, die Himmelsrichtungen und warum es einem selber schadet, wenn man lügt. Peruanische Väter erklären ihren Kindern nie etwas.

Er schätzt die unkomplizierten Plakate von H&M: schöne Frauen und ein Preis drunter. Neunzehn Mark neunzig oder neunundzwanzig neunzig – das kann sich wirklich jeder leisten, so wie früher den Volkswagen. Schade, dass die alle Silikon in den Titten haben. Kautschuk müsste doch auch gehen. Alex ist dafür, dass die dafür in Zukunft Kautschuk benutzen. Dann könnten nämlich die Schönheits-Chirurgen auf den VIP-Partys heimlich Pröbchen verteilen, so wie die Grasdealer in den Land-Discos, und sagen: »Absolut unschädlich, ey! Das ist *Natur*, ey! Reine Natur!«

Wenn es natürlich ist, muss es auch gesund sein. Das ist heute so. Wie kann es nur Menschen geben, die sich wegen Knollenblätterpilzen, Erdbeben oder Hautkrebs ernsthafte Sorgen machen?

Er bleibt stehen. Wie könnte man die H&M-Mieze nehmen außer normal von oben und normal von unten? Die Gelben Seiten machen einem das Leben da auch nicht leichter. Genau genommen wäre, wenn einem so etwas liegen würde, ein Bordell die vernünftigste Lösung. Jetzt, wo das Matterhorn ausfällt, sieht es immerhin mit den Chancen für die neue Stellung doch schon viel besser aus.

Er sieht fern, die Füße auf der Couch und in der Hand einen *Pisco Sour*. Autos, mit denen das Leben aufregend wird. Jungs, denkt er, ihr habt doch keine Ahnung. Wollte hier irgendjemand wissen, wie der neue Toyota aussieht? Oder dass es überhaupt schon wieder einen neuen Toyota gibt?

Die letzte Umdrehung zum Wahnsinn liegt eh lang zurück: das war die Erfindung der »Ich-weiß-nicht-was-ich-will«-Taste: Programm +/–. Es scheint in Ordnung zu sein, wenn man nicht weiß, was man will, sonst gäbe es ja die Taste nicht. Aber seit er gelesen hat, dass Gebildete schneller zappen als die Dummies, zappt er noch viel schlimmer. Überall bringen sie jetzt Aktienkurse. Ist das ein Ausdruck von Unmoral? Sind Profite oder Verluste der Manipulateure eine Nachricht wert? Sie tun seriös, aber Alex findet, das ist nur die Astrologie des Kapitalismus.

Am längsten bleibt er bei einer Volksmusiksendung des mdr, und dahin schaltet er auch am häufigsten zurück: eine Heiterkeit, als hätte man im Altersheim die falschen Medikamente verteilt. Ein grauhaariger Keyboarder bewegt zum Playback die Hände über die Tastatur, als suche er nach seinen Herztabletten. Jungs, denkt er, jetzt sag mir noch mal einer, ich hätte mein Leben nicht im Griff. Ein Moderator, aus dem richtigen Fernsehen leibhaftig vor eine ganz normale Haustür geschwebt, erscheint dem überraschten Gast wie der Erzengel Gabriel: Ja, ich bin es wirklich. Ich aus dem Fernsehen. Dann ist der Einspielfilm zu Ende und der Kandidat sitzt beim Erzengel im Studio und himmelt ihn an wie ein Jesusfreak und kann es immer noch glauben: der Herr ist ihm erschienen. Wieso regen sich die Leute auf, weil jetzt angeblich so viel Fußball kommt? Über Fußball kann man sagen, was man will: Im Fernsehen verhindert er Schlimmeres.

Auf den Musikkanälen hüpfen dressierte Tanzmäuse, alle mit Waschbrettbäuchen, um die ein Boxer sie beneiden würde. Wie viele Stunden trainieren die täglich? Wie viele Stunden allein auf dem Laufband, damit sie bei dem ständigen Gehüpfe nicht mit Seitenstechen in die Knie gehen? Popstar sein ist auch nicht mehr so ein lockerer Job wie früher.

Ein Blick in die Programmzeitschrift verrät, dass immer noch niemand Kommissar Rex überfahren hat. Man darf die Hoffnung nicht aufgeben. Absolut fabelhaft ist nach wie vor dieser Box-Kommentator auf eurosport. Noch immer die gleiche Begeisterung, wenn einer eins in die Fresse kriegt: »Look at *that!* What a bang!«

Das Telefon klingelt.

»Hi, du Arschloch!«

Alex erkennt ihre Stimme. Es ist Pepa.

»Toni hat mich überredet, dass ich mit dir zum Knatterhorn fahr.«

»Du?«

»Ich.«

»Lass mich nachdenken«, sagt er.

»Noch einmal so 'n Spruch wie gestern, und du kriegst dein Eisbeil in die Fresse. Nur dass wir das schon mal klar haben.«

»Hast du gute Laune?«

»Nein!«

»Hast du schon mal irgendwas mit kombinierter Kletterei gemacht?«

»Nicht viel.«

»Kommt der Vorschlag wirklich von Toni?«

»Maaaannn – warum sonst sollte ich mir so was antun?«

»Und Toni sagt, wenn du alles bloß nachsteigst, das kannst du?«

»Yep.«

»Lass mich nachdenken«, sagt er noch mal.

»Ich will in ein paar Tagen unverletzt zurück sein. Ohne Erfrierungen und ohne Narben. Traust dir das mit mir zu?«

»Das trau ich mir zu.«

»Hast du jetzt nachgedacht?«

»Du würdest lieber hier bleiben?«, fragt er.

»Yep.«

»Ich nicht. Vamos.«

Sie braucht Ausrüstung, und Alex wählt aus: Stiefel, Überhosen, Gamaschen, Steigeisen und so fort. Extrem elegantes Shopping, sagt er, wenn einem der Manager alles zahlt. Sie probiert nur an und sagt »Ja« oder »Zu groß« und dreht die Preisschilder um, bevor sie sieht, was draufsteht und ein unerwünschtes Programm in ihrem Gehirn beginnt, die Zahlen zu addieren.

»Ist das jetzt alles?«, fragt sie. Der Berg Ausrüstung auf dem Ladentisch ist ihr unheimlich.

»Die Rechnung an Raabe. Wie üblich.«

Toni ist schuld, wird sie sagen, wenn das vor Gericht kommt. Ich kann nichts dafür. Mein Bruder hat mich da reingeritten.

»Seit wann machst du Alpines, Pepa?«, fragt der Verkäufer.

Man kennt sich. Das heißt: man kennt Pepa.

Jeder zweite Deutsche hat ein Auto, das sind also vierzig Millionen. Eine durchschnittliche Länge von vier Metern würde einen Stau von 160 000 Kilometern ermöglichen. Es wäre der größte Stau aller Zeiten, und bei zwei Personen pro Auto könnten sogar alle vorne sitzen. Viermal um den Äquator ein Stau von deutschen Autos. Und im ganzen Großraum München bekommt Alex kein anderes Auto als den Audi von Pepa und sie dazu. Die Kasse zeigt knapp fünftausend Mark.

»Bis jetzt hattest immer höchstens tausend auf einmal«, sagt der Verkäufer. »Du, nichts für ungut, aber ich möchte mich absichern.«

»Da brauchst du nicht fragen, das ist in Ordnung. Und außerdem … der ist heute in Frankfurt.«

Wie leicht man lügt. Wie schnell das geht.

»Du, nichts für ungut, ich möcht mich nur absichern.«

Alex entdeckt sie auf dem Cover der neusten Ausgabe von *klettern* und legt das Heft dazu. Der Verkäufer wählt, guckt auf die Ware, an die Decke. Schließlich legt er auf.

»Besetzt. Wird schon stimmen. Viel Erfolg.«

Die Ausrüstung vom Ladentisch heben ist wie die Anker lichten.

»Werden jetzt in Deutschland eigentlich viele kletternde Frauen gesponsert?«, fragt Alex auf. »In diesem Umfang?«

»In diesem Umfang bin ich die einzige.«

»Wahrscheinlich siehst du auch besser aus als die anderen.«

Wenn Blicke töten könnten, hätte Alex jetzt mindestens einen gebrochenen Arm.

»Das war ein Kompliment!«, insistiert er.

»Halt die Fresse.«

Sie schieben den Audi an, Pepa an der Fahrertür, Alex hinten. Bob München II. Zelt und Schlafsack brauchte Pepa nicht einzuladen, die hat sie immer dabei, denn: die Scheinwerfer ziehen ihren Strom von der Batterie, daher wird das Licht nachts schwach, der Blinker geht nicht, und wenn sie dann noch den Scheibenwischer braucht, fällt die Zündung aus. Technisch gesprochen, liegt es an der Lichtmaschine. In Wahrheit ist der Audi ein alter Indianer, der im Dunkeln nicht rauswill wegen der Geister und der Gicht.

Zermatt ist das gleiche Irrenhaus wie beim letzten Mal: Souvenirläden, kunstdüngerleuchtende Blumenkästen und quiekende Elektroautos. Straßen und Gehwege glänzen, als würden sie jeden Morgen gebohnert und desinfiziert. Karnevalstauglich livrierte Kutscher steuern Vierspänner, die auf irgendwas zwischen Barock und Disneyland getrimmt sind. Mit dem Auto darf man nicht herauf, deswegen kommen alle mit der Zahnradbahn, daher Elektroautos und Kutschen. Und am Bahnhof stehen die Kutschen wie sonst die Taxis. Es sieht aus wie die Generalprobe für eine Volksmusiksendung des mdr. Und gleich kommt Roberto Blanco um die Ecke, und das Playback hämmert: »Ein bisschen Spaß muss sein / dann kommt das Glück von ganz allein«, und alle fangen an zu schunkeln.

Einige Kutscher sprechen Reisende an und wollen sie abschleppen, ein bisschen wie Nutten im Frack. Als Bergsteiger wandern Pepa und Alex durch Zermatt wie zwei Astronauten. Das Matterhorn ragt unendlich hoch in den Schweizer Himmel, wie eine Vision so unendlich hoch: 4478 Meter. Drei Kilometer näher an der Sonne als Zermatt. Sie bleiben stehen, irritiert, glücklich, stolz.

Der Anblick wirkt merkwürdig abgegriffen, *genau* wie auf all den Postern und Schokolade-Reklamen. *Kann* das überhaupt sein? So hoch? Unendlich hoch. Wenn dort oben Götter wohnen, dann sind die Götter wirklich menschenscheu oder waren es jedenfalls früher. Heute steigen in der Hochsaison täglich Hunderte den Hörnligrat hinauf, den Normalweg. Da haben die Götter ihren Liegestuhl wahrscheinlich woanders platziert, auf der Dent d'Herens, auf dem Zinalrothorn oder so.

Die Erstbegeher der Matterhorn-Nordwand, die Schmid-Brüder aus München, waren arbeitslos. Mit dem Fahrrad nach Zermatt, damals, 1932, mit Hanfseilen und

Haken aus Schmiedeeisen. Alpinistisch waren die Jahre der Arbeitslosigkeit außerordentlich fruchtbar, genau wie später in England, als unter Thatcher die Jobs zum Teufel gingen und das britische Klettern wieder zur Weltspitze zählte. Niemand hat so viel für den britischen Alpinismus getan wie Thatcher, die alte Hure, sagt Victor immer. Und als Heckmair '38 in den Eiger einstieg, war er zehn Jahre ohne festen Wohnsitz. Und mit neunzig raucht er immer noch Zigarre und trinkt Schnaps.

Alex zieht eine Postkarte mit den ›Giganten der Volksmusik‹ aus dem Deckelfach, ihrem Wandbild für die Tour. Sein Finger fährt über das Einstiegseisfeld und die große, rechts ansteigende Rinne hinauf. Dieses Couloir endet in einem schwach ausgeprägten Trichter, und dann geht's gerade hoch. Da oben wird es viel kälter sein als hier. Die Luft muss dünner sein, da oben im blauen Himmel. Und ganz still muss es sein: da oben. Und sie beide werden gehen.

»Jetzt liegt noch dick Firn auf den Felsen«, sagt er. »Deswegen sind wir auch genau jetzt hier. Mai, Juni, da versäufst du im Schnee. August, September ist der Firn abgetaut, und man eiert im Blankeis rum. Erste Julihälfte, das ist die Zeit. Nur hier im Trichter dürfen wir nicht zu spät sein. Wegen dem Steinschlag. Kombinierte Wände sind wie ein Bankraub: du brauchst genaue Informationen, das richtige Material und einen genauen Zeitplan. Und du musst schnell wieder draußen sein.«

»Wie ein Bankraub. Aha.«

Das große Wunder am wunderbaren Matterhorn ist aber, dass es noch steht. Es ist der schönste Schotterhaufen der Welt, aber eben ein Schotterhaufen. Die Hälfte des Berges könnte man in der Schubkarre wegfahren. Sobald die morgendlichen Sonnenstrahlen den Nachtfrost lockern, fallen Steine. Knapp unterm Gipfel führt der Hörnligrat über eine Schotterhalde, die am Ausstieg der Nordwand liegt. Und die ungeübten Normalwegler treten weitere Steine los, die sich im Trichter sammeln.

»Anfang Juli sind noch nicht viele Leute am Hörnligrat, und die Schotterhalde liegt unter Schnee. Der Zeitpunkt ist perfekt, aber wir dürfen nicht trödeln.«

»Also was jetzt? Doch kein Steinschlag?«

»Wenn es wirklich gefährlich wäre, würde Toni dich gar nicht gehen lassen.«

»Toni hat nichts zu sagen. Wenn ich hopsgehe, gibst du einen aus.«

»All right«, grinst Alex, und einen Moment später gefällt ihm die Antwort nicht mehr. Wahrhaftig, sie ist keine Zimperliese. Sie ist ein richtiger Junge. Allein schon wie sie geht: die Ellbogen abgespreizt, als hätte sie Rasierklingen unter den Achseln, und breitbeinig wie ein billiges John-Wayne-Double. Gott, ist das peinlich.

»Toni meinte, auf der Hütte müsste man um zwei Uhr aufstehen. Geht das nicht auch ’n bisschen später?«

»Du bist langsamer als Toni. Um zwölf stehen wir auf.«

Im Sessellift über Almwiesen schwebend gewinnen sie Höhe. Hinter ihnen, unter ihnen verschwindet Zermatt. Kühlere Luft deutet die Ernsthaftigkeit des begonnenen Unternehmens an. Alex’ Lungen saugen die Luft tief ein und wollen sie kaum wieder hergeben. Er fiebert der Nacht und dem Aufbruch entgegen. Sie hat Angst. Wie soll sie in der Tour das Tempo halten, das er vorgibt? Wenn sie schon wie eine Anfängerin alles nur hinterher steigt und er alles führt, alle Entscheidungen trifft, welche Blamage, wenn ihr dann auch noch die Puste ausgeht. Von der Seite wirft sie einen Blick auf seine muskulösen Oberschenkel, die aus den Shorts hervorschauen wie zwei Maschinenkolben. Sie hasst seine Beine. Sie hasst ihn. Sie hasst sich selbst. Immer noch keinen Sponsor. Zu brav, zu spießig, zu wenig Einsatz. So wie Anja. Andererseits muss sie ordentlicher werden. Ohne Ordnung versanden die Anstrengungen, und Power ist bekanntlich nothing without control. In der Hinsicht kann sie sich von Anja eine Scheibe abschneiden. Sobald sie zurück ist, wird wieder angegriffen. Und zwar ohne Toni. Ich hab eigentlich immer alles allein gemacht, wird sie sagen, ich hab nie einen Berater gebraucht.

Vor der Gipfelstation lauern japanische Touristen, die sich an ihren rosa Schirmmützen als Zugehörige derselben Reisegruppe gegenseitig erkennen, auf irgendwas Sehenswertes. Seit einer halben Stunde sind sie da, ohne dass sich irgendwas bewegt. Da muss man als Japaner ja nervös werden. Aufgeregt umringen und knipsen sie Pepa und Alex und betasten Steigeisen, Seil und Eisbeile an ihren Rucksäcken. Alex verscheucht sie wie Fliegen.

Ringsum jubiliert das Panorama. Niedrige Gräser, Kräuter und Blumen nutzen die kurze Vegetationszeit und blühen verschwenderisch. Die Wiesen leuchten von Schönheit. Weit unten das Tal von Zermatt, über ihnen der berühmteste Berg der Welt, den jeder schon so oft auf

Fotos gesehen hat, dass es dann schwer fällt zu glauben: der ist echt!? So ähnlich, als ob man Mick Jagger auf der Straße sehen würde. Die vielen Fotos haben einen Teil des Einmaligen vorweggenommen. Es ist trotzdem ein großartiger Berg.

Wenn man vernünftig wäre, würde man niederknien. Auch wenn es Leben auf anderen Planeten gibt, denkt Alex, ist doch sehr zweifelhaft, ob die gescheite Berge haben. Und wenn ja, ob die Schwerkraft groß genug ist, dass Bergsteigen Sinn macht. Oder stell dir vor, du wirst wiedergeboren, und der Planet, auf dem du wohnst, ist flach. Hey Schöpfer, ich möchte mich versetzen lassen. Oder: könnten wir hier vielleicht ein »Gebirge« aufschütten lassen? Auf der Erde gehörte das zur Selbstverwirklichung. *Selbstverwirklichung?* Ja, das hatten wir da alle, und Fernseher auf allen Zimmern, Pflegeversicherung, ABS und sechs Wochen bezahlten Urlaub. Mit allen Extras, Schöpfer: »Leben in Westeuropa!«

Mit großen, trotz des Rucksacks federnden Schritten eilt Alex voraus. Gottergeben stapft Pepa hinterher. Langsam finden Beine und Atmung ihren Rhythmus.

Die Hörnlihütte haben sie aus Steinen gebaut, die dort herumliegen. Steine gibt es dort genug. Den Rest haben sie damals mit Eseln oder auf dem Rücken hinaufgeschleppt. Es ist ein Stützpunkt, eine Zuflucht. Weit und breit gibt es keine andere. Im Winter schützen dicke Läden die Fenster. Tausend Meter höher, irgendwo am Hörnligrat, steht eine Biwakschachtel. Das ist alles. Je näher man dem Matterhorn kommt, desto mehr wird es zu einem ganz normalen Berg. Auf dem gemauerten Vorplatz kocht Alex eine Instant-Suppe und wartet auf sie. Der Kocher war letztes Mal auch schon dabei. Und die Flasche erst, wo war die überall schon mit. Eine blaue verschrammte 1,5 Liter-Flasche mit den Aufklebern von 1860 und den Discotheken von Huarás. Am Huascarán hat er sie mal vergessen und ist eine Stunde zurückgelaufen, um sie zu bergen. »La botella de oro« nennt er sie, die goldene Flasche, obwohl sie doch blau ist.

Schließlich kommt sie. Sie zieht sich ihre peinlich neue Überhose und den Anorak über. Sobald man stehen bleibt, wird es augenblicklich frisch. Als sich die Suppe wärmend im Bauch verteilt, ist sie glücklich. Ihr war kalt, sie hatte Hunger und Durst. Kleidung und Suppe beheben das alles. Die Berge zelebrieren eins der Rezepte, mit denen sie glücklich machen: sie reduzieren die Bedürfnisse.

Pepa labt sich an der Wärme von innen. Vielleicht wird es ja doch ganz lustig. Bestimmt werden die im *klettern* oder im *Alpin* was bringen, wenn sie innerhalb von einer Woche *Skastadt* und das Matterhorn macht. Eigentlich war es prima von Toni, ihr diese Chance einzufädeln. Eigentlich ist sie hier goldrichtig. Alex baut sie ein wenig auf. Sie wird das schon schaffen, er kann auch im Vorstieg den schwereren Rucksack tragen. Dann kommen ihr wieder stumme Zweifel.

In der Hütte ist eine Holländerin, die Alex gut gefällt, nicht nur wegen dem HST. Die ist richtig nett. Er stellt sie sich im Bikini vor. Wenn er mit Toni hier wäre, würde er sich auf jeden Fall um ihre Adresse kümmern. Er vergleicht Berge und Frauen. Anders: Berge machen keine Geräusche, wenn man auf sie draufsteigt. Gemeinsam:

können nicht einparken, verstehen nichts von Fußball und man kann nicht vernünftig mit ihnen diskutieren.

Als sie zum ersten Mal erwacht, ist es noch hell. Alex liegt neben ihr und atmet gleichmäßig. Atmet jeder Mensch so gleichmäßig, wenn er schläft? Ist das normal? Sie sieht hinaus, wo schlaff und friedlich die Fahne am Mast hängt. Kann das Wetter nicht schlecht werden? Wenn jetzt draußen der Regen rauschen würde, wie wäre das schön. Regen ist Leben, sagt man doch.

Wie soll man schlafen, wenn es noch hell ist? Sie zieht sich eine der muffigen Decken über den Kopf. Bis Mitternacht sind es noch fünf Stunden. Als sie zum zweiten Mal erwacht, steht der Mond am Himmel. Erst halb elf.

Es ist noch Nacht, es ist fürchterlich, und ihre Beine sind schwer wie nasses Mehl. Vor ihr spuren Alex' blaue Gamaschen in mitleidloser Geschwindigkeit das Eisfeld hinauf. Der Rucksack zerrt an ihren Schultern, Steinschlag setzt ein, ein riesiger schwarzer Felsblock, noch schwärzer als die unendlich schwarze Nacht, stürzt auf sie zu, immer näher und näher, und dann wacht sie auf. Sie setzt sich auf und atmet tief. Der Herzschlag beruhigt sich. Sie schaut wieder aus dem Fenster. Der Mond steht jetzt ein bisschen weiter drüben. Alex schläft. Ein paar der Leute, die zum Normalweg wollen, schnarchen leise.

Bei Kerzenlicht schmelzen sie im Winterraum auf dem Gaskocher Schnee. Alex löffelt das Müsli in sich rein wie eine Maschine. Wie kann man nur so essen? Sie schnürt die schweren Stiefel, und die Senkel schneiden sich in die eiskalten Finger. Ist das ekelhaft. Und sie hat Angst.

Alex könnte nicht zählen, wie oft er schon so aufgestanden ist. Er genießt es. Das frühe Aufstehen ist eh unvermeidlich, und das Unvermeidliche soll man entweder lieben, daran Freude finden oder es ändern. Aber nie soll man tun, was man nicht will. Der Schritt vor die Tür dagegen bleibt noch immer ein besonderer Moment. Kalte Luft schnappt nach der ungeschützten Haut im Gesicht, am Hals und an den Händen und gießt sich tief in die Lunge. Ansonsten tut die Kälte nichts, wie ein Hund, der bellt und nicht beißt. Im Tal ein paar Lichter, die nicht von Leben künden, sondern davon, wie fern der Morgen noch ist. An den Füßen die Stiefel und im Rucksack die Waffen für den Tag. Die Stiefel knarren, die Rucksäcke knarzen, jedes Geräusch ist überlaut und deutlich.

»Okay, bringen wir's hinter uns«, sagt er und tritt die Zigarette aus.

Sein Anorak und seine Überhose sind an einigen Stellen mit Klebeband repariert. Mit einem Schaudern denkt sie an Toni. Seine Überhose sieht genauso verwegen aus wie die von Alex. Sie hat die Bilder gesehen, Toni hat auch viel erzählt, aber was ihr Bruder wirklich für wilde Sachen abgezogen haben muss, begreift sie erst jetzt. Alex war sein Partner. Was sie geklettert hat, kommt Toni zwar nicht hoch, aber eines sind ihre Touren überhaupt nicht: gefährlich. Wenn Toni auf Expedition ging, kamen Mama und Papa mit Wasser aus Lourdes an den Flughafen. Sie werden gewusst haben, warum.

Der Lichtkegel der Stirnlampen reduziert die Welt auf den Kubikmeter Luft vor den Füßen. In ihrem Lichtkegel sieht Pepa seine Stapfen im Schnee, und, wenn sie näher dran ist, seine Stiefel. Sie trägt dünne Fingerhandschuhe und schwitzt unter dem Rucksack. Die Mütze hat sie abgenommen. Der Schnee ist weich wie Watte.

Anstrengung über Anstrengung erwartet sie, im Vorfeld von Alex mal wieder mit Leichtigkeit verdrängt. Eine Knüppelei, die würde man sich als Galeerensträfling nicht bieten lassen. Immer in Eile, als wäre man auf der Flucht. Wenig zu essen, man bringt ja nicht viel runter. Die Stadien von Idee, Planung, Aufbruch, Zustieg, Tour, Abstieg und der Verdrängung hinterher sind ein Kreislauf wie eine Zen-Übung. Hinterher glaubt man, es war herrlich. Vorher glaubt man, es wird großartig, aber zwischendrin ist es Käse. Es ist eine Katharsis, eine Wiederholung wie Raupe, Puppe, Schmetterling. Nur gut, dass sie zum Matterhorn gehen und nicht zum Eiger oder zu einer der wirklich großen Wände. Wenn ihn jetzt einer fragen würde, ob er überhaupt will, würde er vielleicht »Nein« sagen. Aber man fragt nicht. Das gehört nicht zur Übung. Der nächtliche Abwind weht ihnen ins Gesicht. Die klassischen Nacht-Müsli-Fürze gehören auch dazu, fällt Alex ein, diese Fürze sind ein Teil des Kreislaufs.

In solch kalten und klaren Nächten, wenn die Sterne einen geradezu erdrücken, scheint es gar nicht so abwegig, dass da draußen im Weltraum –274° Celsius herrschen. Wird schon stimmen. Und wenn man so monoton dahinstapft, kommen Fragen dazu wie: Was kommt denn am Ende des Raums? Früher, als die Erde noch eine Scheibe war, fielen die Segelschiffe hinten runter, am Ende der Scheibe. Heute ist die Erde eine Kugel, und wir haben Raumschiffe, aber wenn die immer geradeaus fliegen wie die Dinger, die sie Richtung Mars schicken und dann irgendwann abschreiben, dann werden die am Ende auch irgendwo runterfallen. Denn der Weltraum ist endlich, sonst könnte er sich ja nicht ausdehnen. Eigentlich gehören so Raumschiffe dann in die Grüne Tonne. Ist ja Metall. Aber sie würden danebenfallen, neben die Tonne, weil, wie die Physiker sagen, der Raum gekrümmt ist. Man könnte die Raumschiffe noch so genau oberhalb der Grünen Tonne fallen lassen – trotzdem daneben. Weil der Raum eben krumm ist. In sich, irgendwie. Wenn der Raum gerade wäre, könnte man an seinem Ende so Container aufstellen: Buntglas, Papier, Pappe, Plasma, Schwarze Löcher, Metall.

Der Raum ist gekrümmt. Das muss man bedenken.

Am Bergschrund tritt Alex eine Terrasse in den Schnee. Er zieht die Botella de oro aus dem Rucksack, reicht sie Pepa, und sie lässt sie fallen.

»Pass halt auf! Weiter oben geht das nicht mehr! Wenn da irgendwas Wichtiges runterfällt, müssen wir umkehren.«

»Die Flasche ist doch noch zu! Es ist doch überhaupt nichts passiert, verdammt noch mal!«

»Ab hier ist Ernstfall, Mann! Das da, ja?« – er zeigt nach oben in die Dunkelheit – »Das ist Großwild!«

»Und du bist Buffalo Bill.«

Schweigend setzen sie die Helme auf und legen die Steigeisen an. Er klinkt sich Eisschrauben an den Gurt, fährt in die Handschlaufen seiner Eisbeile und schaut Pepa an. Ohne es zu merken, leuchtet er ihr mit der Stirnlampe direkt in die Augen.

»Okay?«

»Kannst los.«

Sie hat sein Seil in der Sicherung und kann erst mal nichts sehen, geblendet wie sie ist. Er steigt einige Schritte in die Spalte hinab und beginnt zu klettern. Bläulich schimmert das Eis der fünf Meter hohen Schrundwand im Schein seiner Lampe. Helm, Lampe, Pickel: Wie ein Bergmann sieht er aus. Wie ein Flöz liegt das bergab fließende Eis der Wand offen über der talauswärts fahrenden Masse des Gletschers. Wenn Alex mit rechts schlägt, sitzt das Eisbeil schon beim ersten Mal. Pepa sitzt auf ihrem Rucksack und lässt das Seil weit durchhängen. Da Alex offensichtlich zu faul ist, eine Schraube zu setzen, würde er bei einem Sturz sowieso bis unten in den mit Flugschnee gefüllten Schrund plumpsen. Da braucht sie eigentlich überhaupt nicht zu sichern. Im Zustieg hat sie geschwitzt, im Sitzen wird ihr kalt. Sie leuchtet auf die Frontalzacken ihrer nagelneuen Steigeisen, die unter den Stiefelspitzen hervorschauen. Teure Gamaschen, atmungsaktive, aufgeplusterte Überhosen, fast so dick wie Tonis Gipsbein, was für ein Mummenschanz. Rundrum ein zerborstenes Grau und Schwarzweiß von Schnee- und Eisflächen wie in einem zusammengeschobenen Treibeisfeld. Kurz nach drei. Sein Zeitplan ist korrekt. Dann rutscht ihr wieder der Helm über die Augen, und sie sieht nichts mehr. Nur ihre Nasenspitze. Und die ist eiskalt. Nach einer Weile zieht Alex kein Seil mehr hinauf in die Dunkelheit.

»Stand!«

»Seil ein!«

Sie nimmt das Seil aus der Sicherung. Mit ihren bananenförmigen Hauen und den gebogenen Schäften wirken ihre Eisbeile wie futuristische Gartenharken. »Super-Nintendo Space Invader«, hat Alex beim Sport-Scheck gegrinst. Richtig fair war das, ein Witz über die Teile statt über sie, und sie hat gelächelt. Alex zieht von oben am Seil wie an einer Hundeleine, was sie in ihren Handgriffen nur behindert. Sie traut sich nicht, dagegen zu zerren, sonst zieht sie ihn am Ende wieder runter. Standplätze im Eis sind ja angeblich immer schlecht.

»Mooo—ment«, schreit sie.

Die Super-Nintendo-Beile beißen phantastisch, dafür schlägt sie sich bei jedem Schlag die Finger am Blankeis an. Vom Rissklettern ist sie schmerzende Finger gewohnt, aber das hier ist schlimmer. Nach dem Bergschrund legt sich der Hang so weit zurück, dass man ihn gerade noch mit Skiern abfahren könnte. Sie würde ihm gern zeigen, wie gut sie Ski fährt. Die Dunkelheit lässt nur ahnen, wo der Berg hingeht. Die Augen stellen sich auf die Helligkeit der Stirnlampe ein, und hinter dem Lichtkegel erkennt man absolut nichts mehr. Beim Verschnaufen machen sie manchmal die Lampen aus, dann sieht man weiter. Am kurzen Seil stapfen sie den endlosen Hang hinauf. Wenn einer fällt, reißt er den anderen mit. Aber: hier fällt man nicht.

Die Sterne verblassen und verlöschen. Der Tag ist gekommen. Millionen dieser Tage hat der Berg schon gesehen. Für ihn ist das nichts Besonderes. Der Gipfel hat schon Sonne. Sanft und lautlos wie das Tuch an einem Denkmal, das enthüllt wird, sinkt der Schatten. Die Anspannung, nicht sehen zu können, wo man war, weicht der nur geringfügig befreienden Gewissheit, zu erkennen, wo man ist. Weit unter ihnen der Gletscher mit ihrer Spur. Das sucht man immer als Erstes: die eigene Spur.

Alex steigt zwischen immer enger stehenden Felsinseln hindurch. Er schlägt eine Stufe ins Eis und legt eine Schlinge über einen Zacken.

»Stand!«

Er zieht das zu Pepa laufende Seil straff und sichert sie nach. Auf den letzten zehn Metern wurde die Eisauflage dünner. Zwischen Eis und Fels war Luft, Schollen platzten unter seinen Eisen weg. Falls sie jetzt stürzt, hat er sie sofort im Seil. Über ihnen beginnt das Schrägcouloir. Ab hier müssen sie einzeln Seillänge für Seillänge sichern. Seine Beile hat er ins Eis geschlagen und an eins von ihnen seinen Rucksack gehängt. Anders als er hat sie ihre Beile mit Fangschnüren am Gurt gesichert, die sich seit Stunden ineinander verdrehen. Sie zieht ihre Handschuhe aus und löst eine lockere Schuppe aus dem Fels.

»Uärks, was ist das denn für Fels?«

Der Kalk sieht aus wie der Hautausschlag eines Riesen: grindige, verschorfte Schuppen, die lose am Körper liegen.

»Pass mit den Fangschnüren auf, das ist kein Strickzeug!«, sagt Alex und gibt ihr die Flasche. Beinahe verliert sie sie wieder, aber mit einer Reflexbewegung kann sie sie zwischen Busen und Ellbogen einklemmen. Sie trinkt hastig und gibt ihm, immer noch erschrocken, die Flasche zurück.

»Die dicken Sponsoren, aber zu doof, um ’ne Flasche festzuhalten! Kann doch echt nicht wahr sein!«

Halt’s Maul, denkt sie.

»Noch mal kehr ich nicht um wegen so einer Scheiße! Genau hier hat Toni damals seine Handschuhe verloren. So wollte er mir die Handschuhe rübergeben und …«

Er macht Tonis Handbewegung nach und stößt dabei gegen seinen Rucksack. Mit dem Eisbeil, an dem er hing, fällt der Rucksack. Es ist mehr ein Rutschen, ein Rollen. Das Eisbeil beginnt, Räder zu schlagen und berührt eine Felsinsel. Boioioioing. Dann wieder Radschlagen. Der Rucksack rollt in großen Sprüngen und macht ein Geräusch wie ein toter Hund, der die Treppe runterfällt: BOFF-BOFF-BOFF.

»Die Flasche! Gib mir die Flasche!«, schreit sie.

»Drei Eisbeile haben wir noch.«

Seine Stimme klingt ruhig und fest.

»Mit drei Eisbeilen kommen wir auch durch. Keine Panik.«

»Los, gib mir die Flasche!«

Er gibt ihr die Flasche, und sie schmeißt sie die Wand hinunter.

»Da! Da hast du deine Scheiß-Flasche! In Peru bist du Bergführer? Du bist doch bestenfalls Bademeister!«

Sie klinkt ihren Rucksack an seinen Stand, seilt sich aus und steigt ab. Nach dreißig Metern bleibt sie stehen und schreit: »Maaaaaaann! So ein Arschloch!«

Sie sind an der besten Stelle, um in die Rinne einzusteigen. Weiter links, so wie viele gehen, wäre es schwieriger. Seine Rechtsschleife im Dunkeln war goldrichtig. Wird er sich merken. Er nimmt die Stirnlampe vom Helm und steckt sie in Pepas Rucksack. Er lässt ihr einen großen Vorsprung. Den Bergschrund überwinden sie mit einem Sprung. Wortlos seilen sie an. Diesmal geht Pepa voraus. Wie ein Faden im Labyrinth führt die Spur durch den Gletscherbruch zurück.

Als er das Auto auf dem Parkplatz in Täsch erreicht, trägt er noch immer ihren Rucksack. Was für eine Hitze. Auf einigen trostlosen Hektar glühen Autos in der senkrecht stehenden Hochsommersonne. Das ist das Lächerliche beim Sommerbergsteigen: dreißig Grad im Schatten, wenn man ins Tal kommt, die langen Unterhosen jucken und dazu die dicken Stiefel. Bei Winterbegehungen gibt es das nicht. Pepa hat die Türen geöffnet, um die ärgste Hitze herauszulassen. Schweigend hält sie ihm eine Wasserflasche hin.

»Tut mir Leid«, beginnt er.

»Vergiss es.«

»Äh … würdest … würdest du es unter Umständen noch mal versuchen?«

Halt's Maul, denkt sie.

»Wir gehen mit Leichtgepäck«, sagt er, »dann brauchst du keinen Rucksack zu tragen, und ich kauf mir einfach ein neues Eisbeil und …«

»Halt's Maul.«

»Komm, ich bin nur fürs Knatterhorn rübergeflogen. Für drei Wochen, nach drei Jahren, ich meine …«

»Dein Problem.«

Er zieht sich um, wirft die dicke Hose und die Stiefel in den Kofferraum und fischt Shorts, Espandrillen und ein frisches T-Shirt heraus.

»Ich geb's ja zu, es war ein Fehler. Aber es ist halt 'ne alte Gewohnheit, ich benutz keine Fangschnüre.«

»Ich hab da auch ’ne Gewohnheit, ’ne unheimlich alte Gewohnheit. Mit Idioten geh ich nicht klettern. Jetzt schieb, verdammt!«

Sie schlägt den Kofferraum zu und fasst durchs offene Fenster ans Lenkrad. Er stellt sich ans Heck. Schweiß strömt aus verklebten Poren. Es ist alles nur noch eine Strafe. An der ersten Tankstelle fährt sie raus.

»Bleib sitzen«, beeilt sich Alex. »Ich mach das schon.«

Er tankt, kontrolliert Öl, Wasser und Reifendruck und putzt die Scheiben. Er würde bezahlen, aber all sein Geld war in seinem Rucksack. Er fragt sie noch mal. Das Wetter soll noch schön bleiben, und das gibt es nicht oft, dass man gleich die Chance zu einem zweiten Versuch hat. Sie sagt nein und geht bezahlen. Es riecht nach Benzin.

Sie holt eine Postkarte aus dem Handschuhfach und legt sie auf die Kühlerhaube wie ein gutes Blatt beim Pokern: Drus-Westwand mit *Bonattipfeiler*, vom legendären Walter Bonatti im September ’55 fünf Tage lang in seinem allerlegendärsten Alleingang erstbegangen.

»*Bonattipfeiler* können wir meinetwegen machen«, sagt sie, »Toni hat mir einiges erzählt. Die beste Felstour im ganzen Montblancgebiet. Zehnmal besser als das dämliche Knatterhorn. Und da kannst du auch kein Eisbeil verlieren. Da braucht man keins.«

Toni hat gesagt, auf zweiundzwanzig Seillängen wackelt kein einziger Griff. Frei geklettert ist der Pfeiler ein lumpiger achter Grad. Nicht so großartig gesichert, aber nur acht. Toni hat es damals nicht mal frei probiert. Sie würde es schaffen. Von der PR her wäre das auch nicht schlecht. Der *Bonatti* ist ein Klassiker wie *Vom Winde verweht* oder *Casablanca*. Die meisten basteln da mit ihren Leitern rum. Sie wird das frei klettern.

»Muss man doch ausnutzen, wenn man schon mal mit so einem alten Hasen unterwegs ist«, fügt sie hinzu.

Das Einzige, was sie an Alex leiden kann, ist: Wenn man mit ihm ausmachen würde, okay, sobald du drei Schüsse hörst, lässt du den Motor laufen, dann kommen wir raus und haben zwei Minuten, bevor die Bullen frühestens da sein können – dann würde er den Motor auch laufen lassen.

Er schüttelt den Kopf. Den *Bonattipfeiler* hat er längst gemacht.

Sommerzeit, Ferienzeit. Draußen ziehen Wiesen, Wälder, Stadel und Staus vorüber. Der Auspuff röhrt, die *Toten Hosen* halten dagegen. *Zehn kleine Jägermeister*. Dröhn. Die Texte der *Hosen* haben Alex noch nie überzeugt. Wie Infusionsschläuche hängen die Boxenkabel aus der Verkleidung herab, und der Discman auf dem Boden rutscht an den Kabeln hin und her wie ein Kassenpatient, den keiner mehr haben will.

Die Westwand bildet ein tausend Meter hohes, spitzes und schlankes Dreieck, fast so schlank wie der Schlitz in einem Abendkleid. Links der Wandmitte ziehen die Risse und Verschneidungen der *Amerikanischen Direkten* hinauf, rechts davon die *Magnone-Führe*, dann die *Harlin-Robbins* und rechts im Profil der *Bonattipfeiler*. Genau in der Mitte zwischen *Bonatti* und *Harlin-Robbins* läuft in gerader Linie ein Knick durch das Foto. Er hat mal eine neue Linie an der Grandes-*Jorasses*-Nordwand entdeckt, die ist inzwischen gemacht. An der *Petites Jo-*

rasses spähte er eine unbegangene Eisrinne aus, auch die haben sie geklettert. Es gibt kein echtes Neuland mehr in den großen Wänden der Alpen. Sie machen noch Neutouren: gesucht, unlogisch, schwer – Hauptsache neu. Aber die guten Linien sind alle. Die letzte große Route der Alpen war, wie er findet, die *Direttissima Piola-Ghilini* am Eiger. Die haben Toni und er wiederholt. Im Himalaja gibt es noch Ziele, in Kirgisien und diesen bankrotten Krisenherden der früheren Sowjetunion, in der Antarktis, Grönland, Baffin Island. Große Routen, gute Routen. Da haben sie ein paar gemacht, Toni und er. Aber irgendwie zählte das immer nur halb, am Arsch der Welt eine neue Linie finden, die nur deswegen neu ist, weil noch kein Mensch den Berg je gesehen hat.

Alex starrt auf die Postkarte.

»Pepa, da, wo der Knick ist, da ist noch niemand hoch.«

»Ganz bestimmt.«

Er wühlt im Handschuhfach nach einem Kugelschreiber und kritzelt Linien durch die Wand.

»Ich bin mir zu neunundneunzig Prozent sicher. Hier, *Magnone-Route, Amerikaner, Tschechenroute, Bonattipfeiler*. Und hier …«

»Hast du 'ne Macke? Das schöne Foto!«

»Siehst du das hier? Diesen roten Pfeiler. Da gibt's noch nichts! Fahr mal raus.«

In der klimatisierten Tankstelle gönnen sie sich ein gekühltes Mineralwasser. In den Regalen liegen Duftbäume, Barbiepuppen, Landkarten und ganz unten die Pornohefte. Im Hintergrund brummen der Verkehr und die Kühltruhen.

»Ist doch alles längst gemacht«, sagt Pepa.

»Dachte ich auch.«

»Und wenn das wirklich neu ist, warum? Weil es nicht geht.«

»Das kann man vorher feststellen, ob das geht. Vom Tal aus, mit dem Fernglas. Das ist Granit. Solange es einen Riss gibt oder eine Riss-Spur, kommt man da hoch.«

Sie glaubt es nicht.

»Wenn früher jemand an der Drus in einer neuen Route hing«, sagt er, »gab's immer einen wahnsinnigen Zirkus: Zeitungen, Radio, Fernsehen – alles Mögliche! Vom Tal aus kannst du alles sehen, deswegen. Beinahe wie am Eiger.«

»Echt?«

»Entschuldigen Sie, ist hier noch frei?«, fragt ein Fernfahrer.

»Nein«, sagt Pepa. »Wir haben eine Besprechung.«

»Sehen Sie das nicht?«, setzt Alex hinzu.

Der Fernfahrer geht weiter und liest seine Auto-Bild woanders. Auto-Bild!, durchzuckt es Alex, wie konnte Gott nur so viel Lumpenpack erschaffen?

»Eiger und Drus«, fährt er fort, »sind die einzigen großen Wände, die man direkt vom Tal aus beobachten kann. Deswegen sind es die berühmtesten. Falls das wirklich neu ist – aber ich bin mir eigentlich sicher –, ist es meines Erachtens die letzte wirklich gute Neutour der Alpen.«

»Aha?«

»Du kannst noch alles Mögliche machen, was neu ist,

sicher, aber das hat keine Linie, das ist alles gesucht. Käsekuchen. Das hier – das wäre was anderes. Ich hab's mir überlegt. Ich fahr nach Chamonix. Ich trampe. Erst mal ruf ich in England an. Ich brauch einen Partner.«

»Ich komm mit.«

»Kann ich dein Handy haben?«

»Bist du taub, Arschloch? Ich geh mit.«

»Das ist eine Neutour, Sunshine! Das ist ein *Bigwall.* Du hast doch keine Ahnung, worum's da geht.«

»Unter anderem um ziemlich viel Ausrüstung. Und die hast du nicht.«

»Die hast du doch auch nicht.«

»Aber ich hab eine Kreditkarte. Und das Auto.«

Sie zieht ihre Brieftasche heraus und wedelt mit einer VISA-Card. Klein und wirkungsvoll, so eine Karte. Wie ein Derringer.

»Wie viele Tausendmeterwände hast du schon gemacht?«, fragt er.

»Noch keine. Bis jetzt.«

Als sein bester Freund ihm sein Büro gezeigt hat und er die Liste seiner Jobber auswendig kannte, alle kannte, die jetzt für Toni arbeiten, hat er sich gewünscht, dass eine dicke Hypothek dahinter steckt und nicht alles schon geschafft ist. Die Scham holt ihn ein wie ein Echo; als ob ein großer Schuldner ihm von hinten die Hand auf die Schulter legt. Nie wird die Scham ihn vergessen lassen, was er in diesem Moment für ein Scheißkerl war: dem eigenen Freund den Erfolg nicht gegönnt. Alles Schlechte, was man tut, fällt auf einen selbst zurück, und meistens ziemlich schnell, sagt Gianluca immer. Das gebrochene Bein kommt noch dazu.

Abwechselnd betrachtet er Kronberger junior und die Drus, als wolle er irgendetwas vergleichen. Sie steckt die Brieftasche hinten in die abgeschnittene Jeans. Sein Blick folgt ihrer Handbewegung. Im Grunde hat sie einen sagenhaften knackigen Arsch. Aber was will dieses John-Wayne-Double mit so einem Arsch?

»Das ist doch alles nicht wahr«, sagt er.

Sie hält ihm die senkrechte Handfläche hin. Er soll abklatschen, wie diese Heiopeis von BWL-Studenten, die jeden Grillabend zum »Bar-B-Q« hochstilisieren, oder allein erziehende Väter auf SAT 1 mit ihren zehnjährigen Söhnen. Er drückt ihr die Hand, wie man es früher so tat.

»Du besorgst das Zeug, und ich kümmer mich um den Rest.«

»Yep.«

In der Raststätte hat er eine Kassette von Tom Astor entdeckt, die kaufen sie noch schnell mit Pepas Karte. Fernfahrercountry, seit drei Jahren nicht gehört. Großartig. Tom Astor ist der Liedermacher des Lenkrads, schreibt seine Plattenfirma vermutlich, um nicht zu sagen: der Songwriter.

Ich hatte die Schikanen
mit den Zöllnern an der Grenze langsam satt,
das stundenlange Warten,
weil Italien wieder Dienst nach Vorschrift macht.

Die Jungs und ich beschlossen dann:
ab heute ist mit dem Theater Schluss.
Ja, wenn das kein Minister schafft,
dann hauen wir eben selber auf den Putz!

Vierzehn Tage auf dem Brenner,
ohne Dusche, ohne Frau,
im Lkw vergammelt der Spinat.
Vierzehn Tage auf dem Brenner
streiken fast viertausend Männer.

Ein älterer Kollege meint,
ich kenn das mit Jungs in Rom und Bonn.
Die sitzen jetzt auf ihren dicken Hintern
Und hier oben frieren wir rum.
Die reden jetzt seit fünfzehn Jahren,
dass Europa keine Grenzen hat.
Die Laberei hat nichts gebracht,
ab heute geht nichts mehr –
der Bart ist ab!

»Astor übersetzt das Hehre und Edle so haarscharf ins Lächerliche«, jubelt Alex, »dass man es nicht mehr verspotten kann, weil sich das Niveau gewissermaßen unterhalb des Radars feindlicher Kritik bewegt. Schwärmen, aber nicht verspottet werden, das ist der Punkt. Heinrich Heines romantische Gedichte enden immer mit irgendeinem harten Schlussgag, damit keiner ihn kitschig nennen durfte. Ich sag dir, Tom Astor ist ein dadaistischer Geniestreich.«

»Könntest du das leise drehen?«

Vierzehn Tage auf dem Brenner,
ohne Dusche, ohne Frau,
im LKW vergammelt der Spinat.
Vierzehn Tage auf dem Brenner
streiken fast viertausend Männer.

Vierzehn Tage auf dem Brenner,
und man gibt uns, was wir wollen,
das Ziel ist erreicht, der Auspuff raucht.
Vierzehn Tage auf dem Brenner,
doch ihr schlauen Bonner Männer:
da hättet ihr zehn Jahr für gebraucht!

Auch wenn der Müll im Auto knöchelhoch liegt: im Grunde ihres Herzens ist Pepa ein ordnungsliebender Mensch. Sie liebt Ordnung, sehnsüchtig. Doch von Seiten der Ordnung wird diese Liebe nicht erwidert. Sie kann nichts tun: die Ordnung flieht die Räume, in denen sie sich aufhält. Sie will auch sparen, denn Sparen würde ja so viel Geld sparen. Aber wenn sie morgen und nicht heute damit anfängt, macht das keinen großen Unterschied, denn der Betrag, den sie an einem Tag ausgibt, wird in ihrem Gesamtlebenswerk nicht die geringste Rolle spielen. Geld nicht auszugeben bleibt bei aller Vernunft auch immer etwas Kleinliches, Ängstliches, und mahnend erinnern die zurückbehaltenen Mittel an den trostlosen Verzicht. Sie hat immer ein schlechtes Gefühl beim Geld. Außer sie investiert sinnvoll, tauscht es ein gegen etwas, das ihr das Gefühl gibt, geschmackvoll, klug und vorausschauend, mit einem Wort: ein niveauvoller Mensch zu sein.

Ihr Titelbild auf dem *klettern* gefällt ihr nicht mehr, seit Alex es einfach überblättert hat. Er liest lieber, was alte Freunde so treiben: wie die Huber-Brüder aus Berchtesgaden. Thomas schickt immer Fotos an die Zeitungen, auf denen er aussieht wie ein melancholischer Bruder von Sandokan. Alexander ähnelt Jens Jeremies vom FC

Bayern, latscht mit offenen Schuhen durch die Welt, und sein Auto sieht aus wie mit der Schaufel beladen. Aber was ihm wichtig ist, das zieht er durch. Die beiden haben einen Lebenswandel, gegen die ist Mario Basler ein Gesundheitsfreak. Wenn sie besoffen sind, schwimmt das Testosteron in ihren Augen, da möchte man keine Frau sein, wenn die in der Nähe sind. Andererseits: vielleicht erst recht.

Robert Jasper lebt auch noch. Andere klettern frei stehende Eissäulen, wenn die Wasserfälle gefroren sind, und Robert frei *hängende* Säulen. Die können nicht umfallen wie frei stehende Säulen, die können runterfallen, während er da dran rumturnt. Oder er klettert an Säulen, die bereits angerissen sind. Das wahrhaft Großartige an ihm ist, dass er ganz und gar überzeugend den Eindruck weckt, man könne normal sein, wenn man so was macht. Stefan Glowacz ist natürlich auch im Heft, der auf allen Kletterbildern ein Bein hängen lässt und es anwinkelt, weil er das wohl fotogen findet. Wahrscheinlich leidet er mittlerweile an Kniesehnenverkürzung und kann schon gar nicht mehr anders. Eins haben sie leider gemeinsam, die Prominenten des deutschen Bergsports: die langen Haare. Die sehen alle aus, als wollten sie zur nächsten Kelly-Family-look-alike-Party.

Pepa fährt wie eine gesengte Sau. Besonders gut fährt sie nicht. Nie weiß man, ob sie die Kurve wirklich mit quietschenden Reifen nimmt oder kurz vorm Scheitelpunkt der Kurve wieder voll in die Eisen geht. Zweikampfstark, würde man im Fußball sagen, aber wenig Spielübersicht. Für Alex hat das einen hohen Unterhaltungswert. Viel schöner, als wenn er selbst fahren würde.

Mühsam röhrt der Audi die engen Kehren des Forclaz-Passes hinauf, schwankend wie ein Schlachtschiff aus Gefechten, die alle verloren wurden. Ober- und unterhalb der Straße pflanzen sie Wein. Den ganzen Tag riecht es hier nach Bremsbelägen, und gespritzt wird auch gerade. Aber die Aussicht hinunter ins Rhônetal ist wirklich ganz wundervoll. Nach einer weiteren Passhöhe stehen plötzlich die Gipfel des Montblancmassivs wie auf 16:9 in Breitwand gegenüber. Die Gesamtansicht ähnelt einer länglichen Geburtstagstorte, an deren Rändern die Kerzen stehen. Die Kerzen sind die höchsten Gipfelketten, die den Zuckerguss des ewigen Schnees umgeben. Vorn links ist von der Torte ein Stück herausgeschnitten. Dort fließt der Gletscher des Mer de Glace heraus bis unter die Waldgrenze, und links oberhalb des Mer de Glace wartet die Drus auf die Blicke aus dem Tal. Ganz rechts liegen die endlosen Schneehänge an der Nordseite des Montblanc, nicht steiler als eine Fußballtribüne, nur verschneit und größer.

»Wozu brauchen wir eigentlich eine Kreditkarte?«, fragt Alex. »Du rufst deinen Sponsor an, der kriegt die Rechnung, und wir gehen klettern. Das wär ein besserer Plan.«

»Äh, bei meinem Sponsor, also da hab ich nur ein bestimmtes Budget, und das ist gerade alle ... also mit all dem Zeug von neulich. Aber ich hab ja die Kreditkarte, und hinterher krieg ich alles wieder, kein Problem.«

Auch im Tal kennt Alex den Platz an der Straße mit dem optimalen Blick. Die Hitze des Tages strahlt noch vom Asphalt ab, aber Sonne ist nur noch oben, wo die Westwand im Abendlicht leuchtet. Der Blick sucht in den Alpen seinesgleichen. Die Drus ist ein Tempel, jede Besteigung eine Pilgerfahrt. »Steinerne Flamme« heißt sie manchmal in Frankreich. Zweitausend Meter über dem Talgrund fängt die Wand an und strebt himmelwärts. An der Basis ist sie etwa zweihundert Meter breit und verjüngt sich ebenmäßig bis zum Gipfelblock. Ähnlich wie beim Matterhorn wirkt das so Große irreal. Links von der Drus sieht man die Verte, höher sogar, aber unwichtig. Die Westwand ist das Einzige, was zählt.

Pepa stellt den Motor ab, obwohl sie dann wieder schieben müssen. Sie setzen sich auf den noch warmen Sand auf dem Randstreifen und legen die Köpfe in den Nacken, bis sie an den Kotflügeln ruhen. Alex steckt sich eine an und inhaliert tief. Ab und zu fährt ein Auto vorbei. Wo fahren die nur hin, wenn hier der Aussichtspunkt für die Drus ist?

»Maaaaaaaann! Das sieht völlig unmöglich aus, Alex. Da müssen wir hoch!«

»In der *Amerikanischen Direkten* haben wir biwakiert, Toni und ich«, erzählt Alex, und alles fällt ihm wieder ein. Damals! Eine großartige Aktion, eine von vielen großartigen Aktionen, von denen sämtlich eine noch großartiger war als die andere.

»Was meinst du, wie der Sonnenuntergang von da oben aussieht? Wenn das wirklich neu ist, ich sag dir: es wird die beste neue Route der gesamten Alpen.«

Als der Audi auf den Zeltplatz rollt, brennen die ersten Lagerfeuer. An einer großen Fichte am Eingang hängen Zettel: Steigeisen zu verkaufen; Seilpartner gesucht; Hey Roger, wir sind ins Wallis. An einem Felsblock klettern noch ein paar Leute. Die zwischen den Zelten geparkten Autos kommen aus ganz Europa. Vor einem Campingbus mit Kennzeichen Madrid hängen zwei Leute Thermounterwäsche über ein Kletterseil. Aus dem Bus schrammelt spanischer Punkrock. Immer noch alles Scheiße, und Bullen sind Schweine. Die Ideologie des Punk ist auch eine Art von Folklore, und ihre Tracht und ihre Musi haben sie sowieso schon. Irgendwann treten die Ersten bei *Marianne und Michael* auf.

Im Gras liegt Kletterausrüstung, Bergstiefel stehen mit herausgenommenen Innenschuhen zum Trocknen. Vor summenden Campingkochern, mit Sonnenbrand, aufgesprungenen Lippen, verklebten Haaren und leuchtenden Augen sitzen die Bewohner. Die Eingeborenen. Die kommen alle gerade von einer Tour. In Anbetracht des Bombenwetters müssen auch viele noch am Berg sein beziehungsweise *on the hill*, wie die Briten sagen. Bergsteigen ist so britisch wie Understatement und Porridge. Wenn jemand einen Achttausender gemacht hat, heißt das auch nur: *been on the hill.*

Toni hat ihr immer von *dem* Bergsteigerzeltplatz in Chamonix vorgeschwärmt. Wo keiner bezahlt und jeder ein Bergsteiger ist. Eine Mischung aus Elefantenfriedhof, Pirateninsel und Paradise Island, nur ohne Hulamädchen. Der Felsblock, das Hinweisschild auf das Fehlen von Duschen: hier muss es sein.

Alex kennt jemanden: Victor aus Yorkshire. Briten werden niemals braun, und im Urlaub bleibt ihre Haut entweder wachsbleich oder färbt sich tiefrosa. Dazwischen gibt es nichts, und Victor ist gerade ziemlich rosa. *Been on the hill.* Pepa kennt auch jemanden.

»Maaaaaann! Kiffer-Luigi! Was machst du denn hier?«

Luigi hat mal ein paar Wochen richtig gedealt, bis ihm klar wurde, was er da tat. Er hörte auf zu kiffen und drehte den Rest in Joints, die er an jedermann verschenkte. Wenn andere stoned herumliegen, freut er sich immer noch. Seitdem er selbst nichts mehr raucht, heißt er überall Kiffer-Luigi. Wahrscheinlich denken die Leute, jetzt, wo keine Gefahr mehr ist, können sie ihn endlich offiziell so nennen. Pepa kennt ihn von der letzten Europameisterschaft, bei der er Achter wurde.

»Vorgezogene Flitterwochen!«, grinst Luigi. »Und ein bisschen klettern.«

»Du hast geheiratet?«, staunt Pepa.

»Nein«, sagt Giovanna, »Wir feiern silberne Hochzeit. Wir sind fünfundzwanzig Wochen zusammen!«

Sie sieht beneidenswert verliebt aus. Verliebt sein macht schön, so schön, da können die Chirurgen alle einpacken. Ihr Busen ist hoch und rund wie eine Bugwelle, und die Nase ist lang, eine ziemlich römische Nase. Trotzdem eine sehr, sehr schöne Nase. Eine lange elegante Nase, wie ein langes elegantes Kleid.

»Rucksack runtergeflogen?«, prustet Victor. »Am *Bonattipfeiler* hat er damals auch einen Rucksack verloren – meinen! Wie alt bist du jetzt? Neunundzwanzig? Ist das schon Parkinson?«

Er imitiert ein seniles Zittern, und Pepa schenkt ihm ein ganz großes Lächeln. Das merkt sich Victor.

»Schnauze!«, grinst Alex.

»Du bist Pepa Kronberger?«, stellt Victor fest. »Wenn du als Top-Sportklettererin mit einem Top-Alpinisten wie Alex hier bist – was habt ihr bloß vor?«

Sie tauschen einen Blick.

»Noch geheim«, sagt sie.

»Und Alex – was zum Teufel machst du hier? Ich denke, du bist in Peru?! Schleifst Mädchen aufs Zimmer und dicke Amis auf die Sechstausender?«

Die drei laden sie zum Essen ein. Pepa fällt ein, dass hier angeblich die meisten Lebensmittel geklaut sind.

In den Flammen knacken trockene Äste, und es ist genau wie immer: alle starren in die Mitte. Ein paar andere kommen noch an ihr Feuer: zwei junge Schotten, *Slowhand* und *Dirty Harry*, ein Innsbrucker und ein blonder Typ aus Australien. Sie sitzen auf ihren Isomatten, lehnen sich an Steine, die sie heranrollen. *Dirty Harry* hat sogar einen Hocker aus Holz. Er ist aber auch schon einen Monat hier. Sie fragt den Australier, was er sonst so macht, wenn er nicht klettert.

»Ich versuche, nicht zu arbeiten.«

Am Feuer sitzen ist ein Zustand ohne Raum und Zeit. Im Inneren der Glut, wo es fast weiß ist, laufen Linien hin und her wie wettstreitende Meinungen. Wenn man sagt, dass Fernsehen das Lagerfeuer des zwanzigsten Jahrhunderts ist, sieht man erst mal, wie scheiße Fernsehen überhaupt ist. Feuer ist *so* viel besser. Es gibt keine Fernbedienung, es gibt keinen Streit um das Programm, es gibt keine Werbung. Und man kann jederzeit pinkeln gehen, weil man nie was verpasst.

Sie sitzt mit richtigen Männern am Feuer und isst gestohlene Tortellini. Wahrscheinlich jedenfalls sind die gestohlen. Um Mitternacht sind sie aufgestanden, zum Matterhorn gelatscht und in vierhundert Meter Wandhöhe umgedreht. Es ist immer noch derselbe Tag. Sie sieht nach oben in den wolkenlosen Sternenhimmel. Sternenhimmel, richtig, es wird kühl. So bleibt sie erst mal liegen und schaut senkrecht nach oben. Von den Seiten ragen Tannenäste in die funkelnde astrale Kuppel. Von unten steigen zwei, drei Funken hoch zwischen die Sterne und verlöschen.

Bergsteigen.

warten

im erdgeschoss des *Maison de la Montagne* kommen die Leute an und sagen: »Hallo, ich möchte einen Bergführer für den Montblanc oder für den Tacul oder die Verte«, und dann wird ihnen einer vermittelt. Das *Office Haute Montagne*, einzige Institution ihrer Art weltweit und einer der Gründe, warum Chamonix sich »Welthauptstadt des Alpinismus« nennt, befindet sich im ersten Stock. ›Welthauptstadt des Skisports‹ nennt man sich ja auch gleich, aber das versteht eigentlich niemand.

Regale biegen sich unter sämtlichen Führern und Bildbänden, die es über das Massiv gibt, auf Französisch, Englisch, Italienisch, Deutsch. In ein riesiges, in schwarzen Stoff gebundenes Buch tragen Bergsteiger nach der Tour Informationen über Eisverhältnisse, Steinschlag, vorhandene Haken und so weiter ein. Pepa blättert ehrfürchtig. Was da immer so steht: *Frêneypfeiler*, Droites-Nordwand, all die berühmten Namen auf einmal und dazu Datum und Namen der Tapferen. Was als Kladde gemeint ist, hat die Aura historischer Urkunden. Stolz kennt sie einige Namen, und ein paar Jahre zurück findet sie Einträge ihres Bruders.

Alex durchsucht das Archiv der Erstbegehungen. In Karteikästen stehen die Gipfel in alphabetischer Reihenfolge, und zu jedem Gipfel und zu jeder Seite des Berges gibt es Verweise auf die Beschreibungen bestehender Routen in den Führern. Bei jüngeren Routen, die noch nicht in die Führer aufgenommen sind, stehen noch die handgemalten Topos der Erstbegeher im Ordner. Es ist ein simpler Karteikasten aus dem Bürofachhandel, in dem sie die Topos aufbewahren, darunter handgemalte Routenskizzen von modernen Legenden wie Boivin, Piola oder Gabarrou. Für so einen Plastikkasten ist das eine ganz unglaubliche Karriere.

Die Originaltopos sind noch nicht grafisch bereinigt, sondern krakelige Originalschatzkarten: von der großen Palme dreißig Schritt nach Norden, und da liegt die Kiste mit den Golddublonen. Beziehungsweise: am Einstieg der Fou-Südwand zehn Meter nach rechts und dann die Verschneidung rauf, das ist eine Route von Boivin. Für den Laien sind die Symbole für Riss, Platte, Stand oder Überhang kryptisch wie die Malereien im alten Ägypten. Der Wissende aber kann über einem Topo Stunden verbringen. Er wägt Schwierigkeiten und Gefahren ab, fürchtet und besteht sie im Geiste, schätzt das benötigte Material ab. In einem Topo kann man stundenlang lesen, ohne etwas herauszufinden, was nicht schon nach einer Minute völlig klar ist. Im Grunde starrt man einfach drauf wie ein Autofreak auf die Felge eines Ferrari.

Nach jeder großen Route hat Alex möglichst knapp ein paar Stichworte im Routenbuch notiert und dabei immer etwas untertrieben, rein aus Prinzip. Noch nie hat er in Chamonix eine Erstbegehung gemacht, noch nicht mal versucht. Einmal zu der Sekretärin gehen und nicht um eine Fotokopie aus einem Führer zu bitten, der einem zu teuer ist, sondern selbst ein Topo abgeben. Das muss der

Ritterschlag sein. Einmal im Leben. Dann hätte man etwas hinterlassen: eine Erstbegehung in Chamonix.

»Der wahre Bergsteiger ist der, der Erstbegehungen macht«, schrieb der Engländer Mummery, der nach all seinen Erstbegehungen in den Alpen anno 1895 mal ganz was Neues versuchte: die erste Besteigung eines Achttausenders, und dazu allein. Er blieb am Nanga Parbat in Pakistan verschollen, dreißig Jahre vor Mallory und Irvine am Everest. Der Erste, dem an einem Achttausender ein vollständiger Alleingang gelang, war Messner achtzig Jahre später am selben Berg. Auch wenn bei jeder Wiederholung trotz aller Vorinformationen immer reichlich Raum für Überraschungen bleibt, rein und pur ist es nur dann, wenn noch niemand vorher da war und man nichts weiß außer dem, was man selbst gesehen hat.

»Und? Ist es neu?«, fragt Pepa.

»Yep!«

Am Nachmittag, als die Sonne in die Wand scheint und die Strukturen deutlich hervorhebt, fahren sie mit der Zahnradbahn hinauf nach Montenvers. Kaum einer, der nicht mit offenem Mund zur Drus hinaufstarrt, wenn er aus der Bahn steigt. Ein bisschen steht sie da wie eine autistische Pamela Anderson: überwältigend, unerreichbar und sich selbst genug. In der *Amerikanischen Direkten* sind ein paar bunte Punkte zu erkennen, fragile, winzige Insekten, die man keinesfalls berühren dürfte – selbst wenn man könnte. Wie leicht würde man sie zerdrücken. Dabei ist es eine saubere, schöne, eine gute Wand. Keine böse Wand wie der Eiger mit all dem Stein- und Eisschlag. Wissend stehen sie zwischen den Touristen.

In der Bahn hat Pepa eine Deutsche zu ihrem Mann sagen hören: »Du, ich glaub, den Schal brauch ich doch nicht. *So* kalt ist es gar nicht.« So was von peinlich.

Durch ein Münzfernrohr finden sie einen Einstieg, ein Riss-System, überwinden einige Überhänge und kommen bis zu dem roten Pfeiler. Pepa hat eine größere, bessere Postkarte gekauft, auf der tragen sie die neue Linie ein. Die ersten drei Viertel des roten Pfeilers sind klar. Dann scheint der Riss, der ihn teilt, für etwa fünfzig Meter aufzuhören. Ohne Riss gehen keine Haken rein, keine Keile, nichts. Nach dem zweifelhaften Stück würde es leicht, wobei ganz oben, da die Wand immer schmaler wird, kein Platz für eine eigenständige Route bleibt. Ihre Linie würde auf die Schulter des *Bonattipfeilers* münden, und von dort steigt man normalerweise direkt ab.

Von einem Touristen leiht Pepa eine Kamera mit einem riesigen Teleobjektiv. Auch damit kann Alex keine Fortsetzung des Risses erkennen.

»Vielleicht geht's ja doch«, meint sie.

»Vielleicht reicht nicht. Hast du schon mal einen Rückzug aus achthundert Meter Wandhöhe gemacht?«

»Die fünfzig Meter können wir doch mit Bohrhaken machen.«

»Das ist Kretinismus.«

»Wär doch nur ein kurzes Stück.«

»Warum geht man klettern? Wegen der Ungewissheit. Wenn keine Ungewissheit bleibt, ist es doch nur Arbeit.«

Was will er eigentlich mit ihr in Chamonix? Am Matterhorn hat er sein Geld verloren, und zwar alles, abgesehen von einem Schein, den er versehentlich am Körper trug. Und falls die Route überhaupt geht, ist sie für sie sowieso zu schwer.

»Wir müssen halt näher ran«, sagt sie. »Am besten wäre ein Hubschrauber.«

»Am besten wäre ein Hubschrauber«, äfft er sie nach. »Wir haben kein Geld, schon vergessen? Am besten wäre ein Hubschrauber. Ha-ha-ha!«

Sie drängen sich in die überfüllte Zahnradbahn, erfolgreich bemüht, sich nicht zu berühren. Unten sagt er ihr, dass er sich überlegen will, wer vielleicht noch in Frage kommt. Er hofft, sie steigt freiwillig aus. Rausschmeißen kann er sie nicht. Sie ist Tonis Schwester. Er sieht ihr nach. Abgesehen davon, dass sie ihm auf die Nerven geht, tut sie ihm Leid. Mit ihrem Rausschmeißergang und völlig auf dem Holzweg.

In der Innenstadt brodelt es vor Menschen. Es fehlt eigentlich nur, dass Eisstände und Postkartenständer sich selbständig durch die Menge schieben. Rasputin ist auch noch da, der Riese mit dem Pelzmantel, der Leute auf seiner Kutsche durch die Stadt fährt. Wie kann der in der Hitze einen Pelzmantel tragen? Eine Japanerin drückt ihm ihr Kind in den Arm, fotografiert sie beide, nimmt das Kind und knipst woanders weiter. Wahrscheinlich ist Chamonix die größte japanische Siedlung nach Tokio. Egal, wo man hinfährt: überall sind die Japaner in der Überzahl, und dann wollen sie einem erzählen, dass die meisten Menschen Chinesen sind? Vereinzelt hängen Fähnchen und Plakate mit den olympischen Ringen in der Menge. Chamonix bewirbt sich um die Austragung der Winterspiele 2006.

Theoretisch ist das blanke Stück am roten Pfeiler problemlos zu schaffen. Löcher meißeln, Expansionsdübel rein und Hakenlaschen aufschrauben. Kinderspiel. Sich über unmögliche Passagen mit Bohrhaken raufzuschlossern ist aber sportlich der gleiche Witz wie eine Ruderregatta mit Außenbordmotor.

Der Tag endet am Feuer.

Victor weiß über die Olympia-Austragung Bescheid. Auf den Empfängen gibt es üppige Büfetts, und als Redakteur des Klettermagazins *High* hat er einen Presseausweis. Er will sich den Bauch voll schlagen, und Pepa soll mit, als seine Sekretärin. Er besorgt ihr von Giovanna etwas zum Anziehen, und dann kann sie nicht mehr nein sagen. Er ist begeistert, wie gut das kleine Schwarze ihr angeblich steht, aber Pepa ist der kurze Rock eher etwas peinlich. Victor macht ihr zwar Komplimente, aber bei aller Sympathie findet sie nicht, dass er viel von Frauen versteht.

Das Reinkommen wird erstaunlich einfach. Victor macht es den anderen nach, zeigt seinen Presseausweis und mit den Fingern eine Zwei. Drinnen hält der Bürgermeister eine Rede. Gähn. Drei Sätze, dann der Dolmetscher, und man versteht erst richtig, wie langweilig das ist, was der sagt. Hinter dem Hotel steht ein Hubschrauber. Victor hat ihr erzählt, dass ein Rundflug für ein paar Leute von großen Fernsehsendern geplant ist. Gert Raabe ist überraschenderweise auch da und hält in vorzüglichem Englisch eine Rede. Pepa ist sich nicht sicher, ob er sie erkannt hat. Sie leiht sich Victors Sonnenbrille und starrt auf den Fußboden. Am Büfett spricht Raabe sie an. Seine Ruhe ist beängstigend.

»Ihr letzter Einkauf bei Sport-Scheck, das war sehr

naiv. Sie schaden sich doch nur selbst, Frau Kronberger. Machen Sie sich nicht noch mehr Kummer. Zahlen Sie das bis zum Monatsende zurück.«

Sie schluckt.

»Sie hatten Ihre Chance, Frau Kronberger. Sie haben Sie nicht genutzt. Zahlen Sie das zurück. Warten Sie nicht, bis meine Anwälte das übernehmen.«

»Wer war das denn?«, fragt Vic.

»Mein Manager. Also mein Ex-Manager. Ich erklär's dir noch. Ich muss mich mal umsehen, Vic, okay?«

Sie nähert sich dem Hubschrauber und sucht sich einen unauffälligen Platz. Keinen Verdacht erregen. Die ersten vom Büfett Gesättigten steigen ein. Eine Frau in einer Art Stewardessenkostüm hat etwas geprüft, was die hochgehalten haben. Wie eine Wächterin schreitet sie auf und ab. Kühl, elegant, souverän.

Dann passiert eine Weile nichts, und die im Helikopter beginnen zu nörgeln. Die Wächterin entschuldigt sich. Alles auf Englisch. Die Leute wollen los, aber die letzten Gäste sind noch nicht da. Einer verlässt in schweigendem Hochmut nebst Begleitung den Helikopter. Aufgeregt spricht die Wächterin in ein Funkgerät, bittet die beiden zu bleiben. Um halb sieben sollte es losgehen, jetzt ist es zehn vor.

Ein hagerer Südländer geht auf die Wächterin zu und zeigt ein Exemplar von EL PAÌS. Pepa entgeht nichts. Eigentlich ist es, als ob sie den Hubschrauber bewacht. Die Fernseh-VIPs haben offensichtlich kein Interesse oder sind nicht gekommen, jetzt dürfen die von der Presse. Im Mülleimer der Damentoilette lag eine BILD-Zeitung, die sah noch völlig intakt aus.

Pepa setzt sich wieder Victors Sonnenbrille auf und tut so, als ob sie Kaugummi kaut. Sie zeigt die BILD und steigt ein. Da kommt noch einer und setzt sich neben sie. Ihr Herzschlag wird leiser. Langsamer nicht. Warten. Noch zwei. Der Rotor dreht sich, dreht sich. Dreht sich schneller.

Einmal, auf einem Judo-Wettkampf, bekam sie im Umkleideraum mit, dass die Landesmeisterin auf *Nicole* stand und *Ein bisschen Frieden* hörte. Lautstark und berechnend machte sie sich über sie lustig. Erst im Finale konnte sie auf sie treffen. Sie musste ins Finale. Sie musste. Und als es so weit war, wusste sie, dass sie gewinnen würde. »Ein bisschen Frieden«, kicherte sie ihrer Gegnerin ins Ohr und konterte den kopflosen Angriff mit einem Sichelwurf. Jetzt, mit der BILD-Zeitung, *das* war genauso gut. Auf dem Sightseeing-Flug erkennt sie eine Reihe von Wänden und Routen, und all diese Wände muss sie auch noch machen. Später mal. Montblancgipfel, der Normalweg eine Ameisenstraße mit Dutzenden Seilschaften. Brenvaflanke, *Grand Pilier d'Angle*, *Freneypfeiler*, *Grand Capucin*, *Grandes Jorasses*. Muss sie alles noch machen. An der Drus bittet sie den Piloten, näher ranzugehen. Aus dem Helikopter wirkt die Wand noch viel unnahbarer, wie ein senkrechtes Sperrgebiet. Sie sehen nicht auf etwas herunter. Sie sehen es gegenüber: wie ein Ungeheuer von Spielberg. Vor allem sieht man, wie groß es ist. Und wie klein die zwei Punkte in der Amerikanischen Direkten. Die sehen noch viel gefährdeter aus. Richtige Menschen mit Armen und Beinen und hauchdünnen Seilen.

Im Steigflug gewinnen sie an Höhe. Wandmitte. Roter

Pfeiler. Der Sitznachbar nimmt die Sonnenbrille ab und tippt ihr auf die Schulter: ob man sich nicht irgendwo her kennt? Von der Schwimm-EM? Ach, sie ist nicht in der Sportredaktion, in welchem Ressort denn dann?

Wirtschaft?

Doch Sport, war nur ein Witz.

Sie starrt ihn hasserfüllt an. Sie hat den oberen Teil des roten Pfeilers verpasst.

Alex baut aus der Sitzecke zwischen Victors Bus und dem Zelt der Italiener einen *Shelter,* einen Unterstand. Nach seinem letzten Aufenthalt hat er im Wald eine Parkbank vergraben, eingewickelt in eine riesige Plane, die er mit Victor von einer Baustelle geholt hatte. Mit einem Eisbeil hebt er zwei Löcher aus und gräbt die Bank mit ihren Betonfüßen ein. Zwischen Bäumen spannt er die Plane als Dach auf. Sie haben den besten Shelter auf dem ganzen Platz. Es erleichtert, etwas für die Allgemeinheit tun zu können, wenn man kein Geld hat. Die Grenze zur Schnorrerei ist immer wieder fließend.

Als Vic mit Pepa zurückkommt, ist er stolz auf sie, doch noch viel stolzer ist sie selbst.

»Geht der Riss weiter?«, fragt Alex.

»Da geht ein ganz feiner Riss weiter, da müssen Messerhaken gehen oder Rurps.«

Wieder klopft ihr Herz. Schon wieder gelogen.

Alex öffnet ihr ein Bier und klopft ihr auf die Schulter.

»Gute Arbeit. Respekt!«

Damit ist sie wieder drin. Er muss sie mitnehmen. Gleichzeitig haben Victor, Luigi und Giovanna erfahren, was sie vorhaben. Victor holt ein paar Bier, und dann wird angestoßen: auf die Deutschen und ihr Projekt. Pepa ruft Toni an und spricht ihm auf Band. Er soll ihnen postlagernd so viele Karabiner, Keile, Friends und Haken wie möglich schicken.

Morgens fahren Victor und Alex in die Stadt. Croissants kaufen und Wetterbericht. Die Vorhersage ist grausam. Schottlandtief, anhaltende Niederschläge, Schnee bis auf 1400. In zwei Tagen soll es so weit sein. Eine Woche Rumsitzen: im Auto, in der Kneipe oder im Zelt.

Den Rest des Tages verbringen sie mit *bouldern,* und ein paar der gängigen Varianten an dem Fels am Rande des Camps kommen sie alle hoch, sogar der Grobmotoriker Victor. Der organisatorische Aufwand beim *bouldern* ist nicht größer als der, einen Liegestuhl aufzustellen. Man braucht kein Seil, keinen Gurt, nichts außer Kletterschuhen, Fingern und einen *chalkbag* mit Magnesiumpulver, um die Fingerspitzen trocken zu halten. Es ist das gleiche weiße Zeug, wie es die Geräteturner benutzen. In Deutschland war das mal als umweltschädlich verboten, und heute düngen sie die Wälder damit.

Stundenlang kann man dieselben Kombinationen klettern, weil die Bewegungen so schön sind, die Schwerpunktverlagerung, bevor man höher greift, die Präzision, die man erreicht. Und wochenlang kann man dasselbe Problem angehen, ohne es zu schaffen. Man grübelt, man forscht, man diskutiert, es kann sogar sein, dass man streitet. Schwerpunkt nach links, okay, aber kannst du mir sagen, wie ich mich mit links an diesem Aufleger halten soll?! Ich hab nicht so viel Kraft wie du!

Oder: Wahnsinn, wie du auf der Leiste da stehst! Das ist unglaublich!

Einige Stellen erfordern merkwürdige Bewegungen. Zum Beispiel die Ferse in Kopfhöhe auflegen. Das muss man herausfinden. Und vielleicht noch, dass es nicht genügt, wenn sie da liegt wie eine Wurst, sondern dass man an dem *foothook* auch noch volle Lotte durchziehen muss. Alex erinnert sich an so viele Einzelheiten, als würde er in einem Tagebuch blättern.

Die Show gehört Pepa und Luigi, die sich am Fels bewegen, als wögen sie nur noch die Hälfte. Aber da Klettern so ganz ohne Schwerkraft trostlos wäre wie ein Tanz ohne Fußboden, scheint die Schwerkraft gerade noch so weit wirksam, wie sie ihnen sinnvolle Bewegungen ermöglicht, erlaubt, gestattet. »Fight Gravity« war mal ein Motto der Kletterer, aber das war mal wieder einen Schritt zu kurz gedacht. So als ob Fußballfans schreien würden: »Bekämpf den Ball!« Pepa und Luigi diskutieren schwer nachvollziehbare Unterschiede darin, wie sie mit denselben Fingern derselben Hand denselben Griff festhalten. Dazu kann Pepa ihr Gewicht auf Tritte verlagern, die nicht einmal Luigi mehr ernst nimmt. Alex kommt sich vor wie ein Stümper.

»Du musst weicher in den Knien sein, Alex«, sagt Pepa immer. »Wie beim Skifahren. Probier noch mal.«

Niemand gilt als guter Bergsteiger, wenn er schlechter Felskletterer ist. Fels ist einfach die Grundlage. Noch die erfolgreichsten Achttausendersammler sind neidisch, wenn im Fels mal wieder einer besser ist als sie. Schlecht im Fels, das ist wie ein Fußballer, der den Ball nicht stoppen kann: er wird nie wirklich ernst genommen. Klinsmann konnte den Ball reinmachen, nun gut, dafür haben sie ihn bezahlt, aber annehmen konnte er ihn nie. Beim FC Bayern haben sie ihn »Flipper« genannt, so wie ihm immer die Kugel wegsprang. Alex klettert nicht eben schlecht. Was er bouldert, schaffen nicht alle. Aber es sieht nie besonders elegant aus bei ihm in seinem klassischen Gesicht-zum-Fels-Stil. In Positionen wie dem »Ägypter« fühlt er sich einfach unwohl.

Wenn man abends nach dem *bouldern* mit den heißen Blechtöpfen hantiert, tun die Fingerspitzen weh, weil die Haut so dünn ist. Und die Nägel muss man sich auch nicht mehr schneiden. Am Abend ist die Haut an den Fingerspitzen dünn, und wenn man mit den heißen Blechtöpfen hantieren muss, tut es höllisch weh. Neben ihnen steht ein neues Zelt: *Frog* und Mandy aus dem Lake District, seit vier Monaten in Frankreich. Sie sind Kletterer, aber wegen der Berge sind sie nicht hier. Chamonix hat viel Tourismus, und so gibt es Jobs. *Frog* sucht was als Tellerwäscher, und als Erstes hat er sich für die Arbeitssuche eine Hose geklaut. Mandy wird es als Zimmermädchen versuchen. *Frog* hat ein Loch ausgehoben, in dem sie zur Kühlung Butter und Milch aufbewahren und das Ganze mit der ausgestochenen Sode abdecken.

Am nächsten Morgen, dem letzten vor dem Schottlandtief, reihen sich Pepa und Alex ein in das Gedränge an der Talstation der Seilbahn auf die Aiguille du Midi. Einst war die Bahn die höchste Europas, aber dann haben die Schweizer sie am Kleinen Matterhorn überboten. Dem Andrang in der Hochsaison tut das jedoch keinen Abbruch. Zwischen der globalen Ethnie der Touristen wirkt die Minderheit der Bergsteiger ein bisschen wie Massai-Krieger. Grimmig, geheimnisvoll und merkwürdigen Bräuchen hörig. Und so naturverbunden! Auf ihrem Rücken tragen sie bestimmt die Sachen für Jagd und Kräuter, die ihnen Kraft geben. Zwei Bergführer mit grauem Haar unter den weißen Schiebermützen der *Compagnie de Guides de Chamonix*, das sind die Fährtenleser. Noch nach einer Woche können sie sagen, wie viele Männer dort gegangen sind und wer von ihnen die Kugel im Bein hat. Ihre Gäste lassen sie schon vorm Besteigen der Seilbahn anseilen. Links die Reisebusse, rechts ein Straßencafé, und die stehen da neben den Blumenkübeln und sind fertig angeseilt. Alex wartet immer darauf, dass welche schon mit Steigeisen über den Asphalt harken. Die anderen, die normalen, die führerlosen haben im Gegensatz zu den zahlenden Kunden die Initiationen zum Krieger lange erhalten und ziehen in Zweiergruppen auf Jagd.

Die Touristen tragen ihre Kameras und Videorecorder mit derselben Ernsthaftigkeit wie Fetisch und Federbusch. Was ihnen alles nicht darüber hinweghilft, dass sie nur zum Herumstehen verreist sind und egal wo in der Welt immer nur herumstehen werden. Vierzehn Monatsgehälter und sechs Wochen Urlaub, und überallhin nehmen sie ihre Kameras mit, um zu Hause zu zeigen, dass sie nirgendwo mitgemacht haben, sorglose Archivare der eigenen Harmlosigkeit. Aus der Frontluke jeder landenden Gondel lehnt sich eine Schar schwarzer Objektive und wird vom Boden aus von der gleichen Schar Objektive begrüßt. Erregt fokussierend surren die Objektive vor und zurück: wie Ameisen, die auf dem Waldboden mit trillernden Fühlern Nachrichten austauschen. Aus der Gondel sehen sie, wie Kletterer von der Mittelstation ausschwärmen. Wie Ameisen bewegen sie sich durch das Block- und Moränengewirr in Richtung Aiguille du Blatière. Eine große Fläche im linken Wandteil ist markant heller als der übrige Fels.

»Gibt es Touren durch diesen Ausbruch da drüben?«, fragt Pepa.

»Reichlich«, sagt Alex. »Es gab auch schon was vor dem Ausbruch. Der Bergsturz war in den sechziger Jahren. Da hatten sie gerade eine Tour durchgelegt, und zwei Wochen später ist der ganze Wandteil weggebrochen. Nach zwanzig Jahren haben sie sich dann wieder reingetraut.«

»Muss ärgerlich sein: machst eine neue Tour, und dann ist sie weg!«

»Ich versuch mir gerade vorzustellen, was das für ein Getöse war. Wenn da so ein ganzer Wandteil runtergekippt ist, dann hatten sie in Chamonix sicher ein kleines Erdbeben.«

Pepa sieht von der Wand ins Tal und wieder zurück.

»Wahrscheinlich war es nicht ärgerlich«, korrigiert sie sich. »Wahrscheinlich haben die sich gefreut. Dass sie nicht am falschen Tag drin waren.«

Die Talstation ist in Wahrheit Cape Canaveral und das Ganze ein getarnter Flug ins All. Auf 1000 Meter steigt man ein und auf 3842 wieder aus. Die Gondel dockt ein, die Leute drängen hinaus. Tatsächlich, wirklich kühl hier oben, das hat man sich doch gleich gedacht. Der Gipfelaufbau ist ausgehöhlt wie von Termiten. Die Anzahl der Hinweistafeln auf Restaurants, Terrassen und

Toiletten erinnert an einen Flughafen. Neonröhren erhellen einen mit Spritzbeton ausgekleideten Tunnel, der führt zu einer breiten, offen stehenden Stahltür, durch die Tür tritt man ins Freie. Innen steht in mehreren Sprachen auf einem Schild:

»Achtung! Sie betreten das Hochgebirge!«

Ob das jemand übersehen würde? Links geht es tausend Meter tief die Nordwand der Aiguille du Midi hinunter. Noch weiter links, noch eine Etage tiefer, liegt topfeben das Tal von Chamonix. Geradeaus führt eine Spur über den Firngrat, und es weht ein kalter Wind: »Sie betreten das Hochgebirge!« Jede Böe ist ein Eishauch und geht einem durch und durch. Weiter unten, wenn sie vom Grat ins Gletscherbecken kommen, wird es weniger windig sein.

Es ist ein freies Land. Jeder darf alles probieren: jeden Gipfel, jede Route, jeden Tag. Es gibt keine Startberechtigung, keine Meisterschaften, keinen Schiedsrichter, keine Dopingkontrollen, keine Verbote. Es gibt einen vagen Commonsense, was als guter Stil gilt und was als schlechter. Es wird auch gestritten, wütend und ausdauernd, aber in einem sind sich alle einig: kein Gesetz darf gelten im Gebirge außer dem der Schwerkraft. Jeder entscheidet für sich selbst. Die Spießer können sagen, was sie wollen: in den Bergen wohnt die Freiheit. Wie beim Tom Astor.

Highwayhelden sind auf dem Bock zu Haus,
Highwayhelden, ohne sie kommt keiner aus.
Highwayhelden, raue Schale, weicher Kern
Highwayhelden grüßen dich aus nah und fern.

Die nächste Stadt am Horizont, beim Truckstop rausgefahren,
den Diesel wieder aufgetankt und hinterm Haus geparkt.
'ne heiße Suppe, viel Kaffee, 'ne schnelle Marlboro
und dann mit Lola aus der Küche rasch noch mal ins Stroh.

Früh am nächsten Morgen dann geht's wieder auf den Truck
den Motor an, die Gänge rein, mit Volldampf geht es ab.
Im Radio läuft Countrymusik, Dolly singt ein Lied,
er blickt verträumt auf den Asphalt, und singt ganz leise mit:

Highwayhelden sind auf dem Bock zu Haus
Highwayhelden, ohne sie kommt keiner aus
Highwayhelden, raue Schale, weicher Kern
Highwayhelden grüßen dich aus nah und fern.

Zweihundert Meter Granit in erlesenster Struktur, Farbe und Festigkeit: Die sonnenüberflutete Südwand der Aiguille du Midi ist ein senkrechter Traumstrand, eine Copacabana. Über ein Dutzend Seilschaft konsumieren auf der Rückseite der Seilbahn eine Tagestour mit Blick auf die großen Wände und einem Sonnenmilchverbrauch wie am Äquator.

Alex wählt einen schmalen Riss, und Pepa versucht ihre erste technische Seillänge. Sie legt einen Keil, hängt eine Leiter ein, und als sie weiter will, bleibt sie mit der anderen Leiter im Keil hängen. Ein fürchterliches Gehedder.

Beim Freiklettern bewegt man sich mit Griff und Tritten an natürlichen Haltepunkten. Beim technischen Klettern ist man in Gegenden unterwegs, in denen es keine oder kaum natürliche Griffe gibt. Man platziert Keile oder Haken im Riss, klinkt eine Leiter ein, steigt höher und forscht, was genau wo genau wie genau als Nächstes hinein muss. Man entwickelt eine sehr enge Beziehung zu dem Riss. Technisches Klettern litt lange unter einem Touch von Zweitklassigkeit, bis die Amis in den siebziger Jahren die Sache durch verringerten Einsatz von Bohrhaken spannend machten. Für ihre Routen an den Granitfluchten des El Capitan im Yosemite Valley entwickelten sie Hilfsmittel, bei denen ein Laie nie darauf käme, dass sie etwas mit Klettern zu tun haben könnten. Sie sehen eher aus, als stammten sie aus dem Ersatzteillager eines Automechanikers in der Dritten Welt: unlogisch deformierte Metallteile, die man in immer feinere Risse schlägt oder hinter winzigen Schüppchen verhakt und die Namen tragen wie eine Begleitband von Jimi Hendrix: *Bird-Beaks, Bat-Hooks, Crack'n-up's, Copperheads, Cliffhanger* und die berühmten *Rurps – Really Ultimate Rock Pitons.* Während ein normaler Felshaken etwa fingertief in den Fels eindringt, ist die Arbeitsfläche eines Rurps noch ungefähr so groß wie ein Fingernagel. Friends, mechanische Klemmgeräte für mindestens daumendicke Risse, waren die Erfindung eines kletternden NASA-Ingenieurs und kamen später dazu.

Wer in einer harten technischen Länge stürzt, kann ganze Reißverschlüsse schlechter Haken herausziehen und sehr weit fallen – bis endlich irgendetwas hält. Bei weiten Stürzen schlägt man gegen den Fels, holt sich ein Schleudertrauma, dreht sich über Kopf. Möglichkeiten gibt es genug, sobald man lange genug in der Luft ist. Es gibt Leute, die benutzen in solchen Seillängen Brustpanzer vom Mountainbike-Downhill. Die nun neuerdings über Stunden anhaltende Lebensgefahr bedeutete den beglückenden Durchbruch in eine neue Dimension von Angst, und um die flatternden Nerven wieder zu beruhigen, verband man das Nützliche mit dem Angenehmen: Hasch, LSD, Speed, Pilze. Es waren eben die Siebziger. Die Mode mit den Drogen ging vorüber. Routennamen wie *Mescalito* oder *Magic Mushroom* sind geblieben.

In der ersten technischen Länge ihres Lebens braucht Pepa ebenfalls lange, aber sehr schwer ist es nicht. Manchmal verfehlt sie mit dem Hammer die Hakenöse und schlägt sich auf die Finger. Keile legen dagegen kann sie. Der Keil muss so in den Riss, dass er bei Belastung nach unten und nach außen hält. Nach oben möglichst nicht, denn der Nachsteiger muss ihn ja wieder rausbekommen. An dem Keil ist ein Stahlkabel. In das Kabel kommt der Karabiner und in den Karabiner Leiter und Seil. Sobald das Körpergewicht im Keil hängt, presst es das Kabel an den Fels. Immer wieder hat sie die Finger im falschen Moment hinter dem Stahlkabel, und dann werden sie eingeklemmt. Da der Körper voll und ganz an diesem Keil und nichts anderem hängt, kriegt sie Finger nicht gleich frei und kann ein paar Sekunden lang zuschauen, wie sie blau werden.

Alex lässt sie auch die zweite Länge machen. Falls es hart auf hart kommt, hat sie den Vorteil, zwanzig Kilo leichter zu sein. Es gibt bestimmt Rurps, die bei ihr halten würden und bei Alex nicht. Manchmal hofft sie auch, dass es so weit kommt. Sie wollte noch nie Zweite sein, erst recht nicht in einem Zweierteam. Am Ende führt er noch eine Länge, und sehr viel schneller als sie ist er auch nicht. Neben ihnen klettert man die begehrten und großartigen Sportkletterrouten der Midi-Südwand, und sie hampeln in einem Gelände mit Leitern herum, das man im sechsten Grad hätte freiklettern können und das außerdem zu einer existierenden Route gehört. Es sieht aus, als hätten sie überhaupt keine Ahnung. Plötzlich sind die anderen Seilschaften verschwunden. Alex hat seine Uhr vergessen, aber nach seiner Länge wird es definitiv Zeit. Die letzte Seilbahn fährt um halb sechs.

In fliegender Eile seilen sie ab zu ihren Rucksäcken, die am Einstieg einen ruhigen Tag verbracht haben, und die Füße atmen auf beim Wechsel von den engen Kletterschuhen in die schweren Stiefel. An den Enden zusammengeknotet hängen die Seile vom letzten Standplatz herab in den Schnee. Pepa zieht ab, aber der Knoten hängt fest. Sie bietet sich an, raufzuklettern und das Seil frei zu machen, aber er macht es selbst. Als sie so weit sind, schlägt er vor, die schweren Sachen aus ihrem Rucksack zu tragen, damit sie schneller sind. Pepa lehnt ab.

Jede Substanz wird ab einer bestimmten Dosis giftig, und so wie Anja die Bücher wegfrisst, ist die Grenze zur toxischen Wirkung von Papier wahrscheinlich erreicht. Sie hat zwei Stapel Bücher neben ihrem Schreibtisch: die sie bis zum Staatsexamen noch durcharbeiten muss und die sie schon durchgearbeitet hat. Und auf dem Schreibtisch die Nachschlagewerke. Manchmal ist es so egal, was in welchem Stapel steht. Man arbeitet sich durch bedruckte Seiten und bedeckt weiße Seiten mit Schrift. Und die Seiten kommen in den Ordner, und irgendwann kommt das alles ins Altpapier, und dann machen sie wieder weiße Seiten draus.

Sie geht zu Toni und sieht ihm zu, wie er am Computer sitzt und arbeitet. Toni hört Musik beim Arbeiten. Sie könnte das nicht, mit Musik arbeiten, aber Toni mag das gern. Wenn es um Pepa geht, macht er alles sofort. Als er die Videos von ihr gedreht hat oder als er die Idee hatte, diesen Raabe zu kontaktieren.

»Ist was?«, lächelt Toni, steht auf und gibt ihr einen Kuss.

»Nichts.«

Er arbeitet an einem Angebot. An der Hamburger Köhlbrandbrücke will der TÜV die Stahlseile prüfen. Einen Laien da oben auf eine Art und Weise hinzubringen, dass ausgerechnet der TÜV das Verfahren genehmigt, wird nicht so einfach. Früher ist sie mit ihrem Vater unter der Brücke durchgesegelt. Als Toni das Band mit Pepas Nachricht gehört hat, ist er im selben Moment aufgestanden, auf Krücken, und in den Keller und hat die ganzen alten Haken und Karabiner in einen Karton gepackt. Den soll sie jetzt zur Post bringen.

Wenn unterwegs einer versucht, ihr das Paket wegzunehmen, wird sie es verteidigen. Er hätte es aber auch heute Abend fertig machen können. Toni weiß nicht mal, was genau Pepa und Alex vorhaben, und er hat es Anja nicht lang erklärt. Sie braut sich einen starken Kaffee.

Zwanzig Seiten Biochemie, dann geht sie zur Post. Ihre Mutter hat ihr neulich eine PUR-CD geschenkt und sich damit endgültig in eine Umlaufbahn geschossen, auf der man mit ihr nicht mehr über Kultur diskutieren kann. PUR können eigentlich nur Männer hören, die, wenn sie Väter werden, sagen: Wir sind schwanger. Oder diese Frauen, die sich nirgendwo rasieren und über so wenig Selbstbewusstsein verfügen, dass sie mindestens einmal täglich plärren: Wir-sind-Frauen-und-wir-können-das-auch! So oder ähnlich muss man doch drauf sein, wenn man Zeilen wie *Lass mich meine Ängste / in deinem Blick verlieren* mitsummt.

Der Musikgeschmack von Anjas Eltern jedenfalls war schon immer ziemlich erdfern. Was soll man sagen, wenn die eigenen *Eltern* »Das Phantom der Oper« nicht nur im Auto hören, sondern ernsthaft als musikalischen Maßstab nehmen? Ob Vater, resignierter Skeptiker, der er immer schon war, vielleicht in Wahrheit nur vor Mamas Dilettantismus kapituliert? Und sein Sarkasmus das Stadium erreicht hat, in dem Toleranz eine Ausformung von Zynismus bedeutet? In kulturellen Dingen ist Toleranz, hat Alex gesagt und das fand sie nicht schlecht, die Tugend der Geschmacklosen. Und wie kann man seine Katzen »Yvonne« und »Amalia« nennen? Das Schlimme an der PUR-CD war ja noch, dass es kein zufälliger Fehlgriff war, sondern dass sie das vorher sogar noch im Radio gehört hatten.

Der triste Himmel mache ihn krank, klagt PUR-Sänger Hartmut Engler im Titelsong *Abenteuerland*, und die Gewohnheit sei zu Besuch, die Batterien leer, da sieht er den Weg nicht mehr. Tja. Künstlerpech! Aber einer wie

Engler gibt nicht auf. Da will er weg, da will er raus, ein kleiner Junge nimmt ihn bei der Hand und zeigt ihm, wo's langgeht:

Komm mit mir ins Abenteuerland
Auf deine eig'ne Reise.
Der Eintritt kostet den Verstand.

Neue Formen gebe es dort, verspielt, wild, Wolken malen sogar ein Bild, und die Winde pfiffen ein Lied. Super. Wenn der Eintritt in dieses Land den *Verstand* kostet – da möchte Anja schon wissen, ob sie Hartmut Engler wohl gnadenhalber umsonst reingelassen haben. Und so muss es gewesen sein. Wenn er vorher jemals Verstand gehabt hätte, müssten die Texte auf diesem Album ja noch schlechter gewesen sein als bislang. Und das kann man jetzt nicht behaupten. Die Texte von PUR stehen alle auf derselben Stufe.

Aber was macht sie jetzt mit der CD? Wegschmeißen geht nicht: ist von Mama. Verschenken geht auch nicht.

Anja findet es ziemlich befriedigend, das Medizinstudium in dieser Geschwindigkeit durchzuziehen. Das schafft nicht jeder (einige PUR-Fans würden sagen: jede/r). Die Wahrscheinlichkeit, später weiterhin besser zu sein als die anderen, wächst. Der einzige Haken an dem schnellen Studium und dem Studium überhaupt liegt darin, dass es genau das ist, was ihre Mutter von ihr erwartet.

Eine tiefe Spur führt den Grat hinauf. Pepas Abstand zu Alex wird größer. Warum lässt er sie überhaupt unangeseilt über den Gletscher gehen? Da sind doch Spalten. Oder sind hier keine? Sie keucht. Zehn Schritte, stehen bleiben. Zehn Schritte, stehen bleiben, aber wenn sie stehen bleibt, wird der Atem schier nicht langsamer, da kann sie genauso gut weitergehen. Ihr Atmen ist nurmehr ein Winseln. Das Blut rauscht so schnell durchs Hirn, da wird jeder klare Gedanke weggeschwemmt. Ihr scheint, als käme sie überhaupt nicht vorwärts. Zehn Schritte. Aber bis zehn kann sie gar nicht mehr zählen. Sie bleibt stehen, will weiter, will stehen bleiben, geht. Was für ein einsamer Kampf. Und so lächerlich. Es ist nur der Gipfelgrat einer Seilbahn. Wo der Grat in den Felstunnel mündet, wartet Alex.

»Die letzte Gondel ist weg.«

»Nein!«

Sie lässt ihren Rucksack fallen, setzt sich drauf und lehnt sich mit dem Rücken gegen den Schnee.

»Um wie viel hast du sie verpasst?«

»Ich war rechtzeitig hier«, schiebt er zwischen den Zähnen durch und starrt hinaus ins Tal. Von Westen schieben sich schwarze Wolken näher, langsam und schwer. Wenn die heute schon kommen, liegt Wetterbericht schon wieder daneben.

Jetzt ist sie schuld. Und: sie ist ihn nicht los für heute. Schlafsack und Kocher haben sie nicht mit.

»Warum bist du nicht mitgefahren?«

»Du hättest das gemacht!? Das kann ich mir vorstellen!«

Anja ist von der Post zurück, als Mama anruft. Lange redet sie nicht mit ihr. Sie stellt Musik in der Küche an, kippt einen Ouzo und macht einen opulenten Salat. Immer häufiger denkt sie an die Zukunft. Falls es mit *Vertical* nicht klappen sollte, kann er immer noch führen gehen. Die outdoor-Branche boomt, und wer darin einen Beruf hat, der lebt eigentlich sicher. In Deutschland gibt es fünfmal so viele hauptberufliche Bergführer wie noch vor zehn Jahren. Wenn man Leute auf Berge führt, ist Deutschland allerdings kein guter Stützpunkt, daher kommen die anderen Bergführer, die Toni kennt, nur am Wochenende heim. Für die Frauen ist das wie eine Fernfahrerehe.

»Magst dich nicht mal wieder rasieren?«

Sie sieht ihn mit diesem Blick an, bei dem er nie nein sagen kann. Toni liebt diese Benimmspiele nicht. Aber ihre Hand auf der rasierten Wange belohnt genügend. Die Werbung hat Recht: ein Streicheln, ein Kuss, und das Weib hat gewonnen. Beim Rasieren hängt sein Gips über der Krücke. Es juckt unter dem Scheißgips. Macht einen ganz fickerig. Ist er ein Schwein, wenn er denkt: Nie kann ich sie verlassen, wenn sie so gut im Bett ist?

Er nimmt einen Sprühstoß von dem Parfüm, das sie ihm geschenkt hat, und krückt in die Küche. Er sieht ihr in die Augen. Er schiebt sie gegen die Kühltruhe, Becken an Becken, und sieht ihr wieder in die Augen und legt seine Lippen auf ihren Mund und fährt mit der Hand durch ihr Haar, ihr volles Haar. Sie knetet seinen Hintern mit den Händen und zieht ihn an sich. Er versucht, sie im Stehen zu nehmen, aber sie lacht nur, und er lacht selbst. Alberner Ehrgeiz, das mit Gips zu versuchen, aber sie haben ja einen Teppich.

Das Tief kommt früher als vorhergesagt. Es gießt, Kälte lässt den Atem dampfen. Die meisten ziehen sich früh in die Zelte zurück. Victor schiebt die Kassette der *Singenden Schwänze* ein, bei denen Luigi Gitarre spielt.

»Im Studio sind wir nicht doll«, hat Luigi gewarnt, »wir sind mehr eine Live-Band.«

Für ihre Auftritte verkleiden sie sich als Penisse und sauen mit Milch auf der Bühne rum und kriechen durch Pappkartons, in denen schwarze Perücken kleben. Luigis älterer Bruder hat klassisches Klavier und moderne Komposition studiert. Er hat Sachen komponiert, bei denen stehen zwanzig Leute mit Bohrmaschinen auf der Bühne, womit sie sich mal gleich in Überzahl zum Publikum befinden, also wirklich, das ist Avantgarde. Aber im Gegensatz zu seinen Klavierjobs brauchen die *Singenden Schwänze* vor einem Engagement nie irgendwo vorzuspielen. Luigis Bruder leidet darunter. Die Lieder hören sich alle ziemlich ähnlich an, aber wenn man schnell Auto fährt, ist es wahrscheinlich genau das Richtige.

Frog und Mandy haben Jobs gefunden. *Frog* spült morgens und abends in einer Kneipe in der Fußgängerzone, die fünf Kilometer muss er zweimal hin und zurück. Er ist sicher, meistens mitgenommen zu werden, denn er hat ja eine neue Hose. Mandy wechselt die Laken in einer kleinen Pension gleich um die Ecke.

Die Tür zu einem der Cafés stand offen. Pepa hockt auf einem Fußabstreifer, allein mit dem leisen Heulen des Windes. Die leere Kasse steht offen, die Schränke sind abgeschlossen. Im Müll liegen zwei halbe Croissants mit Schinken. Die haben sie gesehen, als es noch hell war.

Draußen heult der Sturm. Schnee liegt auf dem Fenstersims und wächst langsam an den Scheiben höher. Alex stromert irgendwo herum und sucht im Schein seines Feuerzeugs nach »etwas Brauchbarem«. Mit einer halben Flasche Pastis kommt er zurück. Nach wenigen Schlucken ist ihnen warm.

»Hast du nie Heimweh in Peru?«

»Die Arbeiterklasse hat keine Heimat.«

»Blödmann.«

»Was soll ich denn sonst sagen?«

Pepa erzählt, sie wäre gern eine Küstenseeschwalbe, die fliegen immer dem Sommer hinterher und sind ständig unterwegs. Aber Alex hat mehr zu erzählen, findet sie, und so hört sie zu. Von einem Indio-Fest in den Bergen mit Fackeln, Medizinmännern und Kruzifixen erzählt er und von Gianluca und seinen schönen Frauen. Von seiner Wohngemeinschaft mit Gianluca und Rodolfo, der Schmuck herstellt und auch bei ihnen wohnt. Von den Führungsgästen, die ab fünftausend Meter immer wahnsinnig langsam werden, und von den Coca-Blättern, die er als Insider unterwegs kaut, weil die so schön gegen die monotone Latscherei da oben abstumpfen. Von dem freundlichen Alkoholiker, dem er seinen Ausweis als peruanischer *guia de montaña* verdankt. Von dem Taxifahrer in Lima, der die Gefährdung der Menschheit durch die Raser beschwört – »Die sich nicht an die Regeln halten, stellen Sie sich das vor: nicht an die Regeln halten, Señor, und bei Rot über die Ampeln fahren!« –, während er in der Zeit, die er zur Schilderung dieser Tragödie benötigt, selbst reihenweise rote Ampeln mitnimmt. Wie er per Anhalter durch die chilenische Wüste Atacama gefahren ist. Wie seine Touristen verzweifeln, wenn der Jeep nicht pünktlich kommt. Von den Meerschweinchen, die in den Indiohütten auf dem Fußboden herumlaufen und abgehäutet wie Ratten aussehen, aber ganz vorzüglich schmecken.

Apropos essen. Sie holen die zwei halben Croissants aus dem Müll. Lecker. Später wird ihr schlecht. Sie geht raus und kotzt über Bord in die Dunkelheit. Sie setzen sich auf die Fußmatten und stecken die Füße in die leeren Rucksäcke und sitzen und warten. Und frieren und warten. Und sitzen und schlafen langsam, langsam ein.

Alex erwacht, als ein Mann in der blauen Jacke der Seilbahngesellschaft ihnen zwei Styroporbecher dampfenden Kaffee hinhält. Er rekapituliert: er hat gefroren, aus dem Müll gegessen und im Sitzen geschlafen, alles wegen ihr. Mit einem Lächeln dankt er für den Kaffee. Der Mann von der Seilbahn hat schlechte Zähne und ist genauso lange nicht rasiert wie er. Er gibt ihm eine Zigarette und Feuer und bedeutet ihm, dass er vorsichtig macht, damit sie Pepa nicht wecken.

»Ah, l'amour«, lächelt der Mann.

»Pas d'amour. Das heißt: dum–me Nuss. Dumme Nuss. Ça va?«

Pepa fährt hoch, so dass er sich den heißen Kaffee über die Hose gießt.

»Pass doch auf, verdammt!«

»Tumme Nüss?«, fragt der Mann.

»Exactement«, grinst Alex und prostet ihm mit dem Kaffeebecher zu.

Schneeregen klatscht gegen die Scheiben. Stahlseile verschwinden im Nebel. Böen schütteln die Gondel, mehrmals hält sie an, bis der Wind sich beruhigt. Es dauert lange, bis sie in Chamonix landen.

Vor dem Schaufenster von Snells Sport bleiben sie wie angewurzelt stehen. Vorgestern hat Alex eine Liste mit Ausrüstung geschrieben, die sie benötigen werden. Das vorhandene Material und das, was Toni schicken soll, haben sie subtrahiert und sind auf das gekommen, was fehlt. Schmerzhaft präzise kommen ihnen die Zahlen in den Kopf. 50 Karabiner, 15 Messerhaken, 20 Normalhaken, 15 Profilhaken. Copperheads, Rurps und das speziellere Zeug kommen noch dazu plus zwei Sätze Friends à neun Stück, jeder Einzelne über hundert Mark. Das kann man kaum schleppen, und bezahlen kann man es unmöglich.

Da es auf dem Weg nach oben kaum einen Absatz geben wird, der groß genug ist, um darauf zu übernachten, brauchen sie außerdem ein *portaledge*, wie es ebenfalls bei Snells Sport im Schaufenster hängt. Ein »portable ledge« ist eine Art Cyber-Feldbett für zwei Personen, wobei der Unterschied zu einem Feldbett im Preis besteht und darin, dass man es aufhängen kann. An den Ecken sind verstellbare Gurte befestigt, die oben in einem Punkt zusammenlaufen. Mit einem einzigen Fixpunkt in der Vertikalen kann man waagerecht liegen. Das haben auch die Amis erfunden, damals im Yosemite. Außerdem braucht man einen Haulbag, einen Nachziehsack. Victor hat einen Haulbag. Er wird ihn nicht brauchen. Er ist nie sehr aktiv, wenn er den Sommer in Chamonix verbringt.

Von der Jalousie läuft ein Vorhang aus Wasser auf den

Gehsteig, und es spritzt gegen die Gamaschen, die sie immer noch tragen. Hunger. Seit den zwei Croissants aus dem Müll haben sie nichts mehr gegessen. Pepa soll ihren Sponsor anrufen. Sie sagt, das Budget des laufenden Quartals ist mit dem Material fürs Matterhorn überschritten.

»Toller Sponsor!«, sagt er.

»Und du hast wirklich keine Kreditkarte?«

»Njet.«

»Wie kann man nur keine Kreditkarte haben? Manchmal bist du so was von altmodisch! In Zukunft geht doch sowieso alles bargeldlos!«

»Kein Bargeld haben wir doch schon.«

Am Geldautomaten wartet sie auf das erlösende Geräusch der Geldzählmaschine. Nicht immer gibt es Geld, und so hat sie das Geräusch schätzen gelernt. Auf einmal wechselt der deutsche Menütext:

»Ihre Karte wurde aus Sicherheitsgründen einbehalten.«

Das hatte sie noch nie.

»Ich war doch fast überhaupt nicht im Minus! Diese Schweine!«

Sie tritt mit ihrem Bergstiefel gegen den Geldautomaten. BANG. Der hat eine Blechverkleidung. Und noch mal. BANG. BONG. Alex zerrt sie am Kragen weg wie eine junge Katze und stellt sie vor einer Hauswand ab.

»Das ist kein Getränkeautomat! Da kommt nichts raus, wenn du gegentrittst.«

Das regt ihn alles nicht mehr auf. Sie jedoch kann es noch immer nicht glauben und tritt auf ihren Rucksack ein.

»Das war deine verdammte Tom-Astor-Kassette!«, schreit sie. »Achtzehn Franken für diese Fernfahrerscheiße! Das war genau das, was zu viel war! Sonst hätten wir jetzt Geld!«

»Halt's Maul!«, sagt er ruhig.

Er zählt sein Geld auf ihren Rucksack und teilt acht Schweizer Franken und siebzig Französische Francs in zwei Hälften.

»Danke«, sagt sie leise.

Der Dank hält sich die Waage mit dem Schrecken: das ist alles. Im Supermarkt Payot-Pertin, in dem man Franzosen und Ausländer immer noch daran unterscheiden kann, dass nur die Ausländer bar bezahlen, kaufen sie Baguette und den billigsten Käse und trampen zum Camp. Es beginnt wieder zu regnen. Von den Bergen haben sie den ganzen Tag noch nichts gesehen. Alex ist klar, wie die Berge aussehen werden, sobald die Wolken sich teilen: weiß.

Den Rest des Tages vermeiden sie Gespräche. Das einzige Thema wäre Aufgeben. Die anderen haben den Shelter umgebaut, weil sich in der Plane, die Alex als Dach aufgespannt hat, gefährlich viel Wasser sammelte. Zum Kochen bleibt genügend Regen in der Plane, und so muss niemand mehr durch den knöcheltiefen Matsch zum Wasserholen in den Wald. Nach einigen Tagen merken die anderen, dass Pepa und Alex pleite sind.

»Vergesst Geld!«, sagt Luigi energisch. »Hier habt ihr Essen, hier habt ihr zu trinken. Ein bisschen Geld haben wir auch für euch übrig. Wenn ihr deswegen aufgebt, treten wir euch in den Arsch. Also bleibt gefälligst hier!«

»Danke«, sagt Alex und räuspert sich.

»Danke«, flüstert Pepa, »also, wir brauchen nur vier Tage schönes Wetter, mindestens, na ja, und das ganze Zeug.«

»Wie macht ihr das mit dem Material?«, fragt Giovanna. »Könnt ihr das klauen?«

»Ich war schon in dem Laden drin«, sagt Alex. »Ich denk nicht, dass das geht.«

Victor nutzt die Gelegenheit, fünf Bier zu öffnen und sie zu verteilen.

»Willkommen an König Artus' Runde!«, strahlt er. »Auf die Gemeinschaft!«

Für den Zeltplatz bezahlen sie nichts. Wenn der Kassierer auch immer zur selben Uhrzeit kommt, ist das nicht so schwer.

Abends sitzt Pepa viel mit ihrer neuen Freundin im Audi. Mit ein paar Pullovern unter dem Hintern hat man es auf den ausgeleierten Sitzen im Audi bequem wie in einem Cadillac. Giovanna trägt ein T-Shirt mit den Worten: »Give peas a Chance«. Sie hasst Hippies. Ein anderes von ihren selbst bedruckten T-Shirts hat sie Victor geschenkt, weil ihn die Aufschrift so haltlos begeistert hat: »Life is a bottlefield«. Er trägt es Tag und Nacht. Bestimmt hatte Giovanna eine glückliche Kindheit und bestimmt eine tolle Mutter. Tolle Leute haben fast immer tolle Mütter. Toni fällt ihr ein, der ist auch toll. Aber sie hat ja dieselbe Mutter wie ihr Bruder. Ist sie dann auch toll? Sie möchte mit irgendwas *wirklich* Schlauem das Gespräch eröffnen und sagt:

»Luigi ist ganz schön kompliziert, oder?«

Giovanna zieht eine Braue hoch und sieht sie streng an.

»Schätzchen«, sagt sie und dreht sich zu ihr.

Pepa schluckt, bevor sie auch nur ahnt, wie es weitergeht.

»Schätzchen«, wiederholt Giovanna, »du hast Recht. Aber wenn du einen unkomplizierten Kerl suchst, dann nimm einen ohne Gehirn. Zeig mir einen unkomplizierten Mann, und ich sag dir: Er hat kein *Gehirn*. Keine Ziele, kein Niveau, keinen Humor. No brain, no pain. Und jetzt weißt du, ob Luigi kompliziert ist.«

Da ist Pepa erst mal ruhig. Giovanna übersetzt ihr die Witze aus dem italienischen *Playboy* ins Englische und hält ihr das Playmate des Monats Juli unter die Nase: Anna, 91-60-88.

»Sie ist aus Genua! Genau wie ich! Ist sie nicht wunderschön?«

Pepa lächelt.

»Ja. Stimmt.«

»Wie hast du eigentlich angefangen zu klettern?«, fragt Pepa nach einer Weile.

»Ich hab nicht wegen Luigi angefangen, falls du das meinst. Das war schon vorher. Meine Großeltern hatten eine Apfelplantage. Als ich klein war, bin ich ständig die Bäume hoch. Ich bin mein ganzes Leben geklettert.«

»Ich hab bis sechzehn Judo gemacht, als Leistungssport. Mein erster Freund hat mich mit zum Klettern genommen, der war innerhalb seiner Clique ziemlich angesehen. Nach einem halben Jahr war ich besser als er. Ich hatte ziemlich Kraft vom Judo. Da war ich dann wieder allein.«

»Er hat dich verlassen, weil – ?«

»Ja. Weil ich besser klettern konnte.«

»Das war aber ein Arsch.«

»Ja. Fand ich auch.«

»Wenn das ein Grund für die Männer ist, bleiben für dich aber nicht viele übrig.«

Alex nähert sich.

»Mir doch egal«, sagt Pepa.

Giovanna dreht die Scheibe runter.

»Was gibt's?«, fragt sie.

»Wir fahren in eine Kneipe. Kommt ihr mit?«

Auf der Rückfahrt regnet es wieder in Strömen. Die Scheibenwischer teilen das dicke Wasser auf der Scheibe. Es ist ein ungleicher Kampf. Die Wischer haben nicht den Hauch einer Chance. Durch die nassen Scheiben verschwimmen die Bilder, als ob man Tränen in den Augen hätte. Alex lehnt den Kopf gegen die kühle, vom Kondenswasser nasse Seitenscheibe. Kein Geld, keine Sonne. Nie wieder.

Zwischen Straße und Camp batscht das Vorderrad in ein voll gelaufenes Schlagloch, KA-BUTSCH. Luigi, Giovanna und Pepa steigen aus, die Kapuzen oben, schweigend, gesichtslos. Im Recorder läuft *What do you want from life?*, ein Punk-Klassiker von den *Tubes*. Im Text haben sie gleich eine Antwort: *Free alcohol for the rest of your life.*

Na ja. Billiger wär's.

»Gute Nacht«, ruft Victor hinterher.

»Hoffentlich.«

Pepa zieht den Reißverschluss an ihrem Zelt auf und

kniet sich in die Apsis. Um nicht in den Schlamm zu greifen, stützt sie sich auf einem Kochtopf ab, öffnet das Innenzelt und dreht sich mit dem Hintern auf die Matte. Außenzelt zu. Am nassen Stoff bleiben ein paar Haare kleben. Schuhe aus, Hose aus und rein in den Schlafsack. Sie leuchtet die Stoffbahn des Innenzeltes nach Tropfen ab. Irgendwann säuft jedes Zelt ab. Das nasse Überzelt dehnt sich, bis es auf dem Innenzelt aufliegt, und dann ist es passiert. Und wenn es das nicht ist, kommt die Feuchtigkeit von unten. Wenn der Boden wirklich durchnässt ist und man dann im Zelt kniet oder sich mit dem Ellbogen aufstützt, entsteht ein höherer Druck als die soundsoviel Meter Wassersäule, die die Stoffe laut Hersteller aushalten. Dann kommt es einfach durch.

Bis jetzt ist es trocken.

Alex nutzt den Weg zum Pinkeln zu einem kleinen Spaziergang. Die Wiese hat sich in eine Schlammgrube verwandelt. Es ist kalt. Im Wald klingt der Regen anders, ferner.

Er wandert zurück. Auf der Wiese ist es heller. In einem Auto sitzen noch zwei, die Seitenscheibe einen Spalt geöffnet. Musik und der Geruch von Gras dringen heraus. *Slowhand* und *Dirty Harry,* Letzterer dermaßen dreckig, dass es sogar hier auffällt. Alex überlegt, ob *Slowhand* überhaupt die Frequenz zum Masturbieren zustande bringt. Bestimmt ist der hochintelligent. Wahrscheinlich hängt der noch zwei Jahre beim Klettern rum und macht dann eine steile Karriere als Informatiker. Was wohl aus dem Kühlschrank von *Frog* und Mandy geworden ist?

Als er zwanzig war, hat er sich geschworen, rechtzeitig auszusteigen, aus Verpflichtung gegenüber den heiligen Erlebnissen, die er später nicht bereuen will. Mit zwanzig einen Sommer wie diesen auf Pierre d'Orthaz, das ist so ein Erlebnis. Mit vierzig noch mal das Gleiche, dann würde man das erste Mal und all die Sommer zwischendrin bereuen. Und nie darf es dazu kommen, dass man so was bereut. Victor hat für Pepa und ihn die Getränke bezahlt. In Chamonix kostet ein Milchkaffee fünf Mark und ein kleines Bier zehn. Es waren viele kleine Biere. Wenn Alex eine Chance sähe, ihm das Geld zurückzugeben, hätte es ihm nichts ausgemacht. So ist es anders. Im Grunde ist das ganze Dilemma die undankbare Folge von ehrlicher Denkarbeit. In den Bergen hat man Freiheit. Also Wahrheit. Und die Wahrheit führt einen vom normalen Leben weg. Wie sonst soll es denn gehen? Urlaub vorbei, ab nach Hause, ich freu mich auf meinen Chef?

Und wenn einen die Wahrheit nicht irgendwann in ein Zuhause ohne Gefahren führt, ist doch in Wahrheit alles Unfug. Manchmal, in Regenwochen oder nach Rückzügen, hat er Anwandlungen gehabt, laut rufend wie ein Prediger auf neu eintreffende Bergsteiger zuzurennen: »Kehrt um! Geht nicht weiter! Es ist alles ein schrecklicher Irrtum.«

In München hat er sich dabei ertappt, ein großes Auto haben zu wollen, einen schönen neuen fetten Passat Kombi, damit die Leute ihn nicht für arm halten. Dabei ist arm sein nicht schlimm. Nur, wenn man es nicht mehr sein will.

Aber worauf hat er weniger Einfluss als auf seine Wünsche, seinen Willen? Ohne den Willen wiederum ist

Glück nicht möglich. Wunschlos glücklich wird man, wenn ein Wille sich erfüllt. Ohne Wünsche vorher kein Glück danach. In depressiven Phasen weiß man ja auch nicht, was man will. Weswegen einen Bergsteigen so glücklich machen kann, weil das so sehr vom Willen abhängt. Wie tröstlich, wenn die Welt doch manchmal so logisch ist! Man bekommt aber auch leicht Depressionen, wenn man nasse Schuhe hat, also steigt er wieder in den Bus. Victor hat noch was zu trinken.

Ein weiterer Tag in den Autos. Warten auf den Einsatz. Wie in Pearl Harbour. Victor, der sowieso nichts vorhat, nervt. Das gehöre eben dazu, nölt er, das Warten. Das war schon immer so. Er hasst die Amerikaner und die Franzosen. Die Amerikaner wegen Disneyland und ihrem Englisch. Und die Franzosen wegen Euro-Disney. Außerdem: kein Englisch können und noch stolz drauf sein. Und die Franzosen waren es auch, die den verdammten Tunnel gebaut haben. Da kommen jetzt die Baguettes und die Monsieurs und tralala, aber das britische Rindfleisch nehmen sie nicht.

Er kündigt an, für alle zu kochen. Es schmeckt grauenhaft. Stellt euch nicht so an, sagt er, das war schon immer so. Giovanna schlägt eine Kneipe vor. Keiner hat Lust. Zu teuer. Abends schlägt Alex eine Kneipe vor. Victor hat ihm Geld geliehen, aber jetzt will Giovanna nicht mehr. Das ist das Lustige an Schlechtwetter: man kann sich ständig hin- und herentscheiden, ohne dass es irgendwelche Folgen hat. Pepa will mit. Sie schieben den Audi an. Das klappt mittlerweile tadellos. Pepa lässt den Motor kommen, und blauer Rauch dringt aus dem Motorraum. Sie öffnet die Kühlerhaube und springt zurück, weil Flammen herausschlagen. Aber es ist nur ein kleines Feuer. Wird gar nicht größer. Allein vom Regen wird es kleiner und zischt beleidigt, hündisch, geradezu unterwürfig. Sie werfen ein paar Hände voll Schlamm und nasses Laub auf den Motor, und das Feuer ist aus.

»Was war das denn?«

»Das war mal ein Auto«, verkündet Alex, »jetzt hast du ein Hauszelt.«

Sie schieben den Wagen mit dem Heck zur Plane, und Töpfe, Dosen, Kocher und Flaschen wandern in den Kofferraum. Solange die Batterie noch etwas Strom gibt, ist ihr neuer Küchenschrank sogar beleuchtet. Wie der Schrank mit den Glastüren in Tonis und Anjas IKEA-Küche. Alle sind begeistert.

»Hey, was meint ihr, wir bleiben alle bis Oktober, ja?«, strahlt Victor.

Aus dem Bus sehen Victor und Alex, wie Pepa ihren tropfenden Schlafsack vor sich herträgt, angewidert, als wäre es ein Eimer Erbrochenes. Im gelben Zelt nebenan hören sie Giovanna kommen. Sie öffnen die Schiebetür für Pepa, das haben die im Zelt gehört, und Giovanna ist wieder still.

»Mein Zelt ist abgesoffen«, sagt Pepa. »Ich trampe morgen nach Hause.«

»Jetzt setz dich erst mal«, besänftigt Alex.

»Ich schraub die Nummernschilder ab, und ... Ich glaub, ich krieg alles in meine beiden Rucksäcke. Wenn du was von meinen Sachen brauchst, Alex, ich lass es dir hier. Oder kommst du mit?«

»Du gibst auf?«

Alex ertappt sich bei einem Blick auf ihr nasses T-Shirt. Souverän zieht sie den Reißverschluss der offenen Fleecejacke hoch.

»Wir haben keine Chance, Alex. Es ist sonnenklar, dass wir nicht die geringste Chance haben. Null Komma null.«

»Wenn man eine Idee hat, Pepa, ja, wenn man eine Idee hat, ist nie klar, ob es klappt. Vielleicht geht es, vielleicht nicht. Sicher ist nur: wenn man es nicht versucht, dann klappt es ganz *bestimmt* nicht. Das ist sicher. Ich weiß im Moment auch nicht, wie es gehen soll. Aber immer wenn du sagst: ›Es geht nicht‹, steckt ein Denkfehler im Handlungsansatz.«

»Allein bis das Wetter wieder schön wird, sind wir doch schon dreimal verhungert.«

Eigentlich hat er das nur gesagt, weil er findet, es hört sich schlau an. Allein schon »Handlungsansatz«. Aber warum sollen sie nicht bleiben? Was wollen sie in München?

»Hast du Hunger?«, fragt Victor.

»Ja, ziemlich. Tierisch Hunger«, schnieft sie.

»Magst du Hähnchen?«, fragt Alex.

»Ist doch zu teuer.«

»Los, Victor, wir fahren Hähnchen holen.«

Bevor er den Motor anlässt, wühlt er wild unter der Bank und wirft Alex ein Paar Arbeitshandschuhe zu: »Hey, komm, wir bleiben bis Oktober! Diesmal können wir es schaffen!«

Auf der Fahrt in die Stadt wirft Victor wieder die *Tubes* ein. Pepa hört nicht hin. Toni wird alles rausbekommen, den ganzen Mist mit Raabe und Sport-Scheck und dass sie ihn belogen hat. Sie wird nie besser als Toni werden. Der Gipfel der Schande ist, dass sie bald wieder arbeiten muss. »Ich bin jung und gesund, was soll ich mit 'nem Job«, hat sie Raabe gesagt. Im Schritttempo rollen sie an einem gläsernen Grillkasten vorbei, in dem granitbraune Hähnchen glänzen. Alex dreht die Musik leiser, obwohl verdammt noch mal nie jemand die Musik leise dreht, bevor man aussteigt. Das macht man einfach nicht. Pepa wird misstrauisch. In der nächsten Seitenstraße bleibt Victor mit laufendem Motor stehen und stellt die Musik ab. Alex steigt aus und trägt Victors Handschuhe.

»Bis gleich.«

»Sei vorsichtig, Alex«, sagt Victor.

Legal wird das nicht. So viel kann man schon mal mit Sicherheit sagen. Pepa hat noch nie eine Bank überfallen. Dieser Urlaub – aber was heißt »Urlaub«? Das hier ist alles viel wichtiger als alles zu Hause – kann ihrem Leben eine entscheidende Wende geben. Was spielt es für eine Rolle, ob man als Sportlerin Großes leistet oder als Verbrecherin? Auf dem Zeltplatz hatte sie vom vielen Rumhängen den Eindruck, es sei schon spät, dabei ist es erst früh am Abend. So wenig Leute sind gar nicht unterwegs.

»Er hat sich dabei mal die Hände verbrannt«, erklärt Victor, »die Dinger sind höllen-höllen-heiß. Als er mit Toni die Tschechen am *Frêneypfeiler* gerettet hat, konnte er am Schluss nicht mehr selber abseilen. Brandblasen. Du musst Handschuhe tragen, wenn du die Hähnchen vom Grill holst. Sonst verbrennst du dir alles.«

»Verstehe«, sagt Pepa in einem Ton, der keinen Zweifel lässt, dass auch sie einmal mit verbrannten Händen Leute aus dem *Frêneypfeiler* retten wird, dem Synonym für die größte Tragödie des europäischen Alpinismus. Beim Versuch der Erstbegehung des Pfeilers auf der italienischen Seite des Montblanc hatten sich zwei Gruppen zusammengeschlossen. Nach einem Wettersturz führte der titanenhafte Walter Bonatti den Rückzug durch Nebel Sturm und hüfttiefen Schnee, doch vier von insgesamt sieben Männern starben, einer von ihnen im Stadium des Wahnsinns. Weil keiner verstand, warum so etwas überhaupt passieren konnte, und weil niemand überhaupt etwas verstand, weder von Bergen noch vom Tod, weder von Männern noch vom Abenteuer, und weil man also einen Schuldigen suchte, hauten die Medien Bonatti in die Pfanne. Damals, 1961, lange vor Pepas Geburt. Später verlieh die Französische Republik Bonatti das Kreuz der Ehrenlegion, was ein bisschen schal wirkte, weil es dann ja vielleicht doch damit zusammenhing, dass der überlebende Franzose es zum Minister gebracht hatte. Vom Alpinismus hatte sich Bonatti, der den Angriff auf seine Ehre nie wirklich verwinden konnte, da allerdings längst zurückgezogen.

Pepa behält Victors Rat jedenfalls als eine ungewöhnlich wertvolle Lehre im Gedächtnis und verstaut sie in ihrem Gehirn, wo sie auf alle Zeit aufbewahrt bleibt. Sie starren weiter in die Richtung, aus der Alex kommen muss. Victor stellt nervös am Rückspiegel herum.

»Letztes Mal ging das schneller«, sagt Victor nervös.

Alex spurtet heran, in der Hand einen Spieß mit drei Hähnchen, und Victor zwingt sich, langsam zu fahren, das ist auch sein Grundsatz beim Ladendiebstahl: nur Leute, die schuldig sind, rennen aus dem Geschäft. Die Guten gehen langsam. Zufrieden stellt er die *Tubes* an – *What do you want from life?* – und öffnet beim Fahren mit einer Hand die nächsten Biere, schließlich singen sie gerade *Free alcohol for the rest of your life.* Das ist wie Weihnachten, denkt er, das ist wirklich wie Weihnachten.

»Hat lang gedauert«, ruft sie gegen die *Tubes*, »bist alt geworden?«

Sie kann unmöglich sagen, wie großartig sie das findet.

»Jung genug, um einer schönen Frau ein Stück Fleisch zu jagen«, grinst er und reißt zwei Keulen für Victor und Pepa ab.

»Ich hätte dir auch einen Höhlenbären mitgebracht, aber die sind selten geworden.«

Den Spieß in der Hand, springt er auf und ficht mit einem imaginären Gegner.

»Nimm das, Richelieu, verfluchter Sauhund – da! Und da! Ha!«

Mit Medikamenten voll gepumpt wie Elvis Presley konnten die Viecher in ihren Legebatterien ja nicht ahnen, welch großartigen Verlauf ihr Schicksal noch nehmen würde. An der Lanze eines Musketiers und werdenden Erstbegehers werden sie im Takt geschwenkt zu Klängen der *Tubes*: Fleisch von glücklichen Tieren. *Free alcohol for the rest of your life.*

Pepa schlingt, als gäbe es einen Preis für den, der als Erster erstickt.

»Ich kann auch mal was kochen«, erklärt sie mit vollem Mund, »Säbelzahntiger. Bei uns im Allgäu ist das eine Spezialität.«

»Säbelzahntiger?«

»Klar. Sind selten geworden, aber wenn du einen willst, Alex, dann knall ich einen ab und brat ihn dir.«

Alex seufzt. Sie hätte sagen müssen: *Du* musst ihn abknallen, und ich brate ihn.

Auf dem Zeltplatz gibt es Cappuccino, danach Whisky, und damit sie nicht einschlafen, hinterher wieder Kaffee. Man ist zu jung, um die Nächte zu vernachlässigen. Sie lesen Victors Comics, und er zeigt ihnen seine Lieblingsfigur: *Big Vern*, paranoider Auftragskiller. Sobald einer ihn anspricht, und sei es auf einem Kindergeburtstag, flüstert er entsetzt: »I'm on a job!«, und knallt alle ab. Am Schluss bläst er sich selbst den Kopf weg. Das ist *Big Vern*. Victor und Alex fachsimpeln über die Duellszene in *Pat Garett & Billy the Kid*, und Pepa kennt den Film nicht.

»Also, Pepa, Billy, das ist der überzeugte Outlaw, der ist nach Mexiko, weil …«

»Das ist viel später!«, übernimmt Victor. »Also: Billy kommt zu dieser irischen Farmerfamilie, mindestens acht Kinder, ja, alle rote Haare, keiner trägt eine Waffe, nicht mal der Farmer, alles total friedlich, man merkt gleich, dass was passieren muss, und die kennen ihn und sagen hallo, Billy, komm doch rein zum Essen. Und er kommt rein, und dann sitzt da zwischen den Kindern ein alter Kumpel von ihm, also der *ist* alt, das ist dieser Schauspieler mit den schiefen Augen aus der Anfangsszene von ›Spiel mir das Lied vom Tod‹, und der trägt einen Stern, der ist Hilfssheriff. Hat sich anwerben lassen von Garrett, und Billy setzt sich dazu, und alle essen. Keiner sagt was, und irgendwann steht der Alte auf und sagt: ›Okay, bringen wir's hinter uns.‹«

»Darum sag ich immer ›Okay, bringen wir's hinter uns‹ vor jeder Tour«, erläutert Alex.

Sie erinnert sich. Nachts auf der Hörnlihütte, bevor sie zum Matterhorn gingen, hat er das auch gesagt.

»... und sie gehen raus, um sich zu schießen. Das Ganze irgendwie – ganz sachlich. Kein bisschen feindselig. Und stellen sich hin. Rücken an Rücken.«

»Wieso Rücken an Rücken?«

»Wegen dem Dialog. Wenn sie auseinander stünden, müssten sie den Dialog anders inszenieren«, erklärt Alex.

»Ach deswegen!? Also: Rücken an Rücken, ja, und Billy fragt: ›Du siehst also auch keinen anderen Weg?‹, und der Alte sagt: ›Nein, ich seh auch keinen anderen Weg.‹ Und dann schießen sie sich, und Billy knallt den Alten ab. Das war von vornherein klar. Und der Alte stirbt und macht noch einen schwachen Witz, und seine letzten Worte sind: ›Wenigstens bin ich kein Feigling gewesen.‹«

»Das Großartige, Pepa, ist«, sagt Alex, »die töten sich im gegenseitigen Einverständnis. Die reden vorher noch mal richtig drüber. Die haben noch richtig Werte, an die sie glauben.«

Sie versteht vollkommen. Aber das neunzehnte Jahrhundert ist leider vorbei. Wieder eine Gelegenheit verpasst.

Giovanna und Luigi kommen noch rein. Pepa malt Kreise an die beschlagenen Scheiben. Sie glaubt nicht mehr an die Tour, aber im Moment findet sie es ganz schön hier. Toni hat eine SMS geschickt: das Paket ist unterwegs. Victor zählt seine Tage ohne Dusche. Es sind acht. Als Alex mal fallen ließ, funktionierende Duschen auf dem Zeltplatz wären gar nicht so schlecht, ist Victor völlig ausgerastet. Auf Pierre d'Orthaz gab es noch nie Duschen, deswegen. Einen Vorteil hat das schlechte Wetter: man hat es nicht eilig, mit nichts. Auch nicht mit Waschen.

Die Vorhersage wird etwas freundlicher, bleibt aber instabil. Pepa und Alex bereden heimlich, ob sie noch mal mit der Bahn hochfahren, um an der Aiguille du Midi zu trainieren, kommen aber überein, dass sie dafür kein weiteres Geld annehmen wollen. Giovanna und Luigi machen mit Victor eine kurze Route an der Blaitière und schaffen vier Seillängen, bevor der Regen sie rauswäscht. Eine Woche ist vergangen, und die Grenze zwischen Apathie und Optimismus wird manchmal etwas unscharf.

Wenn die Sonne scheint, ist erst mal alles ganz angenehm. Dann kommen die Leute raus und recken und dehnen sich. Hacky-Sack wird gespielt oder man jongliert. Am besten ist *Bouldern,* am allerbesten, wenn zehn oder fünfzehn Leute am Block sind. Wenn *Slowhand* seine Schuhe so langsam schnürt, als spräche er im Stillen mit seinen Füßen. Wenn *Dirty Harry* sein Hemd auszieht und noch strenger riecht als das Hemd. Wenn sechs Leute dasselbe Problem probieren und sich gegenseitig anfeuern und lachen, wenn wieder einer fällt, und lachen, wenn es einer schafft. Wenn *Frog* klettert, kommen viele allein schon zum Zuschauen. *Frog* ist noch besser als Pepa, aber meistens steht er in der Kneipe und spült. Nach spätestens zwei Stunden kommt der nächste Schauer, so als ob Schulleiter Petrus die Kinder vom Pausenhof klingelt. Alex nutzt die Regenpausen lieber für Bergaufläufe und joggt die neunhundert Höhenmeter rauf nach Montenvers. Gern würde er am Boulderblock mit Seilsicherung eine Trainingseinheit an Cliffhangern einlegen, weil er mit den Dingern wenig Erfahrung hat. Im Technogelände wie bei ihrem Projekt sind Cliffs so was wie die letzte Karte im Ärmel. Aber sie besitzen keine, und daher fällt das Training aus.

Beschäftigung hält nicht lange vor, genau wie Schokolade, die ist auch ständig alle. Victor spielt gern Schach, aber nur wenige gern mit ihm. Er spielt zu gut, und dem schusseligen Victor, der ständig Flaschen und Teller umstößt, traut man das gar nicht zu. Alex liest spanische Zeitungen, die er sich von den vier aus Madrid ausleiht, außerdem hat er sich ein paar Bücher von Anja geliehen. Pepa balanciert mit Luigi auf einer Kette und macht Gymnastik. Luigi jongliert und Giovanna schreibt Briefe. Pepa und Giovanna pflücken auch Blumen und schmücken den Shelter.

Der Spruch mit König Artus' Runde war ziemlich gut, sagt Alex. Bergsteiger und Ritter haben einiges gemeinsam. Zum Beispiel gibt es klare Werte wie bei *Billy the Kid*. Der Kampf ist die Hauptsache, aber man kämpft nicht für sich oder seinen Vorteil, sondern wegen der Ehre und der Freude am Kampf und der Männergemeinschaft. Das Elitäre daran gilt heute als unschick, aber Ehrensachen sind nun mal nicht demokratisch. Klettern setzen sie heute ja als Therapieform ein, für Junkies, Manager und andere Problemgruppen. Heute wäre König Artus wahrscheinlich Erlebnispädagoge und würde Lehrergruppen durch den Hochseilgarten schleusen, und Lancelot würde Seminare zum männlichen Rollenbild anbieten. Und Don Quijote wäre Erfolgstrainer, ein erfolgloser allerdings, der vor leeren Sälen an glühenden Kohlen vorbeiläuft. Als Freiberufler müsste König Artus Umsatzsteuer zahlen, und wenn er die Putzfrau von der Steuer absetzt, darf sie nicht seinen Privatpalast putzen. Im Reitstall der Tafelrunde gäbe es Frauenparkplätze. Und zu klären bliebe, ob ein Keuschheitsgürtel unter sexuelle Belästigung fällt.

Pepa und Giovanna sortieren die Vorräte im Kofferraum und bringen Flaschenhalter an der Stoßstange an. Die Batterie ist immer noch nicht alle, und wenn man die Klappe aufmacht, geht immer noch das Licht an. Die beiden hängen auch sonst ständig zusammen. Victor hat zwei Monate unbezahlten Urlaub und träumt davon, die große Story der Leute von Pierre d'Orthaz in eine ganz große Zeitung zu bringen. Die Frage ist nur, welche Zeitung sich für Bergsteiger interessiert, die weder am Everest dem Tod von der Schippe springen noch Geld für einen normalen Zeltplatz haben.

Luigi tut am wenigsten. Er kann das. Stundenlang beobachtet er Ameisen, wie sie Krümel wegtragen. Dann wieder klettert er eine junge Birke hoch und verkündet: »Wenn ich jetzt ein Jahr lang hier sitzen bleibe, gewinne ich einen halben Meter Höhe, ohne mich zu bewegen!«

Giovanna fährt mit Pepa duschen. Dabei kann man auch Wäsche waschen. Man wirft die Sachen auf den Boden, und wenn das Shampoo drüberläuft, trampelt man ein bisschen drauf rum. Auf dem Rückweg gehen sie am Meteo vorbei. Sie gehen immer am Meteo vorbei. Egal, wohin man unterwegs ist, egal, welche Uhrzeit. Einmal am Tag zum Bittgottesdienst. Der Wetterbericht hängt an zwei Orten aus: französisch und englisch in einem Glaskasten gegenüber vom Office Haute Montage, nur französisch im Schaufenster der Apotheke an der Ecke zur Fußgängerzone. Die wichtigsten Vokabeln lernt man schnell: *orage* ist Gewitter, *amelioration* Verbesserung, *antizyklon* Hochdruck und *depression* Tiefdruck. *Depression* braucht man sich nicht unbedingt erklären zu lassen. Bei Schönwetter zeigt ein grüner Pfeil nach oben, bei *depression* ein roter Pfeil nach unten.

»Und, Luigi, was gibt's?«, fragt Alex, als Luigi zu ihm und Victor in den Bus steigt.

»Nichts, wieso?«

»Ich dachte, du kommst jetzt vielleicht rein und hast ein Gesprächsthema für uns. Das wäre jetzt nett gewesen. Ein Gesprächsthema.«

»Oh. Ach so.«

Luigi steigt aus und läuft ein bisschen rum und tut, als halte er nach etwas Ausschau.

»Kein Gesprächsthema, Sir. Bedaure, Sir. Tut mir echt Leid, Sir.«

Er salutiert, schlägt die Hacken zusammen und greift sich einen Comic. Er will wieder sehen, wie sich *Big Vern* den Schädel wegbläst.

»Überleg mal, wie viel Kohle wir Deutsche und Briten in die Scheiß-EU einzahlen, und ihr Spaghettifresser habt nicht mal ein einziges Gesprächsthema für uns«, sagt Alex.

»Was können wir jetzt machen?!«, fragt Victor. »Wir haben gefrühstückt, abgewaschen, wir haben ein zweites Mal gefrühstückt, noch mal Kaffee gemacht ...«

»Roll das Reserverad durch den Wald. Oder renn mit dem Kopf gegen den Bus. Aber von vorne, damit wir es sehen«, rät Luigi und liest weiter *Big Vern*.

Alex starrt eine Weile durch die Frontscheibe.

»Luigi, alter Casanova«, erkundigt er sich, »der Pantoffelhelden-Test: Darfst du zu Hause noch im Stehen pinkeln?«

»Wir wohnen nicht zusammen. Aber Giovanna ist das wurst.«

»Ah, sie ist großartig«, jubelt Victor.

»Ich beneide ja selten andere Kerle um ihre Frauen. Aber Giovanna ist wirklich klasse«, sagt Alex.

»Und was mir besonders gefällt«, freut sich Luigi, »sie tut nicht so, als ob sie logisch denken würde.«

Ein Ruck geht durch den Bus. Sie haben ein Gesprächsthema: Frauen.

»Genau!«, stimmt Alex zu. »Logik ist ein Kontinent, den die Frauen noch nicht entdeckt haben. Und nie betreten werden. Aber Frauen sind nicht unglücklicher als Männer. Wahrscheinlich sind Logik und Abstraktion gar nicht so wichtig.«

»Ihr meint, sie sind dumm, aber es macht nichts, solange sie es nicht merken?!«, hofft Victor.

Na ja, führt Alex aus, Klugheit ist doch weniger eine Frage von Intellekt als die Gabe, richtig zu entscheiden. Also kommt sie aus dem Herzen, weil Entscheidungen grundsätzlich und immer Gefühlssache sind. Vor jeder Entscheidung liegt eine Wertung, was wichtig und was unwichtig ist, was richtig und was falsch: Urlaub oder neues Sofa, mehr Geld oder mehr Freizeit. So was ist nicht rational. Das muss man rational erkennen. Und Frauen sind unabstrakt und irrational. Daher darf man sie nicht ernst nehmen, sondern muss sie wie Kinder behandeln. Dann hält man es aus mit ihnen. Dann sind sie gut zu einem: weil sie sich beschützt fühlen, sagt Alex. Das ist der Punkt. Sie müssen sich beschützt fühlen. Nichts nehmen Frauen so übel, als wenn man sie beim Wort nimmt. Dann fühlen sie sich nicht beschützt. Frauen beim Wort nehmen, das ist ein Fehler, den die ältere Generation noch gar nicht gekannt hat. Undenkbar, so was, früher. Zur Hölle mit dem Frauenwahlrecht.

Alex redet ohne Punkt und Komma.

Moderne Männer biedern sich an, weil sie glauben, die Frauen wollen ernst genommen werden. Frauen wollen erobert und Mutter werden, Punkt, aus. Kochen und Ficken. Das alte Lied. Der wichtigste Satz einer Frau vor der Emanzipation war ›Wie findest du meine Haare?‹. Jetzt ist noch ein zweiter dazugekommen: »Ich will auch arbeiten« – als wenn das so erstrebenswert wäre. Von einer arbeitenden Frau heißt es, toll, die arbeitet. Ein arbeitender Mann muss in der Lage sein, Partner und Kinder zu ernähren. Eine Frau nicht. Arbeit ist für sie: Seht her, ich bin nicht bloß Hausfrau. Millionen von Frauen studieren und lernen Berufe, um sie nie ernsthaft auszuüben. Volkswirtschaftlich gesehen rausgeschmissenes Geld. Die Berufsausbildung ist ein Teil der modernen Aussteuer, nur leider ein vollkommen nutzloser. Victor und Luigi sind begeistert. Auf einmal gibt alles einen Sinn.

Die Tür geht auf, und Pepa und Giovanna schreien: »Hey, wie findet ihr unsere Haare?«

»Was hab ich gesagt?! Was hab ich gesagt?!«, strahlt Alex.

Die Haare der beiden sind knallorange. Sie verstehen trotzdem nicht, warum die im Bus so blödsinnig lachen.

»Maaaaann, was habt ihr denn mit euren Haaren gemacht?«, fragt Alex.

»Stark«, sagt Luigi und fährt Giovanna über den Kopf.

»Verräter!«, schnaubt Victor.

»Sieht stark aus«, meint Alex.

»Find ich auch«, sagt Pepa.

»Sieht wirklich stark aus«, gibt Victor zu.

Die Haare der beiden leuchten wie zwei elektrische Apfelsinen und Pepas Augen vor Selbstvertrauen. Sie hat Giovanna vertraut. Dazu gehört auch, dass sie sich von ihr den BH hat wegnehmen lassen.

»Wenn deine Titten ein bisschen größer wären, würden sie wabbeln. Aber so: ein bisschen. Mi-ni-mal. Wenn es scheiße aussieht, sag ich's dir. Nee, besser ich frag Luigi, okay?«

»Maaaaaann … ich bin noch nie ohne BH gegangen.«

»Sei froh, dass dein Busen nicht so groß ist wie meiner. Deinen Busen hätt ich auch gern.«

Und so kommt sie zurück mit einer neuen Frisur und ohne BH. Das sieht man nicht gleich, weil sie einen Pulli über dem T-Shirt trägt. Aber sie spürt es bei jeder Bewegung.

In der letzten Regenpause hat die Gruppe aus Madrid, die Alex immer die Zeitung lieh, ihre Zelte abgebaut und in die Kofferräume geknüllt. Felipe, der mit fünf Keulen jonglieren konnte, José mit der Rübennase und die Zwillinge Juan und Carlos, die nach dem König so heißen, haben genug. Und die Sportklettergebiete in Südfrankreich liegen sowieso auf dem Heimweg.

Normalerweise bleibt ein hellgrüner Fleck, wo ein Zelt stand. Jetzt ist alles ein dunkelgrüner bis schwarzgrauer Matsch. *Dirty Harry* und *Slowhand* haben ihr Zelt aufgegeben und fahren zum Schlafen unter eine Brücke. Bei Regen tragen sie Shorts und gehen barfuß in Badelatschen, damit ihre letzten Sachen trocken bleiben. Bei den Leuten aus Valencia, den Letzten der Spanier in dem Camp, gibt es immer noch das beste Essen. Unter drei Gängen ist da nie ein Abend zu Ende, da kann man nur neidisch gucken. Es sind auch die Einzigen, die sich sonst noch einen vernünftigen Shelter gebaut haben.

Mitten im tiefsten Dauerregen tauchen fünf junge Schwaben auf, zwischen sechzehn und neunzehn und alle fünf in einem Polo. Drei Wochen Chamonix haben sie geplant, und dann wird das auch durchgezogen. Als Erstes wollen sie ein Autogramm von Pepa. Ihr Ältester kennt Alex, und nun hängen sie einmal täglich an seinen Lippen. Was er vom Wetter hält, wie die Verhältnisse in dieser oder jener Route sind. Dann ziehen sie sich zurück und machen einen Plan für die nächste Tour und fragen Alex, was er davon hält. Er nennt sie die *Küken*.

Für den Zeltplatz haben er und Pepa immer noch

nichts bezahlt. Der Kassierer kommt zwischen zwölf und eins, und da ist man entweder weg oder fragt andere Leute, ob man mal so lange in ihr Zelt darf.

Nach zwei Wochen kommt der Tag, an dem Pepa plötzlich am Lenkrad rüttelt: »Giovanna! Mir ist langweilig! Langweilig! Hrrrg!«

Sie beißt ins Lenkrad und lacht. Wie auf Kommando springen sie raus und treten gegen die unschuldigen Räder des fußlahmen Audi und schreien:

»Langweilig! Langweilig! Langweilig!«

Giovanna sagt ihr, sie soll den Pulli ausziehen. Pepa schluckt und gehorcht. Dann rütteln sie an Victors Bus, in dem die drei Kerle sitzen, schreien: »Uns ist langweilig! Langweilig! Langweilig!«

Dazu hüpfen sie kriegstanzimitierend um den Bus und fuchteln mit zwei Eisbeilen herum, als wären es Tomahawks.

»Doktor! Es ist ernst!«, ruft Luigi, und sie spielen ›Patienten und Ärzte im Irrenhaus‹. Sie fesseln die Mädchen an einen Baum, fummeln mit den dicken scharfen Eisschrauben an den Venen ihrer Unterarme herum und tun so, als ob sie ihnen Spritzen geben. Pepa hat plötzlich Spaß daran, gefesselt zu sein und würde gern Sachen sagen wie »Gib's mir!« oder »Fester! So hab ich's gern!«, aber sie verkneift sich das lieber. Die beiden bekommen Rotwein aus der Flasche, und bevor sie alle nicht mehr weiter wissen, treibt ein Regenguss sie wieder in den Bus. Das meiste Wasser kam allerdings von den noch nassen Blättern der jungen Birken, an die sie gefesselt waren, und Pepa hat am meisten abbekommen. Ihr T-

Shirt ist nass und klebt am Körper, und sie fühlt sich nicht wohl. Als Luigi Giovanna in den Arm nimmt, wendet Pepa den Blick auf den Boden. Euphorie ist gefährlich. Die Depression folgt ihr wie ein Schatten.

Tonis Paket ist immer noch nicht da. Es würde nicht einmal reichen, und ein portaledge wäre eh nicht dabei.

Langeweile ist auch gefährlich. Die Polen mit den knittrigen Polski-Fiats bauen kleine Bomben aus Bierdosen und Benzin. *Dirty Harry* hat sich beim Versuch verletzt, mit zwei brennenden Fackeln und einem Eisbeil zu jonglieren. Nach zwei Tagen sieht die tief eiternde Hand aus wie der Belag auf einer Käsepizza. *Dirty Harry* ist nicht krankenversichert und fährt fiebernd per Anhalter nach Hause. Das ist in Aberdeen. *Slowhand* wohnt jetzt im Zelt bei *Quick Nick*. Wenn das Wetter sich bessert, wird *Nick* sein Seilpartner sein.

Jeden Tag verschwinden ein paar Zelte. Neben dem selten geleerten Müllcontainer stapeln sich Abfälle, denen man sich ungern nähert, weil darin die Maden wimmeln. Im Container auch. In jedem Haushalt kriechen im Hochsommer Maden im Müll. Wie viel Maden mehr sind es unter freiem Himmel. Zwei Männer in Gummistiefeln fotografieren das weiße Gewimmel und die ganzen Scheißhaufen im Wald und wagen sich sogar in die Plumpsklos. Die meisten vom Camp haben die noch nie betreten, weil sie dermaßen nach Ammoniak stinken, dass man Angst hat umzufallen. *Slowhand* schleicht ihnen hinterher und beobachtet, wie sie an der Wasserstelle hinten im Wald Proben nehmen.

Alex blättert in dem italienischen *Playboy*. Die Alte aus Genua ist wirklich nicht von schlechten Eltern. Leider kann man die Fotos, die einem wirklich gefallen, nicht wirklich eingehend betrachten, wenn andere zuschauen. Angenommen, sie stünde ihm zur Verfügung: wie würde er sie platzieren? Wahrscheinlich aus Nervosität dann doch wie gehabt. Wahrscheinlich würde er sie doch einfach wieder auf sich draufsetzen. Wenn er für eine Nacht eine Süße hatte, war ja nie Zeit für Experimente. Von den zwei Stellungen, die ihm bis heute bekannt sind, bevorzugt er die, bei der er unten liegt. Nie sieht eine Frau schöner aus, findet er, als wenn sie auf einem sitzt. Der Oberkörper neigt sich nach vorn, die Möpse gewinnen ihre ideale Form. Die ganze Pracht hat man vor sich, und man braucht sich nicht mal zu bewegen. Dazu sieht man ihr in die Augen, wenn sie vor Lust abdreht. Waren die Höhepunkte vielleicht manchmal vorgetäuscht? Wenn, dann waren sie selber schuld, die dummen Hühner.

Aus dem Zelt dringt das Stöhnen von Luigi und Giovanna. Sie versuchen, es zu überhören.

Giovanna hat Luigi gefragt, wie er Pepas BH-freien Busen findet, und er findet ihn ganz ausgezeichnet. Das hat Giovanna ihr gesagt. Aber ihr ist nicht mehr danach. Am Spätvormittag staunen sie über einen Hagelschauer, und Victor öffnet zu ungewohnter Stunde einen Rotwein.

»Nicht schon wieder«, stöhnt Pepa, als Alex mit der Geschichte anfängt, wie Victor am *Bonattipfeiler* zehn Meter geflogen ist. Auch der fabelhaften Geschichte mit der Baustelle wurde schon gebührend erinnert. Da sind sie mit Klappstühlen vor einen Rohbau gezogen und haben drei Stunden lang den Arbeitern zugeguckt und zelebriert, dass die da drüben arbeiten mussten und sie nicht. Über Brückenspringen als Zeitvertreib brauchen sie auch nicht mehr zu diskutieren, weil sie keine alten Seile dabeihaben.

»Aber mal was Ernstes«, fällt Alex noch ein Thema ein. »Weißt du eigentlich, wie du reagieren musst, wenn du beim Klettern so richtig in Panik kommst?«

»Cool bleiben«, souffliert Victor. »Um jeden Preis cool bleiben.«

»Wenn es richtig gefährlich ist«, sagt Alex, »also ich mein lebensgefährlich, dann stell ich mir immer vor, ich bin schon tot, verstehst du, und wenn ich davon mal ausgehe, also dass ich tot bin, dann kann mir ja praktisch nichts mehr passieren! Dann werde ich ruhig und kann klar denken, und nur so überlebt man. Wenn man klar denken kann.«

»Wie gut, dass du so gut Bescheid weißt«, entgegnet sie. »Da haben wir ja echt noch mal Glück gehabt.«

Ihre schönen Haare hat Alex »Rübenhaare« getauft, weil sie die Farbe von Karotten haben. Sie nimmt sich den *Playboy* und hört nicht mehr hin. Alex und Victor tauschen einen Blick und beginnen ein Schach. Wenig später stehen Alex' König und ein letzter treuer Bauer gegen eine erdrückende Übermacht.

»Du bist dran«, sagt Victor.

»Ist doch wurst. Hab eh verloren.«

»Definitiv *nicht* wurst! Wir schlagen hier die Zeit tot, okay? So, wie das immer war. Und zwar zusammen. Einer für alle, alle für einen.«

»Ach, hör doch auf!«

»Wenn ich zum Schein ein bisschen nachdenke, schaffen wir … na, bestimmt zehn Minuten.«

Aus dem Zelt der Italiener kommt ein lautes Stöhnen, das ganz sanft erstirbt. Die geben sich sicher Mühe, nicht laut zu sein. Aber aus dem Zelt hört man alles so genau, als täten sie es im Freien.

»Jedes Mal eine Dreiviertelstunde. Besser als Schach«, stöhnt Victor.

Alex ist so weit, an etwas zu rütteln, und entscheidet sich für die Stoßstange.

»Giovanna!«, ruft er.

»Ja?«

»Könnt ihr nicht leiser ficken?«

»Nein«, gibt Luigi zurück. »Noch leiser geht's nicht. Und nur dass eins klar ist«, – er steckt den Kopf aus dem Zelt –, »ihr dürft sowieso nicht! Sie gehört mir!«

»Schade!«, sagt Alex. »Auch nicht als Wiedergutmachung wegen wiederholter akustischer Belästigung?«

»Nein. Und jetzt Ruhe hier draußen.«

Luigi wendet sich wieder dem zu, was ihm gehört. Alex schlägt sich eine leere Flasche auf den Kopf. Das tut wohl.

»Wir hängen hier rum wie die Arschlöcher«, sagt Victor nachdenklich.

Alex rüttelt am Kofferraum.

»Ficken! Oder wenigstens Fernsehen!«

»Was willst du machen?«, fragt Pepa. »Wenn wir in eine Kneipe gehen, geben wir nur Geld aus.«

Alex richtet sich auf und atmet tief durch.

»Lass uns was Sinnvolles tun. Lass uns klauen gehen.«

»Empfehlenswerter Vorschlag, Sheriff«, sagt Victor. »Heute ist Anorakwetter. Da passt was rein.«

Mit einer Handbewegung beschreibt er den Stauraum im Ärmel seiner alten Goretex-Jacke. Das mit dem Sheriff war ein Zitat aus *Pat Garett & Billy the Kid*. Der Supermarkt Payot-Pertin ist gerammelt voll mit Touris. Mit den Seilbahnen fahren sie nicht bei dem schlechten Wetter, nichts tun geht auch nicht, also gehen sie einkaufen. Es riecht nach feuchter Regenkleidung, der Boden ist eine einzige schwarze Pfütze. Am Eingang muss man auf freie Einkaufswagen warten, so voll ist es. An den Obst- und Käseständen drängen sich die Leute wie Fliegen um einen warmen Kadaver. Die Verkäufer verdienen Mitleid, aber sie bekommen es nicht.

Wenn sie Alex erwischen, hat Pepa keinen Seilpartner. Aber sie hatte nicht den Hauch einer Chance, diesen Ausflug zu verhindern. Sie hat kein Geld, um etwas zu kaufen, und klauen kann sie auch nicht. Schwarzfahren hat sie schon geschafft, aber klauen geht nicht. Außerdem hängen an der Decke Videokameras mit blinkenden roten Lichtern, und in der Nähe der Kasse hat sie ein verglastes Büro mit Bildschirmen gesehen. Victor hat ihr erklärt, dass sie alle Artikel mit normalen Preisetiketten einstecken kann. Nur in die größeren Preisschilder wie an den Spirituosen sind kleine Metallstreifen eingearbeitet, die an der Kasse Alarm auslösen. Darum also fehlen immer die Preisschilder am Whisky. Giovanna steckt etwas in die Jacke und zwinkert ihr zu.

»Nur Luxusartikel«, flüstert Luigi.

Pepa stellt sich neben Victor, der in einer langen

Schlange am Käsestand wartet, und sagt: »Luigi sagt: Nur Luxusartikel.«

»Ja, weiß ich! Meinst du, ich klau das billige Zeug?«, empört er sich so laut, dass jeder es hören kann.

»Victor! Da sind lauter Kameras!«

»Eben!«, sagt Victor, und das schon wieder so laut. »Mindestens zehn Kameras. Wer soll denn das alles überwachen? Wenn's eine Kamera wäre, da müsste man aufpassen. Aber so? Ich bitte dich.«

In der Schlange geht es nicht vorwärts, und Victor tönt: »Ich bin nicht zum Schlangestehen geboren!«

Er schert aus Richtung Kühlregal. Auch dort herrscht Gedränge.

»Out of the way, Mother—fuckeeers!«

»Reiß dich zusammen!«, zischt Pepa.

Alex wird unruhig.

»Hör auf mit dem Quatsch!«

Ein Beutel Pistazien fällt Victor aus dem Anorak, gerät unter ein Rad des Einkaufswagens, zerplatzt und endet unter einem Dutzend Füßen. Gegenüber blinkt eine Videokamera. Pepa dreht sich ab. Sie ist an Bord eines sinkenden Schiffes. Sie alle sind an Bord eines sinkenden Schiffes. Blubb. Sie denkt an ein Stück von den *Doors*:

»*Five to one, Baby / one in five / no one gets out here alive.*«

Die anderen haben so viel in ihren Einkaufswagen, das passt unmöglich alles in die Anoraks. Sie sind unschuldige Kinder, die sich aus Langeweile mit Crackdealern in der Bronx eingelassen haben, und alle werden bitter bezahlen müssen. Im Gang mit Tee und Kaffee findet sie die anderen wieder. In der Mitte des Gangs steht eine

Säule. Im Sichtschutz dahinter füllen Luigi und Alex die Ware aus den Einkaufswagen in zwei große *Payot-Pertin*-Tüten. Gesehen werden können sie nur von vorne, und dort wacht Giovanna. Dafür gehen ständig Kunden vorbei. Pepa steckt sich eine Packung Schinken in die Hose und zieht den Pullover drüber. Kalt und glatt liegt die Packung an ihrer Haut. Sie glaubt zu implodieren, als ein Verkäufer durch den Gang kommt. Als er vorbei ist, lassen Alex und Luigi synchron, als hätten sie das geübt, noch zwei Packungen Cappuccino mit Amaretto-Geschmack in ihre Tüten fallen.

»Das hat er jetzt davon!«, knurrt Alex.

Pepa holt ihren Schinken heraus und wirft ihn zwischen die Earl-Grey-Packungen. Ihr Herz wummert gegen die Rippen. Als ob jemand gegen eine Tür trommelt, und die Tür ist in ihrer linken Brust. Victor kommt dazu, in der Hand eine Schinkenkeule.

»Denkt dran, Jungs«, strahlt er, »nur das Teuerste!«

Luigi tauscht einen Blick mit Alex.

»Pass auf, Victor«, sagt Luigi, »ich hab 'nen Job für dich. Ich glaub, sie haben dich längst bemerkt.«

Victor sieht sich erschrocken um.

»Hast du was in der Jacke?«

»Nicht viel.«

»Tu's raus und lenk sie ab. Wenn du sie weiter ablenkst, können wir in aller Ruhe verschwinden. Aber nichts einstecken, okay?«

»Okay«, sagt Victor feierlich. Was für eine Ehre.

»Ich will ihn nur vor sich selber schützen«, sagt Luigi den anderen. Er und Alex gehen zu den Kassen, die Tüten in der Hand. Pepa beobachtet, wie sie sich an der langen Schlange neben den Leuten durchschieben. Niemand würdigt sie auch nur eines Blickes.

Als Letzte kommt Pepa zum Bus. Eine Sektflasche kreist, und die anderen nagen an frischen Sandwichs aus aufgerissenen Käse-, Schinken- und Lachspackungen.

»Wir holen die bloody Champions League, und wir werden British Champions …«, singt Victor.

Lässig zieht sie eine Literflasche Kronenbourg aus der Jacke.

»Hier. Ich hab auch was!«

»Na, großartig!«, sagt Alex. »Was richtig Teures! Bier.«

Er wirft einen prüfenden Blick auf die Flasche.

»Alkoholfrei! Hey Luigi, das wär doch mal ein Thema für eine Talkshow: Hilfe, meine Seilpartnerin klaut alkoholfreies Bier.«

»Vielleicht kannst du sie umtauschen«, lacht Luigi.

Victor steigt auf die Stoßstange, um von oben herab zu sprechen.

»Pepa, wirklich: Mir fehlen die Worte. Böses, böses Mädchen!«

Alex, Luigi, Giovanna und Victor, alle lachen. Alex hustet sich einen Teil seines Lachsbrötchens in die Nase und fischt grölend ein rotes Stück Lachs heraus – »Seht mal!« – und schnippt es auf die Straße. Und noch eines. Luigi krümmt sich vor Lachen, bis er neben dem Lachs auf dem Boden liegt. Er nimmt einen der Brocken in den Mund und versucht, Alex' Kunststück nachzumachen. Er grunzt, würgt und hustet. Dann hält er sich mit dem Finger ein Nasenloch zu, stößt gewaltsam Luft durch das andere: Lachs fliegt auf die Straße, und Alex bricht lachend zusammen. In gespielter Verzweiflung wälzt er sich unter den Bus. Giovanna verschluckt sich und kämpft unter Tränen mit der Atemnot. Immer wenn sie Luft hat, lacht sie wieder. Und jeder lacht darüber, wie ein anderer so wild lacht.

»Der Mensch ist Karnivore«, fängt Victor plötzlich an, »weil er am Ende der Nahrungskette steht. Deswegen sind wir zum Fleischessen geboren. Weil wir am Ende der Nahrungskette stehen. Eins muss man den Franzosen ja lassen: Schinken können sie machen. Also wirklich, Schinken können sie machen.«

Während der Fahrt gießt Pepa die alkoholfreie Brühe aus dem Fenster und belegt sich auch ein Sandwich.

Gut gelaunt schlagen sie sich im Shelter die Bäuche voll, doch schon nach einer Stunde kehrt die Langeweile wieder. Victor hat einen teuren Bordeaux geöffnet und hält die Flasche im Arm, als wäre sie ein Baby. So einen Tropfen, um die Tageszeit: das wird er später mal dem lieben Gott erzählen und sich ganz doll bei ihm bedanken. Wie gut es ihm gegangen ist und mit was für großartigen Gefährten ihn das Leben beschenkt hat.

Pepas Herz schlägt noch fast so schnell wie im *PP*. Sie weiß etwas. Sie traut sich nicht, es den anderen zu sagen. Sie hat Angst vor der Meinung der anderen, Angst vor den Folgen eines Scheiterns, Angst vor der eigenen Courage. Und vor allem Angst vor dieser jähen Lust auf Angst. Nasse Finger, flache Atmung und mit den Gedanken ganz allein: Sie weiß, wie sie an die Ausrüstung kommen. Tonis Paket ist nicht angekommen. Es würde sowieso nicht reichen, und ein *portaledge* ist da auch nicht dabei. Sie entleert Luigis riesigen Rucksack und stopft eine Isomatte so hinein, dass er von außen voll aussieht, aber hohl bleibt. Unter der Plane präsentiert sie ihre Erfindung.

»Da kriegen wir das *portaledge* rein. Und die Haken auch und das ganze Zeug.«

»Vergiss es«, wiegelt Alex ab. »An dem *portaledge* hängt so eine Sicherungsplombe, und am Ausgang ist eine Alarmfalle.«

»Bei uns in Italien kriegt man die Plomben damit ab«, sagt Luigi und präsentiert seine Fußnagelschere, indem er seine Pediküre unterbricht.

»In Italien, mag sein«, sagt Alex, »aber hier ist mir das zu heiß.«

»Probieren«, sagt Giovanna.

»Ich hab's mir schon angeguckt. Zwei Kameras plus zu viele Verkäufer auf engem Raum. Chamonix ist das wichtigste Bergsteigerzentrum Europas. Bei der Konkurrenz haben die eine ganz andere Sicherheitsstufe. Das kannst du nicht mit einem Laden irgendwo auf dem Dorf vergleichen.«

»Wir sind fünf«, sagt Giovanna, »wir lenken sie ab. Oder, Luigi?«

»Ja klar, ablenken können wir sie.«

»Wir lenken sie ab«, sagt auch Victor.

Alex probiert die Nagelschere. Es ist eine kräftige Ausführung, schon fast eine kleine Flachzange.

»Liegt gut in der Hand, nicht?«, grinst Giovanna.

»Traust dich nicht?«, fragt Pepa. »Dann mach ich's mit den anderen.«

Alex überlegt. Die ungeschriebene Regel lautet, dass er

an der Reihe ist. Sie hat sich in den Hubschrauber geschmuggelt, und die anderen haben sie durchgefüttert. Wenn sie das versuchen, ist er an der Reihe. Ganz egal, wie die anderen das sehen: er sieht das so.

»Los, Alex, du lahme Sau!«, drängt Victor mit glasigen Augen.

Alex zeigt auf den Bus.

»Vamos! Aber nur wenn der Laden ordentlich voll ist.«

Sie machen noch schnell Schluss mit der Flasche Rotwein. Pepa kommt sich vor wie in *Apocalypse Now*: voller Drogen, unerschrocken, Ausgestoßene auf dem Weg in die Festung des Feindes. Ihre Fleecejacke ist lila, also wird *Dieb Purple* ihr Kampfname sein. Giovanna lässt alle mit Mundwasser gurgeln, damit der Alkoholgeruch keinen Verdacht erregt. Pepa wäre bereit zu sterben.

Auf der Fahrt sprechen sie wenig. Sie fühlen sich alle wie *Big Vern*: »I'm on a job.« In der Hauptstraße steigen sie aus und steuern auf *Snells Sport* zu. Victor bleibt im Bus.

»Was ist mit ihm?«, fragt Pepa.

»Zum Klauen ist er zu besoffen. Er fährt uns dann«, sagt Luigi und schlägt sich den Kragen hoch.

»Ach so.«

»›Fluchtfahrzeug‹, hab ich ihm gesagt«, raunt er zwischen Ironie und Pathos, »Robert de Niro, alles klar?«

Wie es scheint, sind sie alle im Kino, jeder für sich. Die Frage ist bloß, in welchem Film sind die anderen? Victor fühlt sich bestimmt in der Duellszene aus *Billy the Kid*, da kann Luigi viel von de Niro erzählen, für Victor ist alles *Billy the Kid*. Luigi ist wahrscheinlich in *Good Fellas*, Giovanna vielleicht in *Viva Maria*, dem Western mit Brigitte Bardot und Claudia Cardinale. Alex vielleicht in *Easy Rider*, aber das ist eigentlich zu abgedroschen. Bestimmt hat Alex einen besonders exquisiten Lieblingsfilm. Bestimmt irgendwas Altes, *Marx Brothers im Kaufhaus* oder *Scheidung auf Italienisch*. Nein, es muss was Kriminelles sein, also vielleicht *Butch Cassidy and Sundance Kid*. Er hat sowieso blaue Augen wie Paul Newman. Pepas eigener Film ist *Lola rennt*, darüber braucht sie nicht lang nachzudenken. Zuerst gehen Giovanna und Luigi die Treppe hinab in die Bergsportabteilung. Pepa folgt etwas später, Alex in ein paar Minuten. So ist es abgesprochen.

Die Auswahl ist riesig, dafür befindet sich kein einziger Kunde auf der gesamten Etage. Pepa verlangt nach Wanderschuhen und tut, als wüsste sie nicht Bescheid. Die Regale mit den Schuhen stehen so, dass man von ihnen aus weder die beiden *portaledges* noch die Hardware sehen kann. Luigi legt den Arm um Giovanna und sagt: »Meine Freundin braucht Kletterschuhe. Sie will mal mit diesem Freeclimbing anfangen, wissen Sie.«

Pepa ist stolz auf ihn. Das ist nicht *Good Fellas*, das wird eher so eine Komödie um Diamantenraub mit David Niven und Sophia Loren. Damit ist der zweite von drei Verkäufern beschäftigt. Glücklicherweise sprechen die alle englisch. Alex taucht auf. Es gibt nur ein einziges verpacktes *portaledge*. Gleich daneben hängt ein aufgebautes. Mit dem schlaff abgespannten Überzelt sieht es aus wie ein Himmelbett vom ALDI.

»Sagen Sie, unter uns, ich will meiner Freundin das

mit dem Klettern eigentlich ausreden. Aber Sie wissen ja, wie die Frauen sind.«

Luigi biedert sich bei Verkäufer Nummer drei an, der Pferdeschwanz trägt und eine von diesen Yin-und-Yang-ich-hab's-mit-östlichem-Bewusstsein-Halskette. Naturbursche, der auf muskulösen Romantiker macht und auf alles schimpft, was er für traditionell männlich hält, weil er hofft, damit endlich eine Frau ins Bett zu kriegen. Ein vernünftiger Haarschnitt wäre sicher die größere Hilfe. Wahrscheinlich pinkelt der sogar dann noch im Sitzen, wenn er einen Baum vor sich hat. Je besser er diese Kreuzung aus Kelly-Family und David Hasselhoff ablenkt, desto weniger kann der Typ sich um Alex kümmern. Hasselhoff fragt Alex, ob er ihm helfen könne. Alex sagt, er will sich nur umschauen.

Hasselhoff gibt Kletterkurse. Das ist also sein Rezept zum Mädels kennen lernen. Luigi deutet leutselig eine Krise mit Giovanna an, die gegen seinen Willen so einen Kurs machen will, und gibt vor, seine sprunghafte Schöne kein bisschen ernst zu nehmen.

»Wenn sie sich heute einträgt, heißt das ja nicht, dass sie morgen kommt. Nur um Sie zu warnen. Sie weiß nie, was sie will.«

Die Gegend mit den Verkäufern wird von zwei Kameras überwacht, und ein Bildschirm, der alle fünf Sekunden zwischen beiden Bildern wechselt, steht gleich neben der Hardware an der Kasse. Hinter dem Ladentisch hat Alex alles im Blick. Damit nichts klimpert, wickelt er die Sachen in T-Shirts, bevor er sie im Rucksack verschwinden lässt. Pepa hat gesehen, wie seine Beine hinter dem Ladentisch verschwanden. Sie probiert und schnürt und verlangt neue Größen und Modelle. So ist es abgesprochen.

Lange kann sie nicht mehr lügen, dass die Schuhe nicht passen. Aber sie sind auf einem Job. *Big Vern.* Da wird durchgehalten. Giovanna schmeichelt ihrem Verkäufer und bettelt um Viertelgrößen. Luigi zieht einen alten Karabiner aus der Tasche.

»Der ist doch zum Klettern, oder, aber jetzt was anderes. Ich habe einen großen Hund, den will ich damit anbinden. Hält das auch?«

»Der hält zwei Komma fünf Tonnen!«

Hasselhoff guckt schon ständig zu Giovanna rüber. Sie hat verstanden und lächelt ihn an, als ob das viele Probieren ihr peinlich sei.

»Reicht das? Es ist ein Bernhardiner, wissen Sie, jetzt ist er noch, also, später ist er wirklich mal unheimlich groß, und wenn der mal wütend wird …«

»Zwei Komma fünf Tonnen, da können Sie ein Auto dran hängen!«

Alex deutet mit einer kaum wahrnehmbaren Kopfbewegung auf das *portaledge,* das – befestigt an einem riesigen Deckendübel – über dem Fußboden schwebt wie ein fliegender Teppich.

»Ist das auch zum Bergsteigen? So was hab ich ja noch nie gesehen!«

Luigi zeigt deutet auf das *portaledge.*

»Da drin soll man übernachten können? In einer senkrechten Wand? Na, das soll ich glauben? Das kippt doch um!«

Luigi lockt ihn ins Innere des *portaledge.* Großartig. Nur ist die Nagelschere fatalerweise in Luigis Tasche.

»Und die Plane kann man zumachen? Wenn es regnet?«, fragt Luigi.

Der Verkäufer schließt von innen das Überzelt.

»Da kommt nichts durch, glauben Sie mir. Das ist Gore-Tex, Nähte versiegelt. Da bleiben Sie trocken. Wenn Sie damit jemals in eine Wand gehen würden.«

Diskret weist Hasselhoff Luigi mit weiteren Details auf das vermutete Gefälle an Kompetenz zwischen ihnen hin, während Alex das andere *portaledge* in Victors großen Rucksack schiebt. Die Plombe ist noch dran. Ratlos sieht er zu Giovanna hinüber, die vor einem Berg ausgepackter Schuhe thront. Aus der offenen Tür zum Lager kommt Pepas Verkäufer mit neuen Kartons. So wie seine Schritte in dem Raum gehallt haben, muss es ein riesiges Lager sein. Er hat bemerkt, wie Alex geguckt hat.

»Ach, das ist der Eingang. Da kann man dann die Hand raushalten und gucken, ob es noch regnet. Wirklich durchdacht«, hören sie alle Luigis Stimme.

Aus dem Überzelt kommt seine Hand mit der Nagelschere. Alex knipst die Plombe ab. Heikles Geräusch. Pepa und Giovanna reden mit den Verkäufern, Luigi und Hasselhoff liegen im *portaledge,* das sich sachte mit ihnen bewegt. Eigentlich ein ganz friedlicher Anblick.

Alex setzt den Rucksack auf. Es klimpert. Nicht gut. Mit gesenktem Blick geht er zur Treppe. Und langsam. Nur Diebe gehen schnell. Der eine Verkäufer ruft etwas auf Französisch. Am Tonfall wird klar: er hat Lunte gerochen, aber ganz sicher ist er sich nicht. Alex spurtet die Treppe hinauf, ein Verkäufer hinterher. Drei Jahre Huarás haben die Sauerstoffversorgung seiner Oberschenkel weiter verbessert. Die vom letzten Berglauf ausgeruhte Muskulatur katapultiert ihn mit dem schweren Sack die Treppe hinauf und ins Freie. Er muss sich entscheiden. Gleich zum Bus oder lieber in die Irre führen?

Die Straße ist voller Touristen, komisch, und da drin war es so leer. Alex rennt ein paar Meter Richtung Bus, dann geht er geduckt und rückwärts zwischen den Passanten weiter und vertraut darauf, nicht aufzufallen. Er schließt den Hüftgurt, damit der Rucksack nicht wieder so schaukelt, falls er noch mal rennen muss.

Pepa springt auf einen Stuhl und schreit: »Eine Ratte! Da!«, und kreischt weiter, so laut und so lange wie sie kann. Für Giovanna und Luigi reicht es zur Flucht.

Alex nähert sich dem Bus, immer noch rückwärts. Der Verfolger hat schnell aufgegeben. Ihm wird klar, warum: Sie haben ja die anderen. Dann sieht er Luigi und Giovanna rennen. Er drückt sich in eine Ecke. Und richtig, Hasselhoff ist hinter ihnen her, mit aller Verbissenheit seiner verletzten Softie-Ehre. Alle drei übersehen sie Alex und rennen am Bus vorbei. Luigi beginnt zu hinken und wechselt die Straßenseite. Hasselhoff hinterher. Giovanna duckt sich hinter einem Auto. Als Hasselhoff Luigi fast erreicht hat, fängt er wieder an zu rennen. Alex steigt ein und legt sich flach auf den Boden.

»Pepa ist noch drin.«

»Warum habt ihr sie allein gelassen?«, faucht Victor. »Das war nicht abgemacht, ihr … ihr …«

Giovanna kommt herein.

»Mann, ohne Luigi …«, strahlt sie atemlos.

Alex zieht sie zu sich auf den Boden.

»Falls ich mal einen Taufpaten für meine Kinder suche«, sagt er, »dann will ich Luigi.«

Die beiden übrigen Verkäufer beteiligten sich nicht an der Verfolgung. Sie haben ja Pepa. Gelassen versperren sie ihr den Weg zur Treppe. Mit hängendem Kopf zieht sie die dicken Probiersocken aus, zuckt mit den Schultern und rennt barfuß ins Lager. Es muss einen Liefereingang geben. Die Verkäufer kommen hinterher. Ganz hinten erkennt sie einen Fahrstuhl. Je näher sie kommt, desto genauer sieht sie es: der Fahrstuhl ist gerade da. Sie drückt einen Knopf, und langsam und umständlich rumpelnd schließt sich die Tür.

Sie spürt ihre nackten Füße auf dem kalten, dreckigen Boden. Auf dem Knopf, den sie gedrückt hat, steht »P«. Was in aller Welt heißt »P«? Auf dem Messingschild steht »1969«, bestimmt also ein verdammt langsamer Aufzug, so langsam wie schon die Tür sich geschlossen hat. Die Typen hämmern dagegen, die Idioten, ha!, also gibt es keine Treppe im Lager, sie hat auch keine Treppe gesehen und ein paar Sekunden Vorsprung mehr, weil die so blöd sind, noch extra gegen die Tür zu hämmern. Falls es aber doch eine Treppe gibt, sind die zuerst oben, weil dieser Fahrstuhl so langsam ist. Noch nie ist ihr aufgefallen, wie eng so ein Fahrstuhl ist. Und wie langsam. Parterre! ›P‹ muss Parterre sein, das wäre richtig. Man muss die Zeit nutzen! Sie schüttelt die Beine aus wie ein Sprinter vorm Start. Der Fahrstuhl stoppt. Sie wirft sich gegen die Tür. Ein paar Meter Flur bis zu einer weiteren Tür, und draußen ist es hell. Sie läuft genau in die Sonne.

Die Augen brauchen ganz kurz, um sich an die Helligkeit zu gewöhnen, und der Luftzug im Gesicht macht Mut. Es rennt sich gut ohne was an den Füßen. So kann sie noch lange rennen.

Alex und Giovanna liegen auf dem Boden und beobachten Victors nervöse Blicke in den Rückspiegel.

»Da kommt Luigi«, sagt er, und Pepa kommt auch. Luigi, Pepa, Giovanna und Alex ducken sich auf den Boden, und Victor spielt *Fluchtfahrzeug*. Sie finden sich und kuscheln sich aneinander wie Welpen, die im Schutze der Mutter liegen. Giovanna streichelt Pepa, die auf dem Bauch von Luigi liegt. Langsam steuert Victor aus der Stadt.

»Nicht schlecht«, sagt Alex, »ihr wart echt nicht schlecht.«

Victor jagt den zweiten Gang hoch und dreht die Musik auf, und es kommt ausgerechnet *Reich sein*. Pepa hat ihm mal den Text erklärt.

Jeden Morgen aus dem Bett
macht mich ganz bescheuert.
Ich wäre lieber faul und fett,
besoffen, krank und bleich.

Das Geld kommt zu dir, sagt die Bank,
du musst nur unterschreiben.
Doch ich bin jede Woche blank,
wann bin ich endlich reich?

Ich träume jeden Morgen
von ’ner Villa mit Balkon und Swimming-Pool.

Ich könnt ja auf'n Strich, doch leider bin ich
weder attraktiv noch schwul.

Wenn ich endlich reich bin,
brauch ich nicht mehr zu klau'n.
Wenn ich endlich reich bin,
kauf ich mir tausend Frau'n.

Am Camp klatschen sie ab wie eine Fußballmannschaft nach einem wichtigen Tor. Sie breiten die Beute wie eine Jagdstrecke aus, posieren und Victor fotografiert. Erleichtert finden sie Ablenkung, trinken und kochen und würzen sehr scharf. Auf der Rückbank des Audi hat Alex trockenes Holz gelagert, und abends gibt es endlich wieder Feuer. Die Geschichte vom Supermarkt erzählen sie auch *Slowhand* und den anderen, aber das ist im Grunde nichts Besonderes, auch wenn die *Tütenmethode* Insidern vorbehalten bleibt. Die zwei gefrorenen Enten, die *Slowhand* gestern am Feuer aufgetaut und verteilt hat, waren auf dieselbe Weise erbeutet. Die vier aus Valencia haben etwas Besonderes: Meerschweinchen aus einem Privatgarten, die geviertelt über der Glut hängen. Pedro mit den Rastalocken, den sie immer *Don Paella* nennen, war auch viel in Südamerika und hat gelernt, wie man Meerschweinchen grillt.

Die neue Ausrüstung haben sie wieder im Bus versteckt. Alex legt Salsa auf und öffnet die Türen, so dass der Sound sauber zum Feuer kommt. Er tanzt mit Giovanna, und man ist verblüfft, wie gut das aussieht.

»Jetzt gib's doch zu, du tanzt schon seit Jahren Salsa«, raunt er ihr ins Ohr und dreht sie um die eigene Achse, und vor und zurück, so dass sie gar nicht gleich antworten kann.

»Du kleiner mieser charmanter Schmeichler!«, flüstert sie zurück.

»Die hätten uns doch um ein Haar erwischt!«, lallt Pepa. »Nicht bloß mich, uns alle! Und ich überred euch noch!«

»Sicher war es knapp«, sagt Luigi, »aber es war doch klar, dass es gefährlich werden kann. Hast du dir vorher nicht überlegt, was du riskierst?«

Ungläubig schüttelt sie den Kopf. Die anderen haben da also vorher drüber *nachgedacht*. Das ist ja nicht zu fassen.

»Auf das Glück in der Gefahr!«, lächelt er. »Kopf hoch. Ist doch nichts passiert.«

Sie stößt mit ihm an.

»Auf das Glück in der Gefahr!«

»Tanzt du, Pepa?«

»Kann ich nicht.«

Er freut sich, dass sie Alex und ihr die ganzen Wochen geholfen haben. Sie haben mit Freude gegeben und werden reich beschenkt. Alex sieht ihr nach, wie sie zum Feuer geht. Dieser Rausschmeißergang ist weg. Die Schultern sind auch nicht mehr so steif. Liegt vielleicht nur am Alkohol. Sie sieht, wie er ihr nachschaut, wiegt sich grinsend in den Hüften und lacht ihn an.

Die Spanier spendieren eine große Kanne Espresso für alle, die am Feuer sitzen. Danach geht es ihr besser. Vielleicht hätte sie einfach nicht so viel trinken sollen. Von vorn wärmt das Feuer, um die Schultern hat sie einen Schlafsack. Wie immer hängt der Blick am Feuer. Es riecht nach Rauch. Man ist in Sicherheit, wenn man am Feuer sitzt und nicht alleine ist und das Holz so leise knackt, als wolle es einen nicht erschrecken. Glühendes Holz gibt den Blick frei auf flimmerndes Innerstes. Wie ein Herz scheint es von jedem Lufthauch Sauerstoff zu pochen und wird ganz langsam weniger. So viele verschiedene Farben haben die Flammen. Die kleinen Flammen sind bläulich, die größeren orange und gelb und alles ist Feuer, Feuer, Feuer.

Nie ist man traurig, wenn die Augen sich einmal in der Glut gefangen haben. Man ist auch nie ausgelassen. Nach einer Weile ist man immer ziemlich gleich, zeitverloren, arg- und sorglos wie ein Kind. Victor fotografiert sie. Ihr Lächeln ist ein halbes Lallen.

Am Feuer sitzen ist ein Zustand ohne Ort. Italien, Frankreich, Allgäu, Peru?

»Hast du schon mal von Kierkegaard gehört?«, fragt Pepa Giovanna. »Der hat gesagt, irgendwie, Romantik ist eine Form von Ästhetik. Dann wären wir Ästheten hier, weißt du, wir liegen im Dreck, wir waschen uns nicht und essen aus Aluminiumtöpfen, obwohl wir wissen, dass man davon Alzheimer kriegt. Aber die Basis, wie soll ich sagen, der Hintergrund ist doch total romantisch.«

»Sicher.«

»Dann sind wir Ästheten. Und als Ästheten haben wir Schiss vor der inneren Leere, also sagt Kierkegaard, deswegen ist Angst ein positives Gefühl, also, weil wenn du Angst hast, hast du noch Hoffnung.«

»Kierkegaard sagt, Angst ist ein positives Gefühl?!«

»Ja.«

»Ich würd sagen, jetzt lassen wir Kierkegaard mal einen Rucksack voll Ausrüstung klauen und dann sprechen wir uns wieder.«

»Aber so glücklich wie heute, als ich den Bus erreicht hab und wir dann alle zusammen lagen, war ich, glaub ich, noch nie. Weil ich vorher so dermaßen die Hosen voll hatte. «

»Na, wie du meinst. Auf deinen Kierkegaard!«

Victor hat Gläser mit Whisky verteilt, weg damit. Gluck.

»Also Kierkegaard meint, ja, wenn man Gott beweisen könnte, also rational, wissenschaftlich, dann könnte man nicht an ihn glauben, aber gerade weil man das nicht kann, muss man glauben.«

»Erklären dir den Lauf der Welt, und wenn's drauf ankommt, wissen sie nicht, wie man eine Tütensuppe aufmacht. Genau wie Luigi.«

Bei Descartes geht es darum, dass Gott ein vollkommenes Wesen ist, und äh, der Mensch unvollkommen und also, die Idee eines vollkommenen göttlichen Wesens muss daher von Gott selber kommen, und *Don Paella* erzählt, morgen wird das Wetter gut. Man wird den Eindruck nicht los, er erzählt irgendwas, nur um mit ihnen ins Gespräch zu kommen.

Die *Küken* kommen wie üblich alle zusammen und wie üblich ganz Ehrfurcht. Sie wollen wissen, was Alex ihnen an Ausrüstung für die Blaitière empfiehlt. Sie klauen auch mit der *Tütenmethode.* Niemand kann sagen, sie wären nicht hartgesotten. Aber wenn jemand wie Alex ihnen Ratschläge gibt, stehen sie stramm. Die könnten eigentlich auch bei *Billy the Kid* mitspielen, und wenn einer ihnen sagt: »Bringen wir's hinter uns!«, dann wüssten sie, was sie zu tun haben. Ein weiteres Mal zeigen sie sich euphorisch beeindruckt: Topklettererin Pepa Kronberger ist richtig besoffen! Da müssen sie auch noch einen heben.

»Und was hältst du vom Wetter, Alex? Ist schon richtig gut, oder?«

»Was? Keine Ahnung.«

Alex legt noch mal die Salsa-Kassette ein, spult vor zu *Lluvia* und fordert Pepa auf. Sie ist erstaunt: das geht. In den Knien musst du weich sein, sagt er, wie beim Skifahren. Und Eddy Santiago singt sanft wie Dean Martin:

Sag nichts mehr
und verschwinde
es ist nicht Liebe,
es ist nur Heuchelei

Deine Küsse
kalt wie Regen
kalter Regen
für meine Seele, meinen Körper und mein Leben.

Alex tanzt mit Pepa. Langsamer als mit Giovanna, dafür enger.

»Alex, glaubst du, ich sollte mitkommen?«

»Wohin?«

»Nach Peru?«

Als die Musik zu Ende ist, fotografiert Victor, wie sie, die Arme noch umeinander, neben dem Feuer stehen.

»Brauch ich für den Artikel«, sagt er. »Hey Alex, weißt

du noch, der große Fresswettbewerb vor fünf Jahren? Nur mit geklauten Sachen? Das können wir auch noch mal machen. Nein, vor sechs Jahren war das.«

Alex und Pepa blinzeln, nachdem sie das Blitzlicht voll erwischt hat. Er hält sie fest, denn sie kann kaum noch stehen, und bringt sie ans Feuer. Die Spanier lassen einen Riesenkübel Glühwein kreisen. Nach Spanien sollte man auch mal gehen. Die Spanier leben wirklich wie Gott in Frankreich.

»Die Jungs erzählen, das Wetter wird gut«, sagt er, »aber ich glaub's erst, wenn ich's selber lese.«

Sie beobachtet, wie seine Hände den Glühweinkübel umfassen. Sehnige Hände, vom Klettern breit und hart, die Finger schlank und fest. Ihr Herz klopft genau wie am Nachmittag, als sie plötzlich wusste, wie sie an die Ausrüstung kommen. Sie setzt den Glühwein an die Lippen. Angst und lauter Gedanken an den bescheuerten Kierkegaard.

Als sie erwacht, liegt seine Matte in ihrem Zelt. Sein Schlafsack nicht. Draußen sind Stimmen, ein Kocher und Musik aus einem Auto. Ihr Kopf dröhnt. Warum ist sie halb nackt? Warum war Alex in ihrem Zelt? So viel weiß sie: er war in ihrem Zelt. Warum liegt ihr T-Shirt am Fußende? Leise öffnet sie ihren Schlafsack, so als ob da noch jemand ist, der es merken könnte.

»No«, flüstert sie. Es ist mehr ein Atmen mit bewegten Lippen. Unter der Matte liegt ihr BH. Sie holt ihn zu sich rein und legt sich wieder hin. Das ist zu viel. Da geht sie nicht raus. Als sie zum zweiten Mal erwacht, steht die Sonne auf dem Zelt. Die Hitze ist unerträglich. Mit fahrigen Bewegungen schlüpft sie mit dem ersten Fuß in einen Turnschuh und stellt fest, dass in dem anderen eine Nacktschnecke klebt. Für eine kleine Weile scheint die Welt nur aus der Frage zu bestehen, wie man die Schnecke da rausbekommt. Sie hat noch nie einen Filmriss gehabt. Die großen Jungs im Allgäu hat sie immer deswegen bewundert. Denen reißt der Film regelmäßig, und trotzdem ist denen immer klar, dass alles in Ordnung ist. Allein schon ihr Auto: Im Kofferraum lagern Lebensmittel, und auf der Rückbank liegt Feuerholz. Dunkle Schmauchspuren verzieren die Kühlerhaube. Am Feuerplatz lehnt *Slowhand* auf dem Beifahrersitz und braucht wieder zehn Minuten, um eine Zigarette zu drehen. Sie nimmt das Toilettenpapier und schleicht sich in den Wald.

Als sie zurückkommt, feilen die vier Valencianos wie besessen ihre Steigeisen scharf, und Alex sagt: »Hey, Pepa, auf geht's! Riesenwetter!«

»Echt?«

Wie hat er geguckt? Hat er gegrinst?

Sortierte Hardware glänzt auf Isomatten in der Sonne. Überall packen die Leute ihre Rucksäcke. Luigi und Giovanna sortieren ihr Zeug für ein paar Tage oben im Vallee Blanche. Sie wollen mit der Midi-Bahn rauffahren und vom Zelt aus ein paar kurze Routen klettern.

»Hier ist 'ne Aspirin«, meldet sich Victor.

Sie nimmt die Aspirin, und das gute schwarze Gift des ersten Espresso am Morgen rieselt durch die Adern. Die Frage der letzten Nacht interessiert vorläufig anscheinend niemanden. Auf dem Tisch liegen Croissants, daneben lockt ein Glas Luxus-Heidelbeermarmelade.

»Ich wollte dich schon wecken«, sagt Alex. »Ich hab die Hardware gerichtet. Schaust du's dir mal an?«

Durch Vorhänge vor Blicken geschützt, liegen im Bus nach Größen sortierte Haken in langen Reihen wie Munition. Dazu Friends, Keile, Cliffhanger, Rurps und all das Zeug. Das Material erstreckt sich über den gesamten Boden, die Rückbank und den Beifahrersitz. Seit Pepa ihn kennt, hat Alex noch nie etwas auch nur annähernd so Ordentliches getan, wie dies Material auszubreiten.

»Achtzig Karabiner plus Schraubkarabiner und vierzig Haken. Was meinst du?«

»Ist okay«, sagt sie. »Ich vertrau dir. Boah, die Marmelade ist geil.«

»Gib mal 'n Happen«, sagt er, und sie gibt ihm einen. War das in irgendeiner Form vertraulicher als gestern?

»Von den Profilhaken hab ich ein paar hier gelassen, die großen Größen decken wir mit Keilen ab.«

»Ist okay.«

Sie hängen das *portaledge* an einen Ast und probieren es aus. Alex ist begeistert.

»Wenn du so bequem liegst, kriegst du nachts richtig Kraft zurück. Normalerweise macht dich jedes Biwak nur schwächer.«

»In dem Ding könnte man sogar vögeln!«, grinst Luigi.

»Glaub ich nicht«, sagt Alex, »sobald du in Fahrt kommst, kriegst du nur Angst, dass du umkippst. Oder der Boden kracht durch.«

Pepa wünscht sich weit weg.

»Hey, Pepa«, sagt Alex sachlich, »lass uns mal das Einsteigen üben.«

»Ich muss noch packen«, sagt sie und entfernt sich.

»Mit Karezza«, flüstert Luigi, »mit Karezza geht das.«

»Hä?«

»Karezza, okay? Du gehst rein, ja, und dann bewegst du dich nicht mehr. Nur so viel, dass er stehen bleibt. Es erfordert Disziplin, ist aber sehr geil. Und es dauert unheimlich lange. Wenn du mich fragst, im *portaledge* ist es die einzige Chance.«

Daran liegt es also, dass man dreimal gegen Victor im Schach verliert, bis die Italiener mit einer einzigen Nummer durch sind. Die machen es in Zeitlupe.

klettern

die rucksackriemen schneiden in die Schultern, der Beckengurt schmerzt an der Hüfte. Die Dieb-Purple-Jacke und ein Seil hängen quer unter der Deckeltasche, obendrauf der Schlafsack, senkrecht an den Seiten zwei Baguettes. Beim Aussteigen aus der Bahn in Montenvers nimmt sie Alex' Rucksack, um das Gewicht zu prüfen. Sie will ihn bitten, ihr noch etwas abzunehmen. Aber seiner ist noch viel schwerer.

Mit den Rucksäcken dann auf der Terrasse in Montenvers stehen, das ist wie im Western. Die Drus ist die Bank, und hier kommt die Bande der James-Brüder. Kriminell sind sie ja auch schon. Fehlen bloß noch die Steckbriefe. Ihr fällt auf, wie klein die Bäume wirken, die weit unterhalb vom Wandfuß stehen. Größer als man selbst, aber vor der Wand ein Nichts.

Auf den Wiesen unterhalb der Charpoua-Hütte kommt der tote Punkt, dann übernehmen die Endorphine. Sie geht stumpf, glücklich und ausgeglichen. Immer wieder gleitet der Blick zur Nordwand der *Grandes Jorasses*: ein unbewohntes, fernes Schloss oberhalb der gewundenen Zufahrtsstraße des Gletschers, unnahbar und verheißungsvoll. Muss sie irgendwann auch noch machen.

Zwei Meter vor ihrem Lagerplatz auf den *Flammes de Pierre* bricht es senkrecht nach Westen ab. Wo die Abseilschlingen hängen, geht es runter zum *Bonattipfeiler*.

Unterhalb des Pfeilers beginnt ihr Projekt. Ganz unten, erstaunlich weit schon, das Tal mit den winzigen Häuserpunkten und den fadendünnen Straßen. Ein riesiges Couloir zieht von den *Flammes de Pierre* hinab. Dort müssen sie hinunter. Nachmittags fliegen dort Steine. Früh am Morgen ist es einigermaßen sicher. Stiefel und Steigeisen werden gewöhnlich auf dem Biwakplatz deponiert, weil der Abstieg hier wieder vorbeiführt.

Pepa will die Abseile einrichten, um morgen früh Zeit zu sparen.

»Wenn nachts Wind geht«, sagt Alex, »kann es sein, dass die Seile sich verfangen. Und wenn da irgendwo Schmelzwasser hintropft, sind sie morgen früh steif.«

»Okay.«

Sie wirft die Seile zurück auf den Liegeplatz.

»Fädel sie jetzt, leg sie hin, und morgen werfen wir sie aus«, korrigiert Alex.

So sieht es eben aus: sie hat keine Ahnung. Je weniger sie sagt, desto weniger fällt das auf. Der schmutzige Altschnee lässt Steinchen und Dreck im Topf. Das Gröbste fischt sie mit dem Löffel heraus. Der geschwärzte verbeulte Topf steht so selbstverständlich auf dem schnurrenden Kocher, als seien sie Gefährten seit dem ersten Tag: der Topf und der Kocher. Wie viel muss dieser Topf schon erlebt haben, denkt sie. Wie viel mehr als sie. Aber sie, Pepa, sie ist an der Drus. Und der Topf auch. Da haben wir ja was gemeinsam, denkt sie, du Topf und ich, hihi, ich denke wirres Zeug.

Bevor er zu essen beginnt, hebt Alex den Topf Richtung Tal.

»Thanks, *Mister PP!*«

Es war Victors Vorschlag, die Route nach ihrem wehrlosen Sponsor zu benennen. Bei jedem Schönwetter stärken sich Bergsteiger in den Wänden des Montblancgebiets an kostenlosen Schokoladen, Würsten und anderem aus den Regalen von *PP*. Bergsteiger aus aller Welt, und das seit Jahrzehnten. Da wird es Zeit für ein Dankeschön. Aus dem Tal steigt das Dunkel höher, ganz unbemerkt. Wenn man oben ist, steigt die Dunkelheit vom Tal herauf. Zuerst nimmt sie die Täler, weil das am einfachsten ist, und erst am Schluss, wenn sie sich in der Übermacht weiß, verschluckt sie den Himmel. Nur wenn man unten ist, hat man den Eindruck, die Nacht senkt sich herab.

Alex setzt sich im Schlafsack auf und raucht eine im Abendlicht. Pepa hält es für ziemlich wahrscheinlich, dass sie es getan haben. Jetzt hatte sie endlich wieder einen Kerl im Bett und kann sich nicht erinnern, wie es war. War er so schlecht, dass sie weggedöst ist und deswegen nichts mehr weiß? Hat die Stärke eines möglicherweise erreichten Orgasmus Einfluss auf die Wahrscheinlichkeit, dass man sich trotz Vollsuff erinnert? Spricht der Filmriss nicht eher dafür, dass die Vögelei eine ziemliche Panne war? Bestimmt hat ihr Unterbewusstsein das deswegen mit dem Filmriss verdrängt. Wahrscheinlich sagt Alex deswegen nichts. Weil *sie* sich blamiert hat.

Wenn das so ist, wird sie sich in Zukunft mit Alkohol zurückhalten müssen. Toni sagt, das ist eigentlich das sicherste Rezept für einen gelungenen Abend: Mach dir ein paar schöne Stunden – sauf dich voll.

»Hast auch so ’ne Angst?«, fragt Alex.

»Am Matterhorn, ja. Diesmal nicht.«

»Das wird kein Spaß, Pepa. Weißt du, worauf ich mich freue? Auf die erste Kneipe im Tal.«

»Klar wird das Spaß. Ich freu mich tierisch auf den Gipfel.«

»Der Gipfel ist bloß der Umkehrpunkt, dann geht's wieder runter. Da wird's noch mal richtig ernst. Die meisten Unfälle passieren nämlich im Abstieg. Oft kann man am Gipfel nicht mal richtig rasten, weil's so windig ist, dann steigt man erst mal ab, bis man was Windstilles findet. Und den Abstieg darfst du sowieso nie unterschätzen!«

»Aber vielleicht …«

Fast hätte sie sich verplappert. Vielleicht würden ja Hubschrauber kommen und sie als Stars ins Tal fliegen. Wenn sie oben ankommen, sind sie berühmt. Sie hat ihr Handy dabei, und Victor weiß Bescheid.

»Vielleicht was?«

»Nichts.«

Die Dunkelheit kommt wie eine kühle leichte Flut. Der Himmel ist größer, als wenn man unten im Freien liegt, und es sind mehr Sterne da. Es ist wie weiter vorne im selben Kino. Abgesehen von ihrem Atmen und dem Rascheln der Schlafsäcke herrscht Stille. Die Lichter der Stadt und der Autos verstärken nur die Einsamkeit. Weiße und rote Punkte bewegen sich wie auf unsichtbaren Schienen. So gleichmäßig. Als würden sie geschoben.

»Weißt du, woran ich mich in den drei Jahren Peru nie gewöhnt hab? Du siehst nachts hoch, und der Große Wagen ist nicht da. Du suchst den ganzen Himmel ab, von oben nach unten und von links nach rechts, und die einzigen Sterne, die du wirklich kennst, sind nicht da.«

»Muss komisch sein.«

»An alles andere gewöhnst du dich. Na ja, an vieles. Wenn mir ein Peruaner erzählt, was er morgen machen will – ich stell mir nur noch vor, er träumt. Der redet im Schlaf. Im Moment meint er's ehrlich, aber morgen hat er es vergessen, und in einer Woche ist es ihm egal.«

»Dann isses doch 'ne Pfeife.«

Pepa will sagen: Wenn mir einer was sagt, will ich mich immer drauf verlassen können. Aber sie sagt es nicht.

»Völlig abgefahren ist auch der Mutterkult«, fährt er fort. »Muttertag in Südamerika, das ist wie Weihnachten, Ostern und Geburtstag auf einmal. Die Männer, zumindest die jungen, sind Waschlappen. Wenn es hart wird, sehen sie's nicht ein, und dann wird getrickst und gelogen. Wenn Peruaner sich schlagen, dann kratzen sie und spucken und beißen. Und die Frauen lieben erstens ihre Kinder, zweitens Mama, drittens den Vater, und ganz am Schluss kommt der Partner. Der Machismo ist eine vergebliche Folklore, den Anschein zu erwecken, die Männer hätten irgendwas zu sagen. Aber zu sagen hat Mama. In Italien essen achtzig Prozent aller verheirateten Männer einmal am Tag bei ihrer Mama!«

»Echt?«

»Ohne Mama geht nichts. Im Zweiten Weltkrieg haben die Italiener angeblich immer gekniffen. In England erzieht man die Kinder mit schlechtem Essen und kalt duschen. Die haben keinen Grund, sich nach Mama zu sehnen. Die sind weg von zu Hause und haben ein Weltreich erobert. Im Krieg war es natürlich vernünftig, sich zu verpissen, und wenn man auf der falschen Seite gekämpft hat, erst recht. Und die Eroberung von Kolonien war, um das Mindeste zu sagen, ungerecht. Aber im Prinzip ist mir die Einstellung sympathischer. Die Engländer sind ja auch die geistigen Väter des Sports. Sport ist ein Ritual von Fairness, mit aller Kraft, aber nur mit aller Kraft und nicht mit Gewalt, sondern nach genauen Regeln. Das ist Sport. Im südeuropäischen und südamerikanischen Fußball gibt es viel mehr versteckte Fouls. Im britischen Fußball kloppen sie dich um, aber wenigstens offen. Und simuliert wird nicht.«

»Und Luigi?«

»Luigi ist großartig.«

»Auf die Italiener!«

Alex stimmt zu, und sie heben ihre Töpfe gen Tal, wo der Zeltplatz steht.

»Außerdem sind Italiener die besseren Liebhaber.«

»Sagt man. Kann ich als Mann aber nicht beurteilen.«

»Und was ist mit den Frauen?«

»Hm. Na ja.«

Also gut. Im Süden sind die Frauen besser als da, wo er eigentlich herkommt. Mit ihr ist er nur hier, weil er sich verpflichtet fühlt. Weil sie ihm erzählt hat, der Riss geht weiter. Und weil sie vor zwei Wochen noch ein Auto hatte. Weil sie Tonis kleine Schwester ist.

»Schlaf gut, Alex.«

»Träum was Schönes. Buenas noches.«

Sie liegt noch lange wach.

Um drei geht der Wecker. Auf den Steinen glänzen Reifkristalle. Noch nie war es in ihrem Schlafsack so schön warm, so viel schöner als draußen. Den Reißverschluss hat er auf der linken Seite, für sie als Rechtshänderin umständlich, aber sie mag ihren Schlafsack. Sie vertraut ihm. Alex holt die Gaskartusche aus seinem Fußende und entzündet den Kocher. Ein Topf voll Schnee ist vorbereitet. So läuft die erste halbe Stunde von selbst.

Die Flamme wirft ihr bläuliches Licht durch die Luftlöcher des Windschutzblechs. Das Schnurren des Kochers verstärkt die Stille um ein Vielfaches. Es ist, als ob er als einziges Wesen weit und breit es wagt, ein Geräusch zu machen. Alex hält eine Zigarette in ein Lüftungsloch, bis die Spitze glüht. Noch muss man sich nicht rühren.

»Bist du wach? Pepa?«

»Ja.«

Pepa setzt sich auf, den Schlafsack noch um die Schultern. Die Kante des *Bonattipfeilers* ragt in den Himmel wie der Bug eines Riesentankers.

Zwei Paar Steigeisen, etwas Gas und ein paar Lebensmittel bleiben zurück. Hier werden sie beim Abstieg vorbeikommen, da werden sie für die Vorräte dankbar sein. Als Pepa den Haulbag packt, passen die Stiefel nicht rein. Auf die *Flammes de Pierre* kommt man nicht mehr hinauf. Falls sie umkehren, müssen sie die gesamte Wand abseilen. Unten bräuchten sie die Stiefel. Aber zwei Paar Stiefel wiegen über fünf Kilo. Alex entscheidet, sie im Depot zu lassen. Pepa wagt nicht zu widersprechen.

In dünnen Kletterschuhen stehen sie bis zu den Waden im Schnee. Damit die Strümpfe trocken bleiben, haben sie sie ausgezogen. Kalt, kalt, aber alles geht schnell. Die letzte Abseile geht schräg aus der Rinne hinaus auf ein breites Band hundert Meter unterhalb des *Bonattipfeilers*. Dort beginnt die Linie, die sie auf dem Wandfoto eingezeichnet haben. Pepa kommt als Zweite mit dem Haulbag. Victors Haulbag ist albernerweise rosa. Wenn er waagrecht liegt und sich das Seilende an der Aufhängung ringelt, sieht er aus wie ein überzüchtetes fußloses Mastschwein. Lächerlich. Sie losen um den ersten Vorstieg. Vom stahlblauen Himmel sinkt eine erhabene Ruhe herab, in der alles machbar scheint.

Die Kälte des Felsens greift nach Pepas Händen, aber die erste Länge ist nicht schwer. Nie hat ein Mensch diese Griffe berührt. Niemand ist je hier gewesen. Die Ernüchterung kommt beim Haulen. Immer wieder bleibt der Sack hängen. Alex muss ihr helfen.

Sie folgen einer geraden Linie von Verschneidungen und kleinen Kaminen. Manchmal gibt es zwei Verschneidungen, von denen eine in ein Dach läuft, dann geht man die andere. An manchen Stellen ist der Fels nass. Immer wieder stecken lockere Schuppen in den Rissen. Das ist der Urzustand. Wenn man Routen wiederholt, haben alle anderen den gröbsten Bruch bereits abgeräumt.

An einer kraftraubenden Stelle schenkt ihm eine Verengung in einem handbreiten Riss einen Ruhepunkt. Von außen war kein Griff zu erkennen, und jetzt kann er komfortabel warten, bis die verhärteten Muskeln der Unterarme sich entkrampfen. Früher waren verschorfte

Hände vom Rissklettern immer eine Befriedigung. Wenn am Montag in der Schule die Handrücken so aussahen, war er stolz. Mit besserer Technik wurden die kleinen, dunkelroten Trophäen seltener. Für einen Moment kommt ihm der Gedanke, dass er ein Meister ist. Ein Meister des Handwerks, auf schwierige Berge zu klettern, zu überleben und wieder hinabzusteigen. Nicht weil er es gut kann, sondern weil er etwas davon verstanden hat, das man nicht erklären kann und für das man eine lange Lehrzeit braucht. Und dass, wer auf seinem Feld ein Meister ist, eine Erkenntnis der Welt erlangt, mit der er eigentlich nichts mehr zu fürchten braucht. Ob man als Chirurg ein Meister ist, als Bauer oder Schuhputzer: das ist nicht wichtig.

Nur die halbe Zeit ist man wirklich in Aktion. Die andere Hälfte steht man rum und sichert. Dabei kann man pinkeln, mit einer Hand im Rucksack nach Essen suchen oder sich was überziehen. Oder nachrechnen, wie viel Seillängen es bis jetzt sind. Wenn der andere nach dem Vorstieg endlich Stand hat, wird er mit der Schinderei des Haulens belohnt. Über eine Rolle mit Rücklaufsperre pumpt man mit dem Körper als Gegengewicht den Sack in Halbmeterschüben die Wand rauf. In den noch nicht senkrechten Längen überwiegen die Mühen des Haulens die Anstrengung des Kletterns so sehr, dass es scheint, als gehe es eigentlich nur darum, das große rosa Schwein hinaufzuwuchten, das ständig an irgendwelchen Kanten hängen bleibt. Wie eine ganz besonders spleenige Sportart: mit einem Erdbeereis durch die Wüste Gobi? Mit dem Tretboot durch die Kläranlage? Nein, *wir* zerren ein Schwein eine Wand hoch.

Alle zwanzig Minuten fährt eine Bahn in Montenvers ein, und alle zwanzig Minuten hören sie das Signal: Töh —TÖÖÖÖÖH. An der *Amerikanischen Direkten* und am *Bonattipfeiler* war das auch so. Alle zwanzig Minuten dieses dämliche Töh-Töööh. Das geht jetzt jeden Tag so.

Es wird steiler, schwieriger. Dafür bleibt das Schwein nicht mehr so oft hängen. Gegen zwei Uhr kommt Sonne in die Wand. Pepa ist immer nervös, wenn sie geführt hat und Alex zu ihrem Stand kommt. Schnell und stumm überprüft er die Sicherungen, an denen ihre zwei Leben hängen. Ab und zu rüttelt er an einem Keil, aber es ist immer alles in Ordnung.

»Und? Wie isses?«, fragt er. »Macht's Spaß?«

»So'n bisschen wie Fensterputzen«, untertreibt sie. »Neee, Quatsch, viel schöner! Aber anstrengend! Maaaaann!«

»*Jetzt* wird's anstrengend!«

Die nächste Länge hat sie sich in der ganzen Aufregung mit den Keilen noch nicht angesehen. Ein zu breiter Riss. Zu breit, um Fäuste, Füße oder Unterarme drin zu verklemmen. Zu breit zum Sichern. Hier passen auch die größten *Friends* nicht. Oben klemmt ein kopfgroßer Block im Riss. Alex klinkt sich das Material an die linke Seite vom Gurt, denn so wie es aussieht, ist es besser, mit der rechten Körperseite zur Wand zu klettern. Den Helm nimmt er ab, weil er sonst mit dem Kopf nicht reinkommt. Er wirft sich in den Schulterriss und windet sich in schlangenförmigen Bewegungen höher. Rechte Hand an der vorderen Riss-Seite, Ellbogen an der hinteren, schiebt er sich hinauf. Wenn er rutscht, bremst ihn nichts. Er hat den Riss unterschätzt. Es war klar, dass er vor dem Block keine Sicherung bekommt. Aber er hat nicht damit gerechnet, dass es so schwierig wird. Der Riss verengt sich immer stärker. Er wird um den Block eine Schlinge werfen, sich dran sichern, ausruhen und hochziehen, wenn er ihn erreicht hat.

Normalerweise guckt sie beim Sichern raus in die Landschaft. Man kann sowieso nicht ständig zum Vorsteiger schauen. Bekommt man nur einen steifen Hals vom ewigen Hochstarren. Zum ersten Mal ist sie in Chamonix, und dann so eine Tour. Sie gehen auf einem weißen Streifen in den senkrechten Landkarten Europas. An der Drus! Und nicht an irgendeinem Jammerklapf zu Haus in den Voralpen. Langsam wird es wahr.

Drei Seilschaften sind zum *Bonattipfeiler* abgeseilt. Sehen kann man sie nicht, aber ab und zu hört man ein Seilkommando. Schwer zu sagen, was das für eine Sprache ist. Drüben in der *Amerikanischen Direkten* sind auch noch Seilschaften unterwegs. Eine ist schon weit im oberen Teil. Alex rutscht eine Handbreit und hält sich wieder. Sie hört ihn keuchen. Er hat keine einzige Sicherung. Wenn er Glück hat, fliegt er am Stand vorbei. Acht Meter ist er weg, das gibt sechzehn Meter, mit Seildehnung zwanzig. Wenn er es nicht schafft, am Stand vorbeizufliegen, schlägt er direkt auf den Absatz. Schweiß rinnt ihm in die Augen. Er könnte nicht umkehren, selbst wenn er wollte, aber er will auch nicht. Noch ein paar Handbreit ist der Block über dem ausgestreckten rechten Arm. Er drückt das rechte Knie noch stärker nach vorn gegen den Fels, das schmerzt, aber es stabilisiert. Er wirft seine längste Schlinge mit einem Ende nach oben. Richtig Schwung holen kann er nicht, sonst kippt er raus. Im dritten Anlauf fällt die Schlinge über den Klemmblock und hinten wieder runter. Er zieht die Enden der Schlinge auf gleiche Höhe und legt mit einer Hand den Knoten. Es rumpelt, denn über ihm bewegt sich der Block. Der Block wird keine Sicherung. Vielleicht wird der Block ihn töten.

Selbst wenn er nur leicht getroffen wird und nicht stürzt, kann der Block noch Pepa treffen, die eng am Stand angeleint ist wie ein Hund. Er ruft ihr zu, ihre Selbstsicherung zu verlängern, damit sie ausweichen kann.

Wieder rutscht er, weil die Spannung auf dem Knie etwas nachgelassen hat. Es ist ein gefährlicher Ort. War es hier schon vorher gefährlich? Oder ist die Gefahr erst mit ihm gekommen? Ist er jemand, der die Gefahren mitbringt? Was für eine Blamage: zu sterben, bevor der rote Pfeiler auch nur erreicht ist. Die Schwester der Gefahr ist die Ehre, und so ist es albernerweise auch ein Ort der Ehre. Springen und so am Absatz vorbeifliegen? Den Block anklettern und hoffen, dass er zwar wackelt, aber trotzdem hält?

Hilfehilfehilfe, denkt er.

Ein Hosenbein ist hochgerutscht. An der Wade spürt er den Fels, der hinten im Riss viel kälter als außen ist. Er zwingt sich, alle Hoffnung aufzugeben. Er stellt sich vor, er wäre tot. Schade, aber das war's. Hat sich gelohnt. Eigentlich war es ein schönes Leben. Er kann nichts mehr verlieren. Es ist alles vorbei.

»Find dich ab damit! Man kann nicht alles haben.«

Wenn er Glück hat, holt er sich sein Leben wieder. Er

muss denken können, um sich zu retten. Man kann keine Probleme lösen, wenn man nicht denken kann. Man kann nicht vernünftig denken, wenn man wirklich *Angst* hat. Wenn man sich für tot definiert, gibt es keinen Grund mehr, Angst zu haben.

Es ist alles vorbei. Adieu, Gianluca. Adieu, Huaràs.

Erste Erkenntnis: Er kann sich auch dann noch von der Wand wegstoßen, wenn er normal stürzt, statt zu springen. Also nicht springen. Ist der Fels irgendwo unregelmäßig? Noch mal gucken. Vorne? Nichts. Okay. Überall, wo er mit den Händen hinkommt, ist es glatt. Womit kann er noch irgendwo ankommen? Er scheuert mit dem Hinterkopf am Fels. Mit dem Ohr. An seinem linken Ohr ist was. Eine Leiste.

Er hat den Hammer. Er legt den Hammerkopf auf die Leiste. Wie eine Zugbrücke klappt er das untere Ende gegen die vordere Riss-Seite. Im Winkel von fünfundvierzig Grad setzt der Hammer auf der anderen Seite an, aber nicht mit dem Schaft, sondern mit der Öse für die Fangschnur, die unten heraussteht. Mit einer Hand belastet er, prüft, denkt, atmet durch. Er zieht eine Schlinge um den Schaft, dort wo die Öse den Fels berührt, verlängert sie und tritt mit dem Fuß in die Schlinge. Es knirscht. Die Öse kratzt unter seinem Gewicht ein paar Millimeter nach unten.

Am Haulseil holt er den zweiten Hammer nach und das Bohrzeug. Er hat von Luigi einen Meißel, acht Bohrkronen und Hakenlaschen geliehen. Er meißelt ein Loch in den Granit, eine Dreiviertelstunde lang. Pepa denkt an Kierkegaard und an das, was Giovanna über ihn gesagt hat. Irgendwas mit Tütensuppen. Sie spürt seine Angst da oben. Seinen Atem, sein Flüstern, seine leisen verzweifelten Flüche. Eine Dreiviertelstunde Angst, während er hämmert, schwitzt und den Bohrstaub ins Gesicht und zwischen die Zähne bekommt, wenn er ihn aus dem Loch herausbläst.

Er hängt den Bohrhaken ein. Der hält jetzt zwei Tonnen. Ein paar Minuten tut er nichts außer zu versuchen, den Granitstaub auszuspucken. Dann warnt er Pepa, die längst schon zur Seite gegangen ist, und drückt den Block mit der Hand nach oben. Er schlägt neben ihr auf, zerplatzt und verschwindet in die Tiefe. Es riecht nach Schwefel, und Schwefel riecht nach Tod, nach Jenseits.

»Du Bastard!«, schreit Alex. »Du dreckiger mieser verfickter Scheiß-Huren-Bastard!«

»Hey, gut gemacht, Alex! Erste Sahne!«

Er spuckt dem Block hinterher.

»Da! Bastard!«

Er lebt. Er könnte auch tot sein.

»Das riecht total nach Schwefel!«, ruft sie.

»Riecht immer nach Schwefel bei Steinschlag«, sagt er. Unter einem Dach macht er Stand, obwohl es noch ein paar Stunden hell ist. Für den ersten Tag haben sie genug.

Victor sitzt seit dem Morgengrauen an der Straße und beobachtet die Wand. Da sind zwei Punkte, die sich fast nicht bewegen. Wie der Wasserspiegel in einem Eimer, der unter einem tropfenden Hahn steht. Es ist unmöglich, eine Bewegung zu erkennen, aber wenn man nach einer Stunde wieder hinsieht, ist er doch ein Stückchen gestiegen. Das Erste, was er wiederfindet, wenn er durchs Glas sieht, ist immer der rosa Haulbag.

Die Hospitanz beim *Daily Mirror* wird sich auszahlen. Die Headline kennt er schon lange: ›Flitterwochen in der Wand‹. Das Traumpaar des deutschen, ach was, des europäischen Alpinismus feiert die junge Liebe, indem es mitten in Frankreich den blöden Frogs eine spektakuläre Erstbegehung wegschnappt. Aber den *Mirror* kann man erst kurz vorm Gipfel anrufen. Man muss die Lokalpresse holen. Aus der Entfernung bekommt er keine guten Bilder. Er beginnt zu telefonieren. Ein Helikopter ist zu teuer. Man muss Geduld haben. Und Glück.

Als das *portaledge* in der Abendsonne hängt, ruft er Pepa an. Er redet auch mit Alex und nimmt das Gespräch auf. Zu wissen, zu spüren, dass diese Stimmen direkt aus der Wand da oben kommen, ist aufregend. Ein Privileg. Wie es ein Privileg ist, Alex' bester Freund zu sein. Und sein PR-Berater. Der PR-Berater eines Ritters der Tafelrunde. Er ist nicht einsam. Er hat Freunde wie Alex. Es gibt einen Grund, ihn zu lieben: seine Freunde.

Sein Glück erscheint in Gestalt von Jacques Lafitte, einem ehemaligen Bergführer, der als freier Journalist die alpinen Meldungen aus dem Department bearbeitet. Meistens berichtet er über Unfälle. Jedes Jahr gibt es über dreihundert Tote im Montblancgebiet, und irgendjemand muss ja die Meldungen schreiben. Manchmal kommt er sich vor wie ein Totengräber. Er sucht Victor auf.

Pepa hört ihre Mailbox ab. Toni erzählt, dass das Paket zurückgekommen ist und sie Post von Raabe hat. Sie wünscht sich, dass Victor nicht mehr so oft anruft. Und dass Alex sie bestraft, weil sie ihr Handy mithat.

Ein Satz wie »Klettern heißt in kaputten Autos Punkrock hören« lässt Lafitte jubeln. Pepa hat bunte Haare. An der Drus fällt man mit so was noch auf. ›Die Punkbraut in der Riesenwand‹, wird sein Kollege vom *Daily Mirror* schreiben. Das wird er übernehmen. Dass Alex als Aussteiger in Südamerika lebt, ist auch nicht schlecht. Victor jubelt ihm Kontakt zu Harald Ertl unter, dem nach Bolivien ausgewanderten deutschen Bergsteiger, dessen Tochter 1969 in Hamburg den Mörder von Che Guevara erschossen hat.

»Che Guevara hat Fünftausender bestiegen, haben Sie das gewusst, Monsieur Lafitte?«

Das Interview wird abends gesendet, und zum ersten Mal bekommt *Blutiger Dienstag* Gema-Gebühren aus dem Ausland. Victor hat Lafitte Pepas Lieblingsstücke vorgespielt, und die Franzosen mit ihrer albernen Manie für *Amour fou* haben angebissen.

Alex schätzt, dass sie fast dreihundert Meter geschafft haben. Er hat eine der härtesten Längen seines Lebens überstanden und das Hammersandwich erfunden. Sie sind allein und in Sicherheit. Die Angst vor dem Aufbruch ist der Freude am Reisen gewichen. Dann klingelt das Telefon zum dritten Mal. Alex hat sie wieder nur böse angesehen.

Schweigend rollen sie sich in die Schlafsäcke. Unter ihnen senkrecht, über ihnen senkrecht. Sie sind Astronauten in einem senkrechten Granitozean. Die zwei Quadratmeter ihres *portaledges* bilden die einzige horizontale Insel.

Der Stoffboden ist so dünn wie ein Anorak, und in der

Mitte ist eine Art Flosse eingearbeitet, die man mit einem Riemen nach oben spannt. Sie bewirkt, dass man in separaten Kuhlen zu liegen kommt und nicht in der Mitte zusammenrutscht wie Fische im Netz. Weil Schultern breiter sind als Füße, liegt einer mit dem Kopf am Fußende des anderen. Das verteilt auch das Gewicht stabiler. Sie hat auch lieber seine Füße neben sich als seinen Kopf. Von unten wird es kalt. Aus Gewichtsgründen haben sie keine Matten mitgenommen und vergessen, dass sie so unter dem Schlafsack gleich die kalte Luft haben. Alex hat verkündet, dass sie weniger auskühlen, wenn sie sich auf die Seite legen, weil dann die Kontaktfläche nach unten kleiner ist. Alex ist ein verdammter Rationalist.

Sie linst durch den Spalt zwischen Stoff und Alurohr nach unten und versucht, möglichst weit von Alex wegzurücken. Sie stellen ihre Gurte weiter, damit sie nicht drücken. Jeder einzelne Handgriff erfordert eine nervtötende Sorgfalt. Sobald man nicht aufpasst, fällt etwas runter. Alex hat einen Handschuh verloren und Pepa eine Batterie.

Längst brennen Lampen in den Zimmern von Chamonix. Rote und weiße Lichter gleiten, wo Straßen sind.

Zwei Stunden bevor es hell wird, piept der Wecker, und sie stellt den Topf auf den Kocher, der an dünnen Metallketten unter dem *portaledge* hängt. Der Hängekocher ist Gold wert: was hängt, kann nicht runterfallen.

Es ist mühsam, Material für zwei Personen und eine halbe Woche in der richtigen Reihenfolge in den Haulbag zu stopfen. Was erst abends gebraucht wird, muss ganz nach unten. Zum Beispiel der Kocher, aber der ist noch in Betrieb. Sie kommen überein, dass er wieder führt und sie so lange auf dem aufgebauten *portaledge* sitzen bleibt. Allein packt es sich leichter.

Über ihnen kommt ein spektakuläres Dach, und man kann nur bis zu der äußeren Kante sehen, so als ob man unter einem Balkon steht und nur seine Unterseite sieht. Was er bis dahin brauchen wird, hängt am Gurt: kleine und mittlere Profilhaken, ein Satz Keile. Ein Riss teilt das Dach, genau wie er es durch das Teleobjektiv des Japaners in Montenvers gesehen hat.

Die tief stehende Morgensonne wirft die Silhouette der Drus als langen Schatten Richtung Westen wie einen Finger, der auf Chamonix zeigt. Niemand seilt durchs Couloir ab. Kalter Fels und kaltes Metall beißen in die Finger. Wenn man sie seitlich an den Hals legt, werden sie warm. Pepa setzt sich wieder in den Schlafsack. Sie lehnt sich mit dem Rücken an die Wand und starrt ins Leere, während Alex sich das Material zurechthängt. Beim Sichern wird sie wieder müde werden. Manchmal springen die Gedanken zurück zu ihrem Plan, nach dem sie jetzt eigentlich eine Bank überfallen.

Alex sortiert verschiedene Hakentypen auf je einen Karabiner. Wenn man fünf kleine Messerhaken auf einem Karabiner hat und der einem runterfällt, hat man überhaupt keine kleinen Messerhaken mehr.

Als der Helikopter mit Lafitte, Victor und einem Kamerateam auf ein paar Meter herankommt, ist der vielfach von den Wänden zurückgeworfene Lärm kaum zu ertragen. Pepa winkt und setzt sich eine Mütze auf wegen ihrer Haare, aber der Kameramann gibt Zeichen, sie soll das lassen. Victor winkt euphorisch. Er strahlt: Seine Freunde sind im Fernsehen, und gestern haben sie den Spruch mit Punkrock und kaputten Autos gesendet. Da vorn hängen sie, und alles ist geklaut: *portaledge*, Haken, *Cliffhanger*, *Friends*. Sie sind die Propheten von Pierre d'Orthaz. Oben auf dem Berg haben sie die Gebote von Klettern, Klauen, Trinken und Nichtarbeiten empfangen, und nun bringen sie sie unters Volk. Kurz freut sich auch Alex, als er Victor sieht. Der Hubschrauber steigt über sie. Wenn der Lärm einen Stein auslöst, fliegt er in ihre Richtung.

In den Riss, der das Dach spaltet, steckt Alex von unten nach oben einen Profilhaken, ein dickes Stück Stahlblech, V-förmig gebogen und konisch. Steckt der Haken in einem senkrechten Riss, steht die Karabineröse waagerecht. Wenn auf den Karabiner Belastung nach unten wirkt, verkeilt das Drehmoment den Haken noch zusätzlich. In Dächern geht das Drehmoment verloren. Profilhaken haben eine Klemmwirkung fast wie ein nasses Stück Holz, aber bei kleineren Größen wird es in Dächern schnell kitzlig. Falls es knirscht, schießt der Stahl heraus wie ein Kirschkern. Er hält sein Gesicht vom Haken weg. Er setzt sich in den Gurt und biegt den Oberkörper nach hinten. Der nächste Haken singt hinein. Die Konzentration verleiht eine kalte, fern aller Emotionen liegende Sicherheit. Der Riss verbreitert sich und nimmt kleine *Friends*. Pepa liegt im *portaledge* und grinst. Die waagerechte Insel da unten wirkt wie ein symmetrisches Gegenstück des Daches.

Von der Dachkante erkennt er den Riss, der mal daumendick, mal so schmal wie eine Messerklinge den roten Pfeiler hinaufzieht: der Mittelstreifen einer senkrechten Autobahn. Alex' heisere Stimme verrät, wie glücklich er ist. Über dem Dach sieht sie ihn nicht mehr. Er singt. »I am nailing« nach der Melodie von Rod Stewarts »I am sailing« sowie »Ein Friend, ein guter Friend …«

Am Nachmittag nähert sich der Hubschrauber von oben. Am Gipfel blinkt die kleine Madonna, dann folgt der vereiste Nordwandausstieg und die halbkreisförmige Schulter des *Bonattipfeilers* mit den kleinen Windschutzmauern und dem Lametta von verschlissen Rettungsdecken. Ganz für sich, wie ein Sonderling, steht der rote Pfeiler. Und dort hängen sie: nicht in, sondern *an* der Wand. Direkt unter ihnen liegt tief eingeschnitten das Couloir, in dem der Nachmittagssteinschlag tobt, als würde man dort Häuser abreißen. Aus dem Hubschrauber hört man das nicht. Man sieht nur, wie der Schnee aufspritzt, wenn die Felsbrocken einschlagen. Aus dem Hubschrauber hat man so einen Forscherblick, so merkwürdig unbeteiligt. Da werden alle zu Insekten.

Pepa steigt vor. Wie ein Telefonkabel, das in regelmäßigen Abständen an die Wand geklammert ist, läuft das Seil zu Alex. Die Aufnahme, die sie senden werden, beginnt in dem Augenblick, als die Sonne in die Wand kommt. Es ist windstill. Sofort steigt die Temperatur, und sie lässt am Nachziehseil Jacke und Helm nach unten. Sie steht in den Leitern und bastelt mit Hammer, Haken, Karabinern und allem, was dazugehört: die Folklore des klassischen Extremkletterns. Der unverfälschte Original-Regentanz, aber im Hemd, in der Sonne und mit orangefarbenen Haaren. Dass sie lacht, ist als visuelle Information über Bergsteigen neu. Die, die man zu kennen glaubte, kämpften sich immer steiler werdende Hänge hinauf, bis einer die anderen mit in den Abgrund reißt. Das Ausziehen von Helm und Jacke hat eine Art Vorher-Nachher-Effekt. Als ob Pepa allen Ballast von schlechtem Image mit drei Handgriffen abschüttelt. Sie hat kurz ins Bild gelacht, sich aber nicht im Geringsten ablenken lassen. Als sie Stand hat, schwingt sich Alex mit Zigarette im Mund in die Jümars.

Der Hubschrauber bleibt dran, bis Alex ihren Stand erreicht. Dann gehen sie auf große Entfernung, damit das Telefoninterview mit Pepa nicht im Rotorenlärm untergeht. Sie sprudelt los, wie großartig die Wand ist, wie großartig die Aussicht, wie großartig die Route, die er gefunden hat. Und wie schön das ist hier draußen in der Einsamkeit. Alex erzählt, wie sehr er sich auf das erste Bier im Tal freut und dass es der beste Trip seines Lebens sei.

Eine Viertelstunde später ist jemand von der *dpa* dran. Sie braucht eine Weile, um zu kapieren, dass das nicht die Leute aus dem Hubschrauber sind. Eine Seillänge später ruft die Nachrichtenredaktion von RTL an. Die wissen, dass sie *Skastadt* gemacht hat und für ihren Bruder arbeitet, und bestellen auch gleich Grüße von ihm und Anja. Die Redakteurin will wissen, wie sie sich fühlt, wie lange sie Alex schon kennt und wie sie mit der Einsamkeit fertig werden. Und warum sie das tun. Sie gibt Alex das Handy.

»Äh, die wollen wissen, warum wir das machen.«

»Da wir kein Geld dafür kriegen«, sagt Alex in den Apparat, »bleibt nur eine Möglichkeit: uns macht das Spaß.«

Er hält das Handy weg vom Ohr, zur Seite, grenzenlos verwundert. Er sieht es genau an: das Display, die winzigen Tasten, die sich mit den von Schorf und Hammerschlägen gezeichneten Fingern kaum bedienen lassen. Was wollen diese Leute hier? Warum geht das?

»Aber jetzt wollen wir eigentlich unsere Ruhe haben«, fährt er fort. »Ständig sind diese Scheiß-Helikopter hier und das dämliche Telefon ... Das wollten wir eigentlich nicht.«

»Sie haben bereits sehr viele große Wände durchstiegen. Was ist Ihre Motivation? Ist es die Suche nach sich selbst?«

»Ich würd sagen, das wär ein heikles Geschäft, weil, hier bin ich doch zum ersten Mal. Warum soll ich dann gerade hier nach mir suchen?«

Pepa muss lächeln.

»Mich selbst würde ich da suchen, wo ich etwas öfter bin, also im Bett, in der Kneipe oder auf dem Klo. Da würde ich mich suchen. Wissen Sie, ich gehe seit fünfzehn Jahre in die Berge, und wenn ich mich da seit fünfzehn Jahren suche und immer noch nicht gefunden hab, sollte ich es vielleicht mal bei 'nem Optiker versuchen!?«

»Alex, haben Sie sich nie Gedanken gemacht, warum es Sie immer in solche Extremtouren treibt?«

»Warum trink ich lieber Pils als Export? Das ist mir doch auch egal.«

Er legt auf und betrachtet das Telefon wie eine sprechende Puppe, die ihn gerade »Arschloch« genannt hat.

Selber Arschloch. Im Stillen gibt Pepa ihm Recht. Sie hat nicht gewusst, wie weit weg von der Welt man in einer Wand sein kann. Die Druckstellen, die der Klettergurt in den Stunden an den Schlingenständen am Becken hinterlässt, haben sich geöffnet. Sie entwickelt ein System, die Sau waagerecht unter den Schlingenstand zu hängen, so dass man sich beim Sichern draufsetzen kann. Um so etwas geht es. Eine Wand ist keine Flucht aus der Realität. Die Situation ist so außerordentlich real, dass sie überhaupt nicht zu ändern ist. Sie tippt eine Nummer ein. Jeder Tastendruck gibt einen leisen Ton.

»Wen rufst du denn jetzt schon wieder an?«

»Victor. Wenn sie noch Fragen haben, dann jetzt.«

Da Vic nicht rangeht, spricht sie auf die Mailbox. Wie schön es an der Drus ist und dass sie ihr Handy jetzt abschaltet, weil die Interviews nur ihre Einsamkeit stören.

»Die quatschen dir doch den halben Tag auf die Mailbox. Willst du das alles beantworten?«

Sie wirft das Handy hinunter.

»Zufrieden?«

Sie werden langsamer. Die Haken dringen nur noch zur Hälfte in den feinen Riss ein. Um den herausstehenden Haken fädelt man eine Schlinge, die man an den Fels schiebt, als ob der Haken ein dünner Ast wäre, den man nur ganz nah am Stamm belastet. Mit der Haue des Eishammers schieben sie Messingkeile über Engstellen im Riss und klopfen sie behutsam fest.

Mit einem rhythmischen Pang! Pang! Pang! zieht er fünf Meter Metall aus dem Fels. Aufgereiht hängen die Sicherungen vor ihm am Seil, und er benutzt sie in gleicher Reihenfolge wieder. Den Rurp, der gekommen ist, ersetzt er durch einen Copperhead. Er schlägt ihn in die Riss-Spur, wo das Kupfer sich verformt, dem Relief einpasst und nicht hält. Er fliegt wieder und überlässt ihr den Vorstieg. Die schweren Längen sind wie Kartenhäuser. Zwanzig Haken kann man haben, und keiner hält einen Sturz.

Angesichts der Krisen in Familie und Bildungswesen besitzt der Sport für Elisabeth Vogt-Figerer eine in seinem Ausmaß noch gar nicht erfasste soziale Dimension. Nach langen Jahren als direkt gewähltes Mitglied des Bundestags ins Innenministerium gewechselt, hat sie für einen Neustart von ›Keine Macht den Drogen‹ zwei Millionen Mark beim Minister persönlich losgeeist, und bei der Sache mit der Wertekrise ist der Minister ganz ihrer Meinung. An den Staat, an Gott oder Vaterland glaubt ja niemand mehr. Heute glauben die Leute an Altglascontainer, Selbstverwirklichung und die Bedeutung des Regenwalds, aber auf Dauer ist das einfach zu diffus. Helden darf man nicht haben in Deutschland, damit muss man sich abfinden. Aber die Jugend braucht Leitfiguren, und da eignen sich Sportler besser als alle anderen: Erfolg nach klaren und gerechten Regeln sowie physische und mentale Gesundheit. Sie hat auch immer gern geturnt. Aber wenn sie eine Treppe runterfällt, zeigt sie keinerlei Reaktion.

Raabe ist interessiert. Leute, die vorher kaum ein Mensch kannte, werden kostenlos plakatiert und in Zusammenhang zu etablierten Stars gebracht. Sein Lieblingsspot gegen Drogen ist allerdings der, den die

Spanier damals mit Maradona gedreht haben. Da kickt der knuddelige Wuschelkopf mit ein paar Kindern am Strand und lächelt in die Kamera und sagt: »Falls dir mal jemand Drogen anbietet – sag einfach nein!«

»Wir wollen die Kampagne wieder zu dem machen, was sie einmal war«, sagt sie. »Aber mit wem?«

»Sie haben doch Martin Schmitt und die ganzen Skispringer. Die sind doch großartig.«

»Die sind wirklich großartig. Aber das reicht nicht.«

»Wenn Ihre Wahl auf einen meiner Klienten fällt – ich werde ihm dringend raten mitzumachen. Ich würde ihn sogar bitten.«

»Dass Ihre Klienten mitmachen würden, davon gehe ich aus. Davon gehe ich bei jedem aus, Herr Raabe. Ich brauche Ihren Rat, Ihre Ideen.«

Raabe hat Ideen. Das Thema Teamgeist könnte stärkeres Gewicht bekommen. Die U 21 hat immerhin noch gegen die USA gewonnen, aber die findet Vogt-Figerer zu unbedeutend. Die drei Ehrenspielführer Walter, Seeler und Beckenbauer?

Sie hält nicht viel von Fußball. Raabe hält nicht viel von ihr. Er kann Politiker nicht ausstehen. Sie sind blauäugig, korrupt oder Alkoholiker, eins so abstoßend wie das andere. Alkoholiker gibt es in der Wirtschaft auch, aber die lassen es wenigstens nicht jedermann merken. Sie schnorren Autogramme und Freikarten oder wollen im Stadion neben Prominenten sitzen, damit sie bei *ran* ins Bild kommen. Entsetzlich.

Eine Stunde lang hat Alex nichts getan, als zehn Meter Seil auszugeben. Manchmal ist es wie im Knast: an den Stein gekettet wie der Graf von Monte Christo. Er döst in der Sonne.

Pepa hat Zeit und Raum vergessen. Sie hält den Atem an und belastet das nächste *piece*. Nie hat sie so lange so viel Angst gehabt. Warum bricht der Rurp nicht heraus wie ein Zahn? Nur der nächste Meter existiert, so als ob man nachts im Wald mit einer schwachen Lampe geht. Der nächste Meter absorbiert die Sinne: die Augen, die prüfenden Finger und die Ohren, wenn eindringendes Metall klingt. Wie ein Arzt untersucht sie kleine Vertiefungen. Sie versucht, sich in die Haken hineinzufühlen. Man muss sie streicheln. Sie spricht mit ihnen, erzählt von sich selbst, bittet und bettelt. Manchmal schimpft sie mit ihnen, ungeahnte Obszönitäten flüsternd, um sich sogleich wieder zu entschuldigen. Sie kann sich vorstellen, wie Verrückte sich fühlen, wenn ihnen in Wahnvorstellungen Spinnen über die Hände laufen. Die Psyche ist ein Haus mit vielen Zimmern, von denen man manche besser nie kennen lernt. Pepa geht in einem Korridor, den sie noch nie betreten hat. Langsam setzt sie einen Fuß vor den anderen.

»Alex!«

Wenn sie mit ihm spricht, ist sie gleich wieder woanders.

»Ja?«

»Pass mal gut auf. Ich setz einen Cliff.«

Der Cliff sieht aus wie ein sehr großer Angelhaken und wird mit dem Haken nach oben auf ansonsten nutzlose Vertiefungen im Fels platziert wie ein Wurfanker. Als sie ihr Gewicht auf den Stahl verlagert, spritzen unter der Spitze sandkorngroße Granitsplitter zur Seite. Ihr letztes *piece* ist der Rurp, davor ein guter Copperhead. Aber eben nur ein Copperhead. Wie Tiere vor dem Feuer fliehen, so fliehen Gedanken vor der Angst. Es ist wie ein Gang auf einem gefrorenen See. Immer weiter geht man, und manchmal knackt das Eis.

Immer weiter ist der Weg zurück. Man setzt einen Fuß vor den anderen. Man fügt sich. Und man schweigt.

Der Riss öffnet sich, und ein Messerhaken singt hinein. Sie küsst und streichelt ihn. Am Stand schlägt sie zwei *Lost Arrows* und den zweiten Bohrhaken der Tour.

Ohne Satelliten hätten die Neuigkeiten länger nach Deutschland gebraucht. Die RTL-Nachrichten machen sogar mit ihnen auf. Lange Kamerafahrt von oben hinunter, und aus dem Off Pepas Stimme: »Wir sehen uns im Tal, grüß alle andern, take care and take cookies«, Kussgeräusch. Wie der gesprochene Abschiedsbrief eines Kindes, das von zu Hause ausreißt. Dann nimmt sie den Helm ab, ihre Rübenhaare kommen zum Vorschein, und eine Sprecherin sagt, das sei das Traumpaar des deutschen Alpinismus, unterwegs in der größten neuen Route Europas. Und so glücklich in der Einsamkeit, dass sie ihr Handy nicht mehr einschalten wollen.

In der Saure-Gurken-Zeit sind die Redaktionen dankbar für die *bunten* Geschichten: ein Kaiman im Baggersee oder eben ein Punkpärchen in der Steilwand. Die gleichen Bilder haben die Franzosen auch an die *Tagesschau* und *heute* verkauft. Man nimmt ja ungern dasselbe Material wie die Privaten, aber es gibt kein anderes.

Morgens, wenn die Bahn zum ersten Mal kommt, hängen sie in der Wand und turnen herum, und abends, wenn die Bahn nicht fährt, sind sie immer noch da. Als wäre die Bahn ein Besucher und sie die Affen im Freigehege. Die tief stehende Sonne flutet den nach Westen offenen Talboden von Chamonix, mildklare Abendluft streichelt ihre nackten Füße. Jeden Tag derselbe großartige Ausblick. Selbst wenn man das alles nicht sehen wollte: etwas anderes gibt es nicht. Jeden Tag entfernt die Welt sich weiter. Probleme, die es gibt, sind nicht gelöst. Menschen, die man liebt, leben weiter.

Nudelwasser kocht auf kleiner Flamme. Ab und zu schwappen Tropfen über und laufen zischend in den heißen Windschutz. In der verlangsamten Umgebung verstärkt das Ohr jede Kleinigkeit, als ob die Geräusche in Zeitlupe wiederholt werden. Auf einmal singt Eddy Santiago von den Küssen, die so kalt wie der Regen sind. Alex hält einen Mini-Kassettenrecorder in der Hand und grinst.

Sag nichts mehr
und verschwinde
es ist nicht Liebe,
es ist nur Heuchelei

Deine Küsse
kalt wie Regen
kalter Regen
für meine Seele, meinen Körper und mein Leben.

»Du mochtest doch Salsa, oder?«

»Maaaann! Klar! Das ist nicht, weil –?«

»Doch. Weil du Geburtstag hast. Ich hab am Grenzübergang in deinen Ausweis geguckt.«

»Maaaaaaann! Und wo hast du den Recorder her?«

»*PP*, Elektroabteilung.«

»Thanks, *Mister PP«,* sagen sie und lachen. Sie umarmt ihn und gibt ihm einen Kuss auf die Wange. Erschrocken rutscht sie wieder zur Seite.

»Dreiundzwanzig, stimmt's?«

Pepa nickt. Alex war nicht sicher, ob er das tun soll. Heimlich etwas ins gemeinsame Gepäck schmuggeln läuft eigentlich gegen die Regeln.

»Ich hab auch was!«, strahlt sie.

Sie gibt ihm einen Socken, in dem etwas drin ist, das in Form, Größe und Gewicht an eine Bierdose erinnert, und genau das ist es: eine Dose Bier.

»Mit Alkohol«, sagt sie, »aber leider bezahlt.«

Der verringerte Luftdruck lässt das Kronenbourg aus der Öffnung schäumen, aber Alex vergießt nicht einen Tropfen. In dieser Höhe verschwendet man keinen Tropfen. Augenblicklich schießt der Alkohol ins Blut und zaubert einen hauchfeinen Schauer von Glückseligkeit.

»Bier!«, gluckst er atemlos. »Bier! Richtiges Bier. Maaaaann!«

Sie liebt es, wenn er ihr Wort benutzt. So nah und so langsam, dass sie sehen können, wie die gespreizten Schwungfedern in der Thermik zittern, schweben zwei Dohlen vorbei. Mit seinen nackten Zehen ahmt er die Bewegung der Federn nach. Nie wird er dies Leben bereuen. Nie.

»Gracias!«, sagt er, gibt ihr zwei Küsse auf die Wangen und dann die Dose. Sie bleiben nah nebeneinander sitzen.

»Ähm, in Peru macht man das immer so, mit den zwei Küssen.«

»Ja, ich weiß.«

Die Sonne ist halb hinter den Horizont getaucht. Längst kennen sie die Stelle, wo sie jeden Abend hinwill. Man traut sich nichts zu sagen. Morgen wird es wieder so sein.

»Das – also das ist immer so, wenn du in Westwänden biwakierst«, räuspert er sich. »Da hast du immer die Sonnenuntergänge ...«

»Mmh.«

»Und in Ostwänden hast du immer Sonnenaufgang. Weil, äh, na ja, ist ja logisch.«

»Aaaha«, kichert sie.

Beim Essen setzt er sich wieder etwas weiter weg.

»Thanks, *Mister PP!*«

Seit drei Tagen ist das ihr Tischgebet. Die Frechheit, die Route nach dem Supermarkt zu benennen, in dem sie zum Plündern waren, erscheint Pepa mehr und mehr wie die eigentliche Herausforderung. Was wäre das für eine unglaublich lohnende Kühnheit. Das Seilkommando »Stand!« haben sie für eine Weile durch den Ruf »Schweinebucht!« abgelöst, aber auf Dauer sind drei Silben einfach zu anstrengend. Sie dreht lauter.

»Wie ging das noch mal?«, fragt sie. »Eins, zwei – eins, zwei?«

Alex lässt ihr das Bier und tanzt ein paar Schritte auf dem schwankenden *portaledge.*

»Hör auf!«, lacht sie. »Wir kippen um!«

Er setzt sich wieder und erschrickt. Warum sitzt er so nah?

»Was ist heute für ein Tag?«, möchte sie wissen.

Er weiß es nicht gleich, und sie rechnet nach.

»Donnerstag. Heut ist Donnerstag.«

»Im Tal vielleicht. Im Tal ist Donnerstag. Hier ist nur Tag drei. Das ist das Irre an diesen Routen. Du verlierst das Zeitgefühl.«

Die letzten Sonnenstrahlen wärmen nicht. Auf der Haut sieht man sie noch, aber man spürt sie nicht mehr. In der Ferne gleiten rote und weiße Punkte. Wieder sitzen sie als Letzte im Licht des endenden Tages. Als wäre man auserwählt. Im Tal beginnt die Nacht, oben auch. Es könnte auch anders sein. Unten Nacht und oben Tag, das hat keinen Zusammenhang.

»Sag mal – wie hältst du es in Peru eigentlich mit den Frauen?«

»Alles nichts Ernstes.«

Manche Sterne existieren nicht mehr. Nur ihr Licht saust immer noch wie der Läufer von Marathon durch den Raum und gibt Kunde: wir haben geleuchtet, wie das Gesetz es befahl. Wenn ein Stern acht Millionen Lichtjahre weit weg ist, kann es sein, dass er schon seit acht Millionen Jahren verschwunden ist. Wenn Elvis nicht mehr singen wollte, aber das Publikum keine Ruhe gab, fuhr er mit dem großen Cadillac ins Hotel, während die Band noch spielte. Dann sagte jemand den Leuten: »The king has left the building«, und dann gaben sie auf. Wie viele von den Sternen da oben sind längst im Hotel, ohne dass jemand bekannt gibt: The king has left the building?

Vielleicht ist der Himmel auch nur eine große schwarze Plane mit Löchern drin, und obendrüber ist Neonlicht.

Das große Hoch dauert an. Während man tagsüber gegen die Hitze anläuft wie gegen einen riesigen Föhn, werden in den Straßen Münchens die Nächte gefeiert wie im richtigen Süden. Doch wer kann, flüchtet ins Grüne und an die Seen. Toni verwünscht seinen juckenden Gips. Über die Bilder von der Drus staunt er nicht schlecht. Es sieht wild aus, auch für jemand wie ihn. Er ist stolz auf sie. Jetzt ist sie auf Sendung, und nicht mit einem Zweiminüter im Dritten Programm über irgend so ein Sportklettergegurke. Und er ist sauer auf Alex, der ihm nicht Bescheid gesagt hat. Pepa hat ihm vor Ewigkeiten auf Band gesprochen, dass das Paket nicht da ist. Seitdem nichts. Wenn ihr was passiert, was macht er mit Alex?

Als Anja den Schwangerschaftstest auspackt, legt er die Fernbedienung zur Seite. Sie geht ins Bad. Wenn es sich rosa färbt, ist die Frau mit 99-prozentiger Wahrscheinlichkeit schwanger. Mit einem Röhrchen Urin kommt sie zurück und setzt sich auf seinen Schoß. Rosa.

Sie sieht ihn fragend an.

»Was ist?«

Er sieht aus dem Fenster und lächelt.

»Freust du dich, Toni?«

»Ja.«

Er drückt sie an sich.

»Ehrlich? Toni?«

»Ja! Und wie!«

Er holt den Ouzo aus dem Tiefkühlfach. Bevor er das zweite Gläschen füllt, zögert er.

»Mach schon!«, sagt sie. »Die neun Monate werden lang genug!«

Auch wenn sie sich später trennen sollten, sie werden auf immer verbunden sein. Und was immer passiert, wie miserabel sie sich vielleicht in zehn Jahren verstehen werden: nie wird er bereuen, dass sie ein Kind gezeugt haben. Es ist nicht alles so schlecht, wie die Leute sagen.

Es wird ein gebrauchtes Fahrrad bekommen. Es wird wenig, aber gutes Spielzeug haben. Es braucht sich nicht anzuziehen, wie sie es mögen. Es braucht keinen Beruf zu ergreifen, der ihn zufrieden stellt. Es braucht nicht zu studieren. Es ist nicht verpflichtet, ihnen zu gefallen. Es soll tun, was es will. Das wird das Einzige sein, was er von seinem Kind verlangt: Tu, was du willst. Anja wird an seiner Seite stehen. Er wird für sie alle sorgen, und wenn es nötig ist, wird er kämpfen, und es wird nötig sein.

Sie wird ihr Studium trotzdem schaffen. Wenn sie Rat braucht mit dem Kleinen, wird sie Tonis Mutter fragen, aber nicht ihre. »Erst wenn du selber Mutter bist, bist du deine eigene Mutter los«, hat ihr mal eine Amerikanerin gesagt. Es wird nicht diesen Waschzwang geben wie bei ihr zu Hause mit dem ständigen Händewaschen und den Desinfektionsmitteln, wenn einer in der Familie die Grippe hat. Ihr Kind braucht Wärme, nicht Seife. Es muss stimmen, dass weniger steril aufwachsende Kinder gesünder sind. Die ganz jungen Kletterer waschen sich oft einen ganzen Urlaub lang nicht die Hände, und die sind nie krank. Sie sucht Fotos und Artikel von Pepa heraus. Morgen werden wieder Journalisten anrufen.

Erst im Dunkeln kommt Victor wieder auf den fast menschenleeren Platz. Wer laufen kann, ist *on the hill*. Um die Stellen, wo normalerweise die Autos stehen, ist rot-weißes Absperrband gezogen. Um den ganzen Platz liegt zu Boden getretenes rot-weißes Absperrband. An der Tanne am Eingang hängt ein Anschlag von der Gemeindeverwaltung Chamonix, unterschrieben vom Bürgermeister. Das muss der Typ sein, der neulich die Rede hielt: »Der Zeltplatz Pierre d'Orthaz ist aus hygienischen Gründen geschlossen. Übernachten und Lagern ist verboten.« Auf der Wiese gegenüber stehen ein paar Zelte. Da war es schon immer verboten. Die Leute denken wahrscheinlich, jetzt wäre es dort etwas weniger verboten als vorher. Ihr täuscht euch, Jungs, denkt er, da kamen schon immer die Bullen, sobald mehr als fünf Zelte auf der Wiese standen. Auch um die Toilettenhäuschen haben sie Absperrband gezogen.

Er denkt an Luigi und Giovanna, die im Vallée Blanche auf dreieinhalbtausend Meter ihr Zelt stehen haben. Einen Haufen kurze sonnige Touren zur Auswahl, einen Haufen Vorräte und Liebe im Zelt. Großartig. Er setzt sich ans Feuer zu zwei Tschechen, die heute gekommen sind. Polizei ist da gewesen und hat allen gesagt, dass der Platz geschlossen sei. Ignorieren, rät er. Wahrscheinlich wird das alles nicht so heiß gegessen, wie es gekocht wird. Er geht rum und sagt es allen: das wird nicht so heiß gegessen, wie es gekocht wird.

Im First des kleinen Überzeltes hat Alex eine Stirnlampe aufgehängt, die Licht spendet, ganz wie sonst auch im

Zelt. Im Zelt ist einfach immer ein Licht, egal wo es steht. So ähnlich wie am Lagerfeuer. Oder in Hotelzimmern.

In Europa hat Alex nie in Hotels übernachtet. Er war es nicht gewohnt. Er wusste nicht, wie man das macht. Vermutlich war es teuer, sicher war es blöd. Unterwegs schlief er im Freien, und wenn es in der Stadt war, in Baugerüsten. In Südamerika ist draußen schlafen zu gefährlich, also gewöhnte er sich an Hotels. Frauen und Hotels haben etwas gemeinsam. Zuerst muss man seine Unentschlossenheit überwinden, und wenn man erst mal drin ist, sind sie eigentlich alle ganz angenehm. Und wenn man wieder rausgeht, muss man was sagen.

Von unten kommt die Kälte. Sie haben Kleidung unter die Schlafsäcke gestopft, die bei jeder Bewegung verrutscht. Alex holt eine Salami aus einer Essenstüte und sucht das Taschenmesser.

»Thanks, *Mister PP*«, kichert sie.

»Wo ist das Taschenmesser? Du hast es doch gehabt.«

»Hab ich nicht.«

»Hast du doch.«

»Hab ich nicht«, kichert sie.

»Hast du doch. Wetten?«

Er beginnt, unter ihr zu suchen und kitzelt sie.

»Nicht! Ich hab's nicht!«, kreischt sie.

Es ist ein Betteln um mehr. Alex will nicht.

»Dann isses halt weg«, sagt er. Er legt sich auf seine Seite und zieht den Schlafsack zu.

»Alex?«, fragt sie vorsichtig.

Er dreht sich zu ihr, und die Lampe wackelt, wie sie immer wackelt, wenn sich einer bewegt. Die kleine Klinge glänzt im Licht.

»Vorsicht! Das Messer!«, stößt sie hervor.

Er dreht sich erschrocken um und genau auf das Messer. Er spürt den Einschnitt unter sich, der schneller aufreißt, als er den Schlafsack aufbekommt. Sie versucht, ihn an den Füßen festzuhalten, aber sie behält nur den Schlafsack. Alex rutscht hinaus wie eine Sturzgeburt, bis der Gurt ihn fängt.

Sie hält den Stoff auseinander und schaut zu ihm herab wie von einem Dachboden. Im Lichtkegel der Stirnlampe fliegen Federn wie Schneeflocken und sinken langsam ins Dunkel. Er lacht. Da lacht sie auch.

»Alles in Ordnung?«, fragt sie.

»Nein. Die Salami ist weg! Und mein Messer ... und mein Schlafsack ist kaputt.«

Er reicht ihr den Schlafsack, der immer noch federt wie ein Hühnerstall, und zieht sich wieder rauf. Sie wursteln sich lachend in die heil gebliebene Hälfte. Es geht, wenn überhaupt, nur wenn beide hochkant auf der Seite liegen, sagt er. Aber es geht sowieso nicht.

»Warum heißt du eigentlich Pepa? Das ist ein spanischer Name.«

»Als ich klein war, konnte ich ›Petra‹ nicht aussprechen. Das Einzige, was ich sagen konnte, war ›Beppa‹. Mama, Bapa, Doni, Beppa."

Sie holt tief Luft.

»Alex?«

»Ja?«

»Du musst mir was sagen. Aber du musst ehrlich sein. Versprochen?«

»Versprochen.«

»Neulich, nachts, da war ich doch so besoffen. Ich

weiß nur noch, dass wir getanzt haben. Also, draußen noch. Und morgens war dein Schlafsack in meinem Zelt. Und ich weiß nicht, was ... was wir ...«

»Na ja, du hast angefangen, dich auszuziehen ...«

»Was?«

»Im Zelt.«

»Und dann?«

»Du hast mich geküsst.«

»Und – ?«

»Na ja ... äh ...«

»Und was?«

»Dann hab dich in deinen Schlafsack gesteckt«, sagt Alex, »und du warst sofort weg.«

»Wir haben nicht ...«

Sie flüstert, als ob sie jemand hören könnte.

»Nein. Wir haben nicht.«

Ist sie ihm zu hässlich? Oder irgendwie zu doof?

»Warum nicht?«

»Na ja, du warst ganz schön in Fahrt, also, und wir haben uns ziemlich wild geküsst, und ich hab dir dann dein T-Shirt und deinen BH ausgezogen.«

Er holt Luft.

»Auf einmal hast du mich angeguckt, erschrocken ... ich weiß auch nicht, verängstigt, und gesagt ›So schnell?‹ Da dachte ich, vielleicht hat dich mal – dich mal jemand ... da hatte ich ein schlechtes Gewissen.« Er erinnert sich, wie gut sich ihre Brüste angefühlt haben, wohlgeformt und warm und fest. Er kommt sich vor wie ein Fußballer, der vorm leeren Tor den Ball nicht reinmacht.

»Du hättest kein schlechtes Gewissen zu haben brauchen.«

»Hm.«

Sie versucht, bequemer zu liegen und berührt etwas Hartes. Er hat einen Ständer. Er weiß, dass sie es gemerkt hat. Sie weiß, dass er weiß, dass sie es weiß. Sie denkt daran, wie grandios sie beim großen Diebstahl ihre Bestleistung an Dreistigkeit übertroffen hat. Die Geschichte mit *Ein bisschen Frieden* damals war nichts dagegen. Das mit dem Hubschrauber auch nicht. *Ein bisschen Frieden*, denkt sie und berührt ihn.

Sie küssen sich. Sie stinken, aber da sie beide stinken, riechen sie nichts. Sie zieht ihren Schlafsack auf und legt sich auf ihn. Zum zweiten Mal zieht er ihr das Hemd über den Kopf. Mit seinen geschwollenen und vom Metallstaub geschwärzten Händen greift er zu, mit wunden Fingerkuppen und schwarzen Nägeln. Seit Tagen hat er nichts Weiches mehr in der Hand gehabt.

»Alex ...«

Er küsst sie weiter.

»Alex, wenn wir – hier fliegt uns alles um die Ohren. Ich will jetzt. Aber das geht nicht.«

Alex liebkost ihr Ohr und raunt: »Karezza. Kennst das nicht?«

Er betet, dass es überhaupt funktioniert. Aber er darf sich sowieso nur langsam bewegen, sonst kommt er zu schnell. Zu lange hat er die einarmige Geliebte nicht mehr zu sich gelassen. Sie lösen ihre Beinschlaufen und schieben die Hüftgurte nach oben. Dann glitscht er hinein. In einer Frau ist irgendwie auch wie im Zelt. Drin ist drin, egal wo. Sie lässt das Licht an und bleibt auf ihm sitzen. Das ist keine neue Stellung, dafür bleibt rein objektiv auch kein Platz. Aber Karezza ist neu. Wenn es klappt.

Im Morgengrauen kommen vier Polizisten und ein Schäferhund und räumen das Camp. Victor wusste gleich, dass alles zu spät ist. Bei Tagesanbruch also. Der Feind hat einen psychologisch günstigen Zeitpunkt gewählt. Nur vier Polizisten und ein Hund: nicht einmal Respekt erweisen sie einem.

Der mit dem Hund öffnet die Zelte, und wenn jemand den Kopf rausstreckt, dann guckt er dem Hund ins Gesicht, der seine herrlich gesunden Zähne fletscht und aus dem Maul stinkt wie eine Kuh aus dem Arsch, und der Typ sagt:

»Camping is forbidden here!«

»Komm raus, Billy«, denkt Victor, *»du hast keine Chance mehr. Wir haben alles umstellt.«* Das kommt gleich zu Anfang. *»Wegen was willst du mich denn?«*, ruft Billy aus dem Schuppen, und Garett muss einen seiner Hanseln fragen, um welchen Toten es überhaupt geht (weil es natürlich unheimlich viele sind, die er erschossen hat, das geht daraus hervor). Dann ruft Garett den Namen hinein, und Billy ruft zurück: *»Der? Das ist doch schon über ein Jahr her.«*

Sie treiben die Leute an, die mutlos ihre Zelte kappen und alles in die Autos werfen. Sie merken, dass viele nicht da sind, und regen sich auf. Was für eine Überraschung, denkt Victor bitter, da kommt ihr nach zwei Wochen Regen bei so einem Bombenwetter und wundert euch, wenn alles *on the hill* ist. Don Paella erhält einen Tritt, weil er zu langsam ist. Das hätten sie mal mit einem anderen Spanier machen sollen, der würde ihnen wahrscheinlich die Kehle durchschneiden. Versuch's doch! Wirst schon sehen, was du davon hast. Beim Trampen haben sie Victor auch mal mit Fußtritten von der Autobahn gejagt.

Auch Garett ist Polizist. Früher war er ein Outlaw und ist zusammen mit Billy geritten. Dann hat er die Fronten gewechselt. Weil er alt ist, deswegen, und weil er es bei den Frauen nicht mehr bringt. Außerdem: sicheres Einkommen und so. Aber Billy ist nicht hier. Ihn werden sie nicht kriegen. Billy ist an der Drus. Und jetzt räumen die den Platz. Diese Schweine. In ganz Texas werden sie Stacheldraht ziehen, und dann ist das hier kein freies Land mehr, das ist nicht mehr mein Land! Sie müssen nach Mexiko. Sie alle müssen nach Mexiko, Alex, er und Pepa.

»*Ein paar Tage in Mexiko werden gar nicht so schlecht sein*«, sagt Bob Dylan in seiner Nebenrolle. Victor steigt von hinten auf den Felsblock und beobachtet die Räumung. In seinen Augen schwimmen Tränen. *Dafür werden sie bezahlen!* Bei den Zelten, deren Besitzer sie nicht finden können, beginnen sie, die Heringe herauszuziehen. Als sie das erste zusammengefallene Zelt samt Inhalt Richtung Müllcontainer schleifen, entschließt er sich zur Kollaboration. Es gelingt ihm, den Sheriffs zu erklären, dass er die Sachen aufbewahren wird. Er stopft das Zeug in Müllsäcke und schleift sie hinter den Felsblock. Am Pinnbrett hinterlässt er seine Handynummer. Pepas Sachen bringt er in seinen Bus und legt sie neben die von Alex. Die Sachen von *Slowhand* und *Quick Nick* und ein paar anderen nimmt er ebenfalls mit in den Bus und stopft sie in Müllsäcke, damit nichts durcheinander kommt.

Nachts war er lange sehr zärtlich, und sie hat sich feiern lassen. Ohne sie wäre das nichts passiert. Er hat die Liegefläche mit Hilfe des Rucksackgestänges wieder ein wenig verbreitert. Und am Morgen haben sie es noch mal getan. Das gewohnte Schnurren des Kochers dringt an Pepas Ohr. Erst die kleine Explosion, mit der die Flamme sich entzündet, dann dieses Schnurren. Als wenn man ein Tonband von einer schnurrenden Katze aufnimmt und es dann zu schnell abspielt. Sie stellt sich vor, wie es wäre, wenn er jetzt mit den Brötchen in die Küche käme. Die Sonne steht schon hoch.

Während er die Haken sortiert, sind die Gedanken nicht bei dem, was seine Händen tun. Carezza zählt als neue Stellung, aber warum hat er es mit Tonis kleiner Schwester getrieben? Ohne Gummi? Sie benimmt sich ständig wie ein Junge. Wird man ihn deswegen nicht auslachen?

Andererseits: Wieso hat er nicht früher bemerkt, wie schön sie ist?

Ihre braunen Augen mit dem helleren Braun in der Mitte, diese honigbraunen Strahlen rings um die Pupillen. Ihre gerade, sichere, so erstaunlich harte Nase. Ihre leicht geschwungenen Lippen, die an den Rändern im Moment ein bisschen von der Sonne verdorrt sind. Die ihre Sehnsucht und ihr Selbstbewusstsein verraten. Weich und fest und warm, na ja, wie Lippen eben sind, aber trotzdem anders. Verdammt noch mal *ihre* Lippen. Ihre schmale feste Taille und der Übergang zu ihrem gekurvten Hintern: ein kleines Wunder in 3D. Seine Hände kamen gar nicht weg von ihrem Hintern und ihren Hüften. Die Möpse, die er sich kaum noch traut, im Geiste so zu nennen, weil das einfach respektlos ist. Ihre Brüste also: nicht so riesig, aber dafür vollendet wie ihr Hintern. Geradezu unantastbar.

Er darf sie sogar »Rübennase« nennen, nach seinem Lieblingswitz aus *Leben des Brian*, fällt ihm ein, das hat Toni ihm nie erlaubt. Zusammen wohnen, okay, aber er würde im Stehen pinkeln. Das wäre Bedingung. Es gibt drei Sorten Frauen, die er nicht ausstehen kann: erstens die Bleichen mit blau geäderten Schläfen, zweitens die Sanften und drittens die, die Filme wie *Das Piano* als herausragende Kunstwerke feiern. Das sind auch die mit den Kandinskys von IKEA und den bescheuerten Vornamen für ihre Kinder. Pepa gehört nicht dazu. Technisch ist nichts gegen sie einzuwenden. Vielleicht ist das sehr gut für ihn. Das mit ihr. Vielleicht.

»Alex?«, säuselt sie. »Den Kaffee bitte mit Zucker!«

»Den Zucker hast du gestern früh runtergeschmissen. Pepa, mach hin. Das Wetter sieht schlecht aus.«

Ist sie ihm doch zu hässlich? In Südamerika hat er sicher geschlemmt bei den Frauen. Einsachtzig, blaue Augen, Salsa, blendendes Spanisch. Man kann nur ahnen. Wenn er sie ›Rübennase‹ nennt, scheint er wenigstens nicht zu denken, dass ihre Nase zu klein ist. Hätte sie ihm vielleicht doch nicht sagen sollen, dass sie in ihn verliebt ist, seit er vor der Hörnli-Hütte »Okay, bringen wir's hinter uns« gesagt hat? Sie entdeckt einen nassen Fleck auf ihrem Schlafsack und erinnert sich an ihren Traum. Sie hat geträumt, eine der zwei

Dohlen gestern Abend hätte rot glühende Augen gehabt.

»Pepa, guck dir die Wolken an! Ist dir klar, warum gestern niemand in den *Bonattipfeiler* eingestiegen ist? Die Vorhersage ist zusammengebrochen. Wir müssen raus! Die Drus ist ein Blitzableiter!«

»Hm.«

»Pepa, was ist? Bitte?! Wir müssen weiter.«

»Ja, Alex. Schon gut.«

Er versteht sie nicht. Es geht ums Rauskommen, um nichts anderes. Während sie frühstückt, sortiert er Material für die nächste Länge. Der Riss wird immer enger. Messerhaken, Rurps, Messingkeile, Copperheads. Im Haulbag ist Platz, weil nicht mehr viel Essen übrig ist. Pepa hält ihren Schlafsack so, dass er den Fickfleck nicht sehen kann.

»Komm, Pepa, kannst du mich dann sichern?! Bringen wir's hinter uns, okay?«

Er gibt ihr einen Kuss. Der war viel zu kurz.

»Okay.«

Wolken ziehen auf. Auswählen, hämmern, testen, in die Leiter steigen. Wie am Fließband. Wenn es kritisch wird, ruft man, und der andere schaut. Ein Rurp bricht aus. Zwei Messingkeile weiter kann er über ein kleines Dach sehen, das ihm bis dahin die Sicht versperrt hat. Über dem Dach ist der Fels blank.

»Das kann doch überhaupt nicht wahr sein!«, schreit er. »Du beschissene verlogene Drecks-Kuh!«

Der Keil bricht aus und der nächste und der nächste. Die Wand rast vor ihm hoch wie ein Theatervorhang. Der Sturz will kein Ende nehmen. Kopfüber bleibt er hängen und blutet am rechten Arm.

»Was glotzt du so blöd? Lass mich ab!«

Er hängt nur vier Meter über ihr. Noch nie ist sie bei einem so weiten Sturz dabei gewesen.

»Du blutest«, sagt sie, als er wieder bei ihr ist, »warte …«

»Der Riss ist zu Ende! Du hast gelogen!«

Sie reißt eine Mullbinde auf und wischt ihm das Blut vom Unterarm. Es sickert nach. Er nimmt ihr den Arm weg, hält ihn nach oben und drückt die Schlagader ab.

»Gehen keine Copperheads? Oder Cliffhanger?«

»Wir kommen da nicht rauf«, schreit er, »und wir kommen hier nicht runter! Wenn wir 'ne Rettung brauchen, die zahlst du dumme Sau alleine! Ich hab kein Geld.«

Alex überlegt, wie tief das Loch wäre, das er mit seinem Hass in den Boden bohren könnte, wenn es denn wunderbarerweise möglich wäre, den Hass auf einen Strahl von einem Quadratmillimeter Durchmesser zu bündeln. Bis Australien würde sein Hass sich durch die Erde bohren.

»In dem Hubschrauber hat mir einer auf die Schulter getippt, als wir genau an der richtigen Stelle waren. Ich hab nicht gesehen, dass der Riss aufhört. Ich hab nur gesehen, dass bis dahin wirklich alles so geht, wie du gesagt hattest.«

Alex lehnt den Kopf an den Fels und sieht zwischen seinen Füßen in die Tiefe. Darum also sind die Franzosen hier nie eingestiegen.

»Wir seilen ab. Bis zum Wandfuß kommen wir. Ohne die Stiefel brauchen wir dann 'ne Rettung. Von da ist es auf jeden Fall billiger als aus der Wand.«

»Entschuldige, Alex. Es tut mir Leid.«

»Nein. Das entschuldige ich nicht.«

Ihr wäre lieber, er würde schreien, statt ganz normal zu sprechen. Mit einer Hand beginnt er, seinen Knoten zu lösen, den der Sturz steinhart zugezogen hat. Das gibt ihr Zeit zum Überlegen. Die Amis cliffen an geschlagenen Löchern. Das ist doch jetzt absolut nahe liegend.

»Wie weit ist der nächste Riss weg?«

»Vergiss es. Vielleicht dreißig Meter.«

»Mit dem Meißel Löcher bohren und dann mit dem Cliff?«

»Vergiss es. Wenn du da fliegst, kannst dich gleich vor'n Bus schmeißen. Dreißig Meter plus die letzten zehn, in denen nichts gehalten hat, sind vierzig Meter. Mal zwei plus Dehnung gibt einen Hundert-Meter-Sturz. Ich wisch dich nicht auf, wenn du krepierst. Ich lass dich hier liegen.«

Sie gibt ihm ein Verbandspäckchen und seilt sich ein.

»Es sind nur fünf Bohrkronen!«

»Ich denk sechs?«

»Beim letzten Bohrhaken hab ich zwei Kronen gebraucht. Der Granit ist zu hart.«

»Lass es mich versuchen. Ich versuch es.«

Die Vorstellung, mit ihr diskutieren zu müssen, widert ihn an. Die herausgerissenen Sicherungen hängen noch am Seil, in das sie sich eingebunden hat. Was als Oberstes hängt, kommt als Erstes, das Zweite als Nächstes. Sie wird sie genau in der Reihenfolge wieder benutzen. Sie ist zwanzig Kilo leichter. Bei ihr hält es bestimmt.

Vom Messingkeil unter dem kleinen Dach sieht sie sich um. Auf fünfzehn Meter nur Schrott im Fels. Angenehmerweise kommt sie immer weiter weg von Alex. Sie lehnt sich hinaus. Gleich über dem Dach kommt eine prima Leiste zum Cliffen. Fast so groß wie die Reibfläche einer Streichholzschachtel.

Die Spitze knirscht, und der Schaft biegt sich unter ihrem Gewicht. Ihr Körper zieht sich zusammen wie Metall bei plötzlicher Abkühlung.

»Jetzt schlag da einen Sturzbohrhaken!«, ruft Alex. »Dann kannst du's ja versuchen.«

Ein Bohrhakenloch braucht drei Zentimeter Tiefe. Zum Cliffen müssten fünf Millimeter Tiefe reichen. Für jeden Meter ein Loch, das macht sechs Meter pro Krone. Sie spricht ein Gebet und meißelt. Beim Schlagen den Meißel drehen, hat Alex ihr eingeschärft. Nach zehn Minuten ist das Loch tief genug.

»Einen Sturzbohrhaken, hast du nicht gehört?!«, schreit Alex.

Sie reagiert nicht.

»Pepa, kehr um! Wenn du abgehst, bist du hin!«

Soll er sich Sorgen machen. Er hat doch nur Angst vor dem Ärger mit Toni. Wenn sie will, kann sie ja abklettern. Den Cliff ins nächsttiefere Loch, Leiter rein und runter. Und der Reißverschluss unterm Dach würde nicht so weit aufgehen wie bei Alex. Sie ist leichter. Für ein paar Meter wird es etwas flacher. Natürliche Leisten sparen Metall. Über eine Stunde ist vergangen. Alex bekommt mehr und mehr Angst, er muss zusehen, wie sie stirbt. Kalte Böen kommen wie Wellen. Ein Helikopter fliegt heran, nur bis auf fünfzig Meter. Wahrscheinlich wegen der Böen.

Wenn die Belastung kommt, zuckt die Stahlspitze

manchmal ein wenig zur Seite hin und her, als ob sie sich aus einer peinlichen Lage herauswinden will. Stunden vergehen mit exakt denselben Bewegungen. Man darf sich nicht zur Seite lehnen. Wenn sie im neuen Cliffloch steht, hämmert es so komisch in der Kehle und lässt dann wieder nach. Jedes Mal gleich. Sie merkt, wie sie manchmal nachdenkt, etwa, wo sie den Meißel ansetzen soll oder auf welcher Seite die Fangschnur mit der freien Leiter hängt. Die Idee, sie könnte das einfach wieder runtercliffen, war absurd. Das geht nicht.

Ganz schnell hat sich der Tod genähert. Man kann ihn nicht sehen, aber er ist da.

All die Gedanken kommen von weit weg, wie ein Rest von Musik, die man aus großer Entfernung hört. Nah dran sind Sachen wie das komische Hämmern in ihrer Kehle oder die offenen Schwielen, wo die linke Hand den Gummigriff des Meißels hält. Mit Verwunderung beobachtet sie ihre Hände, wie die einfach irgendwas machen. Als sie die letzte Krone aufschraubt, kann sie Alex nicht mehr sehen. Zum ersten Mal schaut sie wieder nach unten. Unter ihren Füßen – *ihre* Füße sind das, mit denen sie früher beim Judo die Sichelwürfe gemacht hat – hängt das Seil frei bis unters Dach und verschwindet aus dem Blickfeld. Zwei Dohlen fliegen in die Wand. Noch fünf Meter bis zum oberen Riss.

Es knirscht, als sie in den nächsten Cliff steigt, und im selben Moment bricht mit einem trockenen Krachen das untere Loch weg. Die Leiter mit dem ausgebrochenen Cliff schaukelt unter ihren Füßen hin und her und klimpert gegen den Fels.

Jetzt ist der Tod ganz nah. So, als ob er einem die Hand auf die Schulter legt und sagt: Es tut gar nicht weh.

»Bitte, lieber Gott, hilf mir. Hilf mir.«

Die schwarzen Vögel sind immer noch da.

»Bitte, lieber Gott, mach, dass die Vögel weggehen!«

Die Dohlen schweben hinab Richtung Wandfuß. Zufall. Bestimmt nur Zufall. Die letzte Krone ist stumpf, die kleinen Zähne sind rund oder abgebrochen. Sie steigt eine Stufe höher und setzt den Meißel an. Noch ein Loch, dann müsste sie den Riss erwischen. Gesteinskrümel fliegen, als sie zu hämmern beginnt. Ein winziger Krater entsteht. Sie versucht, eine der alten Kronen aufzuschrauben.

Die Krone geht nicht ab. Andere Technik. Nicht mehr dreimal hämmern und verschnaufen. Sondern: Lange verschnaufen, großer Schlag. Sie verschnauft und schlägt mit aller Kraft, die sie aufwenden darf, ohne dass der Rückstoß sie hinauswirft. Die Krone bricht ab und fällt runter. Die tut genau das, was sie nicht darf. Sie tut auch, was sie nicht darf: lügen und nicht auf die Erfahrenen hören. Sie wird sterben. Weit weg von zu Hause wird sie sterben.

»Alex!«, wimmert sie. »Ich kann nicht mehr.«

»Was ist los? Genau?«

»Mir ist die letzte Bohrkrone abgebrochen. Und unter mir ist ein Loch ausgebrochen … ich kann nicht mehr zurück.«

»Stell dir vor, du bist tot.«

»Du Arschloch«, heult sie, »ich bin nicht tot!«

»Pepa! Hör zu! Du hast tierisch Angst?«

»Ja!«

»Du hast keine Ahnung, was du tun sollst?«

»Genau!«

»Wenn du dir einredest, du bist tot – wenn du wirklich glaubst, du bist schon tot – dann könnte dir das alles egal sein. Weil du gar nichts mehr zu verlieren hast. Dann wirst du ganz ruhig. Und nur wenn du ganz ruhig wirst, kannst du wieder klar denken. Du musst klar denken, Pepa, du musst klar denken!«

Die Hoffnung stirbt zuletzt, denkt er. Und dann stirbt die *chica*. Ich bin schuld. Ich hab sie gewarnt, ist doch klar, wie gefährlich das ist, und dann steh ich vor Toni und halt ihre Leiche in den Armen wie im Film.

Pepa heult. Auch was Neues: heulen und aufpassen müssen, dass sie dabei nicht wackelt. Sie stellt sich ihr Begräbnis vor. Mama und Papa und Toni und Anja, alle in Schwarz. Und alle heulen, weil es so traurig und nicht mehr zu ändern ist. Seit Stunden hat sie vom Bohrstaub ausblasen dieses Granitmehl zwischen den Zähnen, und das ist so trocken, da kann man nicht schlucken, so als ob man Ovomaltine isst. Stein, Erde, okay, ich bin tot, denkt sie, so schmeckt also Erde. Ha, eine Eselsbrücke: Ich bin unter der Erde. Tut mir Leid, lieber Gott. Ich bin tot. Ich hab's verbockt. Vielleicht ist ja auch schön, wenn man tot ist. Tut mir Leid, Mama. Tut mir Leid, Herr Jesus.

Sie schlägt die Augen wieder auf. Immer noch das gleiche Stück Fels vor ihr mit Cliffhanger und Leiter und Karabiner. Tatsächlich. Mit der letzten Hoffnung ist die Angst gegangen.

»Alex?«

»Ja?«

»Okay, bringen wir's hinter uns!«

Noch höher in der Leiter kann sie nicht, sonst kippt sie nach hinten. Wenn man nichts zum Festhalten hat, kippt man raus. Sie tastet den Fels oberhalb ab. Nichts. Sie verlagert ihr Gewicht vorsichtig nach rechts und tastet noch mal. Aufgeregt zieht sie die Hand zurück. Noch mal. Eine Leiste. Ich bin eine Leiche, denkt sie. Ich bin schon kalt. Sie sucht einen Cliff aus, hängt einen Karabiner dran und belastet mit der Hand. Zing. Abgerutscht.

Die Drahtkabelkeile! Warum ist sie nicht früher auf die Keile gekommen? Zum Verlängern! Zwischen Fels und Leiter klemmt sie eine Hand ein, so dass sie Daumen und Zeigefinger benutzen kann, und fixiert einen Cliffhanger an einem Drahtkabelkeil. Die Verlängerung versteift sie mit Markierungsband und einem kleinen Messingkeil.

Die Stelle, auf der der Cliff schließlich hängen bleibt, kann sie weder sehen noch mit den Fingern überprüfen. Sie ist sich sicher, dass sie sterben wird. Dann ist der ganze Krampf wenigstens vorbei.

Sie kann den Riss greifen. Ein Rurp, nur ein hauchdünner Rurp, aber danach singt ein *Lost Arrow* bis zum Anschlag hinein. Auch Alex hört den Haken singen. Ein paar Minuten lang schreit sie.

Alex beschließt, das Honorar seiner nächsten Führung für was Gutes zu spenden. Welthungerhilfe oder irgendwas.

»Hast du's?«

»Noch nicht. Noch einen zweiten Haken.«

Er hört noch drei weitere Haken singen.

»Kannst kommen!«, schreit sie und schreit immer weiter.

Mit steifen Bewegungen steigt er in die Jümars. Fünf

Stunden hat sie gebraucht. Mit starren Augen folgt er den Spuren der Einschusslöcher, sieht den Ausbruch, die immer flacher werdenden Löcher wie die verwischten Fußspuren eines Verdurstenden und schließlich den endlosen Abstand vom letzten Loch zum Rurp unter ihrem Stand.

»Danke für den Tipp. Ich hab wirklich geglaubt, ich wär tot. Maaaaaann.«

Er nimmt sie in den Arm, und sie heult ein bisschen vor sich hin. Er baut die kleine Umlenkrolle auf und hault das Schwein. An der Dachkante bleibt es hängen. Nur zwei der drei Aufhängungen sind eingeklinkt, und die scheuern an der Kante. Unklar, wessen Fehler das war. Ist auch nicht wichtig. Er drückt sich von der Wand ab, um das Gegengewicht, das die Sau hochzieht, zu vergrößern. Pepa verlängert ihre Selbstsicherung und hängt sich dazu. Mit einem Knall reißen Aufhängungen. Die ersten Meter fällt alles ziemlich langsam, erst dann werden die Sachen schnell. Die Sau touchiert den Fels, trudelt, schlägt auf und beschreibt einen großen Bogen Richtung Couloir.

»Sie hat's!«, erklärt Victor den Franzosen, die mit ihm auf dem Aussichtspunkt die Tage verbringen. Heute fotografieren die wenig. Die Wolken. Das Licht ist zu schwach. Er sieht noch mal durchs Fernglas. Der Haulbag ist weg. Er hat ihn nur undeutlich fallen sehen, aber man kann klar erkennen, dass er nicht mehr da ist. Normalerweise ist der Haulbag immer das Erste, was man von ihnen sieht.

Giovannas Fiat hält neben seinem Bus. Die beiden hatten keine ungetrübte Zeit im Vallée Blanche. Giovanna, zum ersten Mal über dreitausend Meter, litt unter Kopfschmerzen. Den Rückweg auf die Aiguille du Midi ist Luigi zweimal gelaufen. Zuerst mit Giovanna, die nichts tragen konnte, dann noch mal mit Gepäck. Giovanna hat sich die Frontalzacken des rechten Steigeisens in die linke Wade gestoßen. Das braucht nicht genäht zu werden, aber beim Gehen wird sie es noch lange merken.

»War aber trotzdem schön«, sagt sie und lächelt tapfer mit ihren aufgesprungenen Lippen.

»Wart ihr schon im Camp?«, fragt Victor.

»Warum?«

Sie fahren auf die leere Wiese.

»Da«, sagt er. »Da habt ihr's.«

Den Shelter haben sie eingerissen, die Plane liegt am Boden. Drei Jahre hatte sie im Wald auf Alex' Rückkehr gewartet. Nur die Bank steht noch am Platz, fest eingegraben wie für hundert Jahre. Soll er die Bank wieder verstecken, bis der Commander irgendwann nach Chamonix zurückkehrt? Pepas Auto muss noch weg. Wenigstens die Nummernschilder. Helle Flecken zeigen an, wo die Zelte fehlen. Feuerstellen zeigen an, wo keine Feuer mehr brennen werden. Vögel zwitschern, aber es ist niemand mehr da.

»Diese Schweine«, weint Victor, »dafür werden sie bezahlen!«

Giovanna nimmt ihn in den Arm. Luigi holt eine Flasche aus dem Wagen und kratzt das Preisschild ab, damit Victor glaubt, der Pernod wäre geklaut.

»Hier, Vic, jetzt saufen wir uns voll.«

»Ist die geklaut?«

»Klar, Mann!«

»Das will ich auch hoffen. Okay, jetzt sauf ich mich voll. Das bin ich dem Platz schuldig.«

Giovanna beobachtet ihn, und plötzlich würgt sie ein lang geahntes Mitgefühl. Hinter seinen Augen scheinen Brunnenschächte in einsame Tiefen zu stürzen. In den letzten Wochen hat man nie erfahren, worum es ihm eigentlich geht. Vielleicht gibt es nichts, worum es ihm geht. Manchmal sprach er aus heiterem Himmel aggressiv und ausfallend, und einmal nannte er Luigis Mutter eine Hure, nur weil sie Kinder von zwei Männern hat. Wenn Luigi nicht da wäre, sie hätte Angst vor ihm, obwohl er ihr so Leid tut.

»Ich hab hier Jahre verbracht, Mann. Jeden Sommer. Shit.«

»Ist doch bloß ein Zeltplatz, Vic. Auch wenn's schade ist«, versucht Giovanna.

Victor sieht Luigi in die Augen und sagt: »Frauen!«

Es sollte ein Witz werden, aber es drückt nur seine Verzweiflung zu diesem Thema aus.

Ohne den Haulbag geht alles schneller, aber schwer ist es ohnehin nicht mehr. Vor der Schulter des *Bonattipfeilers* stecken Haken, Verhauerhaken von Leuten, die sich auf der Originalführe verstiegen haben. Pause. Hinsetzen, den Helm an den Fels und verschnaufen. Es ist so schön: nicht aufpassen zu müssen.

Wie Blei umschließt eine drückende Windstille den Berg. Der Himmel zieht dunkel zu. In der Dämmerung erreichen sie einen Absatz, groß genug, dass sie beide sitzen könnten.

»Lass uns weitergehen«, sagt Alex, »lass uns weitergehen, so weit wir kommen. Das Wetter schlägt um.«

Nach ein paar Metern im Fünfergelände bleibt sie stehen.

»Hey, sorry, ich kann nicht mehr.«

Wie im Koma steigt er, Länge um Länge. Jedes Zaudern ist verschwunden. Instinkte steuern. Im Nachstieg greift sie nach seinen Sicherungen wie eine Ertrinkende. Vor der Schlüssellänge war er sich sicher, sie zurückhalten zu müssen. Er wusste, dass er Recht hatte, und gab trotzdem nach. Wer das Richtige weiß und das Falsche erlaubt, ist eine feige Sau. Die Wahrheit liegt in der Mitte, sagt man. Aber da liegen nur Kompromisse.

Um halb eins gibt die letzte Batterie kein Licht mehr. Da, wo sie sitzen wollen, breiten sie die Seile aus. Sie hängen Trittleitern auf, damit die Füße nicht im Leeren baumeln. Im Rucksack haben sie noch ein Paar trockene Handschuhe. Die ersten zwei Paar sind nass geworden, genau wie die Schuhe. Das Wasser, das über die Felsen lief, war eigentlich Glück. Man konnte ein paar Schluck von der Felsoberfläche schlürfen. Der Magen zog sich zu, weil das Wasser so kalt war. Vor allem hätte der Fels genauso gut vereist sein können. Ihr Urin stinkt.

»Kommt vom Wassermangel«, sagt Alex. »Die Nacht wird hart, aber dafür ist sie auch schon halb vorbei. Und weit kann's nicht mehr sein.«

Er wendet seinen Blick ins Tal, und für einen Moment ist er glücklich. Er verlangt nicht nach Wärme und Nahrung. Wozu wünschen, was nicht da ist? Warum sollte man so etwas grenzenlos Absurdes tun? Das letzte Bedürfnis ist Überleben, und realistisch betrachtet muss man sich da keine Sorgen mehr machen. Und dazu noch so eine Aussicht. Es wird auch nicht schlimmer als damals mit Toni am Eiger. Wenn es schon mal schlimmer war, ist es immer halb so wild.

»Okay, Pepa«, brummt er. »Bringen wir's hinter uns!«

Sie rutschen auf den Seilen hin und her wie zwei Hunde, die sich im Körbchen auf der Stelle drehen, bevor sie sich zufrieden geben. Er wickelt die Rettungsdecke um ihre Oberschenkel. Pepa darf ihre Füße in den leeren Rucksack stellen.

In der ersten sternlosen Nacht seit sie unterwegs sind, flackert ein Wetterleuchten an den Aiguilles Rouges, der nächsten Bergkette nördlich des Montblancstocks. Kalte Böen werfen sich gegen die Wand. Im Moment des Aufpralls ändern sie Richtung und Lautstärke. Manchmal kommt der Wind wie aus allen Richtungen auf einmal. Er drückt sich an sie.

»Ist wärmer«, sagt er. »Schlaf nicht ein. Wenn du schläfst, sackt der Kreislauf ab, dann bekommt man schneller Erfrierungen. Aber auch wenn du dir hier was erfrierst, das verheilt. Das bleibt ein paar Wochen taub, und dann geht es wieder. Keine Panik.«

Die Kleidung trennt nicht mehr zwischen einem kalten Äußeren und einem warmen Inneren. Alles ist kalt. Kälte ist alles. Der Blick fällt wieder tiefer ins Tal, so wie all die Tage zuvor, an denen sie abends von weiter oben herabsahen als am Morgen.

»Das Verrückte ist«, sagt Alex, »wir werden nicht mal einen Schnupfen haben. Man wird nie krank, egal wie man friert. Angeblich weil's keine Bakterien gibt hier oben. Wegen der UV-Strahlung.«

Auch in einem Bett würde alles wehtun. Rechts über Pepas Kopf ist die Standsicherung, aus der das Seil zu ihrem Gurt läuft. Sie legt ihre Arme hinter das Seil und schiebt sich zurück an die Wand. Sie hat Angst, in die Tiefe zu rutschen. Sie hat Angst, das alles nicht auszuhalten. Du musst, sagt sie sich, du musst. Halt es aus. Halt durch. In fünf Stunden wird es hell.

Sie schreckt hoch. Ihre Zehen sind taub. Hoffentlich ist viel Zeit vergangen. Durchhalten. Alex neben ihr bewegt sich nicht. Lautlos stößt Dampf aus seiner Nase. Ganz regelmäßig kommt der Dampf, wie ein Ruhepuls. Sie glaubt nicht, dass er schläft.

»Lass uns was singen«, sagt er irgendwann. »Da wird einem warm. Mit Toni hab ich auch immer gesungen.«

»Und was?«

»*Wir lagen vor Madagaskar.*«

»Das ist ein Seemannslied.«

»Weißt du ein anderes?«

»*Hänschen klein. Alle meine Entchen …*«

»Willst du lieber *Hänschen klein* singen?«

»Nee.«

Dann singen sie, wie sie vor Madagaskar liegen und täglich einer über Bord geht, ahoi Kameraden, aber nach zwei Strophen wissen sie den Text nicht weiter. Als Nächstes singen sie:

Scheiße auf der Kirchturmspitze,
hey ladi-ladi
sieht gut aus und stinkt bei Hitze
hey ladi-ladi, hey laadi-laadi, lo

Scheiße auf dem Teller-ra-and
wird als Senf nicht anerkannt

Als sie wieder hochschreckt, stellt sie fest, dass sie es nicht mehr aushält. Um sie herum ist noch alles genau gleich. Die gleichen nächtlichen Konturen der Wand. Am Himmel zeigt sich jetzt ein Stern. Unter ihrer linken Backe drückt noch genau derselbe Stein. Es ist genau so kalt wie vorher. Neben ihr kauert Alex. Lange hat sie gegen die Angst angekämpft, es nicht mehr auszuhalten. Und jetzt, wo der Moment gekommen ist, ändert sich nichts.

Aber es gibt auch nichts, was schlimmer wird. In Chamonix brennen weniger Lichter. Es fahren keine Autos mehr. Sein regungsloser Körper wird ihr unheimlich.

»Alex!«

Er rührt sich nicht.

»Ksst! Hey, Alex!«

»Ja?«

»Ich spür meine Zehen nicht mehr.«

»Hä?«

»Ich spür meine Zehen nicht mehr. Total taub.«

»Zieh deine Schuhe aus!«

»Hä?«

»Zieh deine Schuhe aus! Mach!«

Sie setzt sich quer und rutscht Alex ein Stück auf den Schoß. Er steckt einen Fuß unter seine Kleidung auf den nackten Bauch und massiert den anderen. Sie traut sich nicht, ein paar lockere Steine in die Tiefe zu werfen, aus Angst, der Tiefe etwas auszuliefern. Man sieht die Steine ja nicht mal im Dunkeln, aber wenn sie gegen die Wand schlagen, hört man, wie weit sie schon unten sind. Beim Einrichten des Biwaks haben sie ein paar Blöcke runtergestoßen, da war das auch so. Bei den größeren sah man Funken, und es roch wieder nach Schwefel. Die Vernunft siegt, und sie wirft die Steine hinunter. Nach langer Stille kommt das Geräusch von unten.

»Besser?«, fragt Alex.

»Sind noch taub, aber ist trotzdem besser.«

Er fängt an, sich zu schütteln wie ein Hund. Er wirft die Arme vor und zurück und vor und zurück, schüttelt den Oberkörper, trappelt mit den Beinen.

»Los, beweg dich. Los, komm. Nicht einschlafen. Halt den Kreislauf in Schwung!«

Sie schüttelt sich. Tut gut.

»Wie spät?«

»Frag nicht. Nicht auf die Uhr gucken. Das macht's nur schlimmer.«

»Sag schon. Bitte.«

»Halb drei.«

»Erst!«

»Dann frag nicht.«

»Tut mir Leid, mit dem Riss ...«

»Mir tut es auch Leid! Mir auch!«

Dann nimmt sie seine Uhr und lässt die Anzeige leuchten. Nicht viele wissen, wie lange eine Minute in der Kälte dauert. Eine ungeahnte dunkle Reise nimmt ihren Gang, unvermeidbar und gefahrvoll wie in *Herr der Ringe*, und der Lohn ist nichts als eine verronnene Minute. Für ein Kind kann eine Stunde lang wie ein Leben dauern, aber was wissen Kinder von Minuten. In der

Stadt denkt man, die Zeit ist mächtig, weil man sie nicht aufhalten kann. Der Frierende aber erfährt, dass man sie nicht beschleunigen kann. Materie zieht sich bei Kälte zusammen, Zeit aber dehnt sich.

Nichts ersehnt der Frierende wie das Licht des neuen Tages. Nicht einmal Wärme oder Nahrung wünscht er wie das Licht. Und ob er glaubt, er hält es aus oder nicht, macht keinen Unterschied.

Fahl bricht die Dämmerung an. Die letzten Lichter im Tal verblassen. Atemlos, als sähen sie es zum ersten Mal, staunen sie, wie die Nacht ihr Ende nimmt: wie ein Elefant, der sich im Sterben langsam auf die Seite legt. Aus dem Schwarzgrau wird es hellgrau und dann hell. Wieder ist ein Tag geworden, einer wie so viele schon gewesen sind. Der Montblanc, die Drus, Montenvers, der Himmel und der Abgrund unter ihren Füßen, alles ist noch da. Es ist die ganze Zeit da gewesen. Nur sie haben für ein paar Stunden nicht dazugehört. Der Wind frischt auf und schlägt in den kältesteifen Stoff der Anoraks. Wolken blähen sich wie Segel. Lang kann es nicht mehr dauern. Außer ihnen ist niemand am Berg.

Der Aufbruch fällt leicht, wenn man keinen wärmenden Schlafsack hat, den man verlassen muss. Nach ein paar Metern stellt sie fest, dass sie mit den erfrorenen Zehen die Tritte zu ungenau wahrnimmt. Zu gefährlich, wenn sie als Erste geht. Sie klettert zurück. Es gibt nur zwei Möglichkeiten: richtig oder falsch. Da falsch nicht erlaubt ist, gibt es eigentlich nur richtig. Es ist sehr unkompliziert, das ist noch das Angenehme.

Es wird flacher. Immer schneller läuft das Seil durch

Pepas Hände. Seilkommandos geben sie nicht. Wären auch kaum zu verstehen bei dem Wind. Wozu das Geschrei. Wenn das Seil straff ist, steigt sie eben nach. Er wird schon Stand haben. Was macht das schon. Es gibt ein Wiedersehen mit den *Grandes Jorasses*. Die obere Hälfte des großen Schlosses steckt in den Wolken. Der Gletscher, der unter der *Jorasses* entspringt, mündet ins Mer de Glace. Sieht aus wie ein Autobahndreieck. Dort unten laufen zwei. Gott, sind die klein.

Am vierten Tag steigen sie aus dem Abgrund hervor. Wegen der flacheren Felsen unter ihnen können sie nicht mehr in die Wand sehen, aus der sie kommen. Dass sie es geschafft haben, scheint nicht sehr wichtig. Grandios, die ganze Landschaft, aber egal. Egal, aber grandios. Exklusiv, idiotisch, unbezahlbar. Man wird nicht aufhören.

Am vierten Tag steht er auf dem höchsten Punkt. Die Madonna auf dem Gipfel wackelt ein wenig und klingt hohl. Der Schädel ist von unzähligen Blitzeinschlägen zernarbt. Einsamen Job hast du, denkt Alex, küsst sie auf ihr zerschmolzenes Haupt und holt Pepa nach.

Die letzten Meter kann sie aufrecht gehen. Die ersten Schritte laufen nach dreieinhalb Tagen. Sie schwankt. Sie, die dreißig Meter an Cliffhangern durchgestiegen ist. Er ist sicher, dass niemand diese Länge ohne zusätzliche Bohrhaken wiederholen wird. Sie sieht ihn am Gipfel: sitzend und doch wie ein Turm. Das Seil um die Schultern, die Zigarette im Mund.

In Wahrheit ist die Aussicht bei dem schlechten Wetter noch viel besser. Alex hat den Gipfel der Drus noch nie erreicht. Mit Toni und mit Victor haben sie beide Male über die Schulter abgekürzt. Er geht ihr entgegen, und sie fallen sich in die Arme. Er hält sie fest und streichelt ihren Nacken.

Ein Helikopter schnellt aus der Tiefe wie ein Korken, den man unter Wasser loslässt.

»Hey, da kommen die vom Fernsehen!«

»Du hast auch wirklich null Ahnung! Die roten Hubschrauber sind von der Bergwacht!«

Alex streckt sofort einen Arm in die Luft und den anderen schräg nach unten, so dass es aussieht wie ein ›N‹, ›N‹ wie ›No‹. Der kleine rote Helikopter dreht im Sinkflug ab Richtung *Bonattipfeiler*.

»Was wollten die denn?«, wundert sich Pepa.

»Immer nach einem Wettersturz fliegen sie die populären Routen ab, und heutzutage anscheinend auch schon vorher.«

»Tss. Wir schinden uns hier rauf, und das Einzige, was passiert, ist, dass wir wieder runter müssen!«

»Was dachtest du denn?«, schreit er plötzlich. »Dass hier 'ne Bäckerei steht? Oder 'ne Eisbude?«

»Ich hatt schon gehofft, dass da irgendwas dabei rausspringt. Ich brauch halt mal ein neues Auto.«

»Ein Auto! Sie will ein Auto!«

Er deutet auf die zerborstene Landschaft zwischen Drus und *Grandes Jorasses*.

»Ich nehme an, einen Geländewagen!«

Sie fühlt sich wie eine Hausfrau, die nach zwanzig Jahren Lotto eine Begründung für all das rausgeschmissene Geld sucht.

»Und dafür hast du mich angelogen, du neurotische Kuh! Mit deinem Sponsor, mit dem Riss und mit was eigentlich noch?! Ich war doch bloß der nützliche Idiot! Ich darf wissen, wie das geht, ich darf alles klauen, ich darf alles vorbereiten. Ich geb dir einen Rat, Pepa, einen guten Rat.«

»Ja?«

»Such dir nie wieder einen Mann! Kauf dir einen Hund!«

»Wissen, wie das geht!«, blafft sie. »Ja, bravo! Wenn wir die Stiefel mitgenommen hätten, hätte ich jetzt keine angefrorenen Zehen!«

»Wenn wir die Stiefel mitgehabt hätten, dann wären wir umgekehrt. Dann hätten wir's nicht geschafft, aber ich wäre dich seit zwei Tagen los. Man kann halt nicht alles haben.«

Seine Zehen sind ebenfalls angefroren. Er denkt nicht dran, es ihr zu erzählen. Sie fängt an zu heulen.

»Wenn du noch lange rumflennst, können wir im Abstieg noch mal übernachten.«

»Es tut mir Leid, Alex!«

»Halt die Fresse!«

Er hat die Hälfte Seil aufgenommen, aber der Wind ist schon wieder zu stark, um es auszuwerfen. Er behält es im Arm, während er abseilt. Dunkle Punkte sieht man plötzlich auf dem Boden. Regen. Der Wind weht ihr einen Tropfen ins Gesicht wie eine Ohrfeige.

Nach zehn Minuten sind sie nass, aber der Regen hört wieder auf. Abseilen, Schlingenbündel finden, Seil fädeln, Seil abziehen, wieder abseilen. Der Wind bläst ohne Pause und kühlt aus. Allein dieses Dröhnen strengt an. Als ob man den Kopf aus dem Autofenster hält. Die *Flammes de Pierre* liegen in greifbarer Nähe. Die letzten

Abseilstellen laufen steil, frei hängend, elegant. Alex landet neben dem Depot. Steifbeinig geht er hinüber und räumt die Steine beiseite, die auf den Stiefeln und der *PP*-Tüte liegen. Er hört Pepa schreien.

Sie schreit im Reflex. Damit er es hört. Das Seil hat ihre Haare in den Achter gezogen, wie eine Fahrradkette eine Hose frisst. Schmerz und Schwerkraft drehen den Kopf an den Achter. Mit aller Kraft, die sie noch aufbringt, zerrt sie am nach unten laufenden Seil, um zu verhindern, dass ihr Haar noch tiefer hineingezogen wird. Er springt zum Seil und hängt sich mit dem ganzen Gewicht hinein, damit der Achter blockiert. Sie greift oberhalb ins Seil und entlastet ihre Haare. Er hängt seine Jümars ein und steigt zu ihr hinauf.

Alex lehnt sich mit dem Rücken gegen den Fels und kappt ihre Haare mit einem Taschenmesser. Sie sind eng um das Seil gewickelt sind. Pepa wimmert.

»Aaaah, nicht das Seil, pass auf, Alex, pass auf!«

»Nicht so misstrauisch. Ich häng doch selbst mit dran.«

Er riecht aus dem Mund, fällt ihr auf. Wahrscheinlich normal nach so vielen Tagen.

»Wo hast du überhaupt das Messer her. Das hattest du doch verloren?«

»Richtige Jungs haben immer ein Messer.«

Er klinkt sich mit in ihren Achter, und die letzten zehn Meter seilen sie gemeinsam ab.

»Danke, Alex.«

Das hat er in dem Wind wahrscheinlich nicht gehört.

»Danke, Alex!«

Diesmal klingt es unfreundlich, aber noch mal sagt sie es nicht.

Sie lassen die Gurte fallen und versuchen, die Schokolade zu essen, die in den Stiefeln gewartet hat, aber sie klebt als zäher brauner Schleim am Gaumen. Er geht zu dem Häufchen Schnee, von dem sie schon im Biwak genommen haben. Er nimmt eine Hand voll mit, setzt sich hin und isst den nassen Schnee mit der Schokolade. Er bringt ihr nichts mit. Sie weiß, wo der Schneefleck ist.

Das Webmuster der dünnen Polyestersocken hat sich auf die dampfende, wunde Haut an den Füßen geprägt. Pepa berührt ihre gefühllosen Zehen. Komisch: gehören dazu, aber man spürt sie nicht. Sie wechseln in die schweren, behaglichen, sicheren Stiefel, dann steht auf einmal ein Helikopter über ihnen. Pepa erkennt ihn wieder: der von dem Presserundflug. Als der Luftwirbel ihre Kleider und Haare erfasst, merken sie erst, dass der Sturm sich lange gelegt hat.

Jemand lässt ein Seil herunter. Sie legt ihren Gurt an und klinkt sich ein. Er wendet sich ab und schnürt seine Stiefel. Während die Winde sie hochhebt, spürt er einen Ruck im Fels. Wie manchmal auf Skitour, wenn der Hang knackt, ohne dass eine Lawine kommt. Beim Eisklettern knackt und vibriert es manchmal auch, da geht es einem durch und durch. Aber im Fels? Ein *Lost Arrow* berührt sein Bein. An der eingeknoteten Schlinge erkennt er ihn wieder. Er steckte am letzten Abseilstand. Er hat ihn geprüft: der Haken saß fest. Der Hubschrauber steht immer noch über ihm. Er setzt den Rucksack auf und steigt ab, ohne sich umzusehen.

Unter Pepa öffnen sich die Nordabstürze der *Flammes de Pierre*. Dann schließt sich die Luke, und der Lärm lässt etwas nach. Sie hat keine Augen dafür, wer sie da abholt. Sie will die Wand noch mal sehen. Dass sie da hoch sind, glaubt sie nicht. Sie weiß es nur. Da sind sie *hoch?* Da drin haben sie übernachtet? Sogar gevögelt haben sie da. Im Prinzip stimmt das alles. Sie weiß, dass es stimmt. Aber sie versteht es nicht.

Unfassbar schnell entfernen sie sich. Der Raum, in dem sie Tage verbracht, verschwindet in Sekunden. Sie erkennt den Piloten wieder. Auch derselbe wie bei dem Presserundflug. Und sie landen sogar an derselben Stelle. Während der Rotor ausläuft, gibt der Co-Pilot ihr ein Handy. Draußen stehen Victor, Lafitte und sicher zehn andere mit Mikrofonen und Kameras.

»Kronberger?«

»Raabe hier. Frau Kronberger, wie geht es Ihnen? Alles in Ordnung?«

»Oh! Ja. Ja, ist alles okay. War anstrengend. Haben noch Glück gehabt mit dem Wetter.«

Sie lächelt Victor zu.

»Herzlichen Glückwunsch! Ich hab mir sagen lassen, das ist der größte Erfolg im deutschen Alpinismus der letzten zwanzig Jahre.«

»Echt? Na ja, kann sein.«

Was will der?

»Sie haben wahrscheinlich noch nicht mitbekommen, was hier los ist. Sie sind das Ereignis des Sommers. Ihre Eltern sind im Fernsehen, Ihr Bruder, jeder, der Sie kennt. Das *Aktuelle Sportstudio* würde sich freuen, wenn Sie beide morgen als Studiogast kämen.«

»Morgen in Mainz?«

Draußen drängeln sich Fotografen, um sie beim Telefonieren im Hubschrauber aufzunehmen. Sie besieht sich wieder ihre mit kleinen Wunden übersäten Finger, rund geschwollen wie Würstchen. Sie tun so weh, wenn sie sie beugt.

»Frau Kronberger, ist das okay für Sie?«

In einer fernen Ecke ihres Gehirns hält jemand ein Schild hoch, und auf dem Schild steht: Das Auto ist im Arsch.

»Mein Auto ist im Arsch.«

»Ich kann Sie auch fahren lassen, Frau Kronberger, Sie müssen sehr erschöpft sein.«

»Hm, ja, war schon anstrengend. Ziemlich ... ja. Aber ich bin okay.«

Mit Raabe scheint was zu gehen. Das ist bestimmt wichtig. Früher war es das jedenfalls. Sie möchte etwas trinken und ihre Hände kühlen.

»Passen Sie auf: Ich lasse Sie beide nach Genf bringen. Am Lufthansa-Schalter liegen zwei Tickets. Ja? Und Ihren Wagen lassen wir überführen. Ist das okay für Sie?«

Sie will raus zu Victor und ihn in die Arme nehmen und Luigi und vor allem Giovanna und von ihnen gedrückt werden und sich ausruhen.

»Ach, übrigens, grüßen Sie Ihren Partner von mir. Ich freu mich, ihn kennen zu lernen. Rufen Sie noch mal zurück. Die Sekretärin gibt Ihnen die Einzelheiten.«

»Ja. Ich ruf Sie zurück.«

»Gute Reise. Bis morgen. Ich werde da sein.«

»Wiederhören.«

Wahrscheinlich kommt Alex so spät, dass sie den Flug verpassen.

Er steigt den menschenleeren Berg ab. Er kennt den Weg von früher und vom Aufstieg vor ein paar Tagen. Er hat nicht im Kopf, vor wie vielen Tagen. Er könnte nachrechnen, aber wozu? Der Sturm ist vorbeigezogen, und in der hohlspiegelförmigen Südflanke der *Flammes de Pierre* staut sich die Hitze trotz Bewölkung. Er hat Durst. Gelegentlich klettert er kurze Steilstufen hinab, aber meistens läuft er einfach über abwärts geschichtete Felsbänder. Sand liegt auf den Bändern, und wenn man an der falschen Stelle rutscht, fällt man sehr weit. Wenn man zu weit geradeaus absteigt, kommt ein senkrechter Felsabbruch zum Charpoua-Gletscher. Als der Gletscher ein mächtiger Strom war, hat er an seinem Ufer eine hundert Meter hohe Wandstufe weggehobelt. Jetzt ist der Gletscher ein Winzling, und die Wand, die ihn seitlich begrenzte, überragt ihn hoch.
Schmelzwasser tropft von einem Felsen. Oberhalb der Stelle, von der die Tropfen fallen, drückt Alex die Lippen gegen den Stein und schlürft es auf. Er fängt etwas mit den Händen auf und schlägt es sich ins Gesicht. Wie schön das Wasser die schmerzenden Finger kühlt. Er setzt sich und lehnt sich gegen seinen Rucksack. Glück, das kann schon sein: man hat es fast hinter sich und einen Schluck Wasser noch dazu. Dumm gelaufen mit der *chica*. Was ist das gegen einen Schluck Wasser?

Die Wolken reißen auf, und die Sonne sengt mit unvermittelter Wucht in den Kessel. Auf einmal ist es heiß. Mit den langsamen Bewegungen eines alten Mannes zieht er seine Jacke aus. Wasser steigt ihm in die Augen. Den Rest wird er auch noch schaffen. Er ist ein Meister, ein Wissender. Der Rest ist nur ein Countdown bis zum ersten Bier.

Im Rucksack ist noch eine halbe Portion Cappuccino-Pulver. Er fängt an zu wühlen, und die Tüte mit dem Cappuccino liegt ganz oben. Was für eine unfassbare Gunst des Schicksals: den Rucksack nicht auspacken müssen. Die Hälfte des Pulvers leert er in die hohle Hand und hält den Beutel unter das Rinnsal, bis er voll ist.

Er trinkt den Beutel leer. Eiskaffee. Das bisschen Koffein lodert im ausgepumpten Körper wie Feuer. In der Mülltüte liegen die vielen leeren Cappuccino-Beutel der letzten Tage, die kann man theoretisch auch nehmen, da klebt ja immer noch ein bisschen Pulver drin. Er schiebt das Kaffeepulver aus der Hand in den Beutel und füllt ihn erneut. Er hat zu trinken und muss nicht mal an den Müll. Das Leben ist gnädig. Zehn Uhr und alles bestens.

Pepa öffnet die Tür des Helikopters und schreitet ins Freie. Heiß ist es hier.

»Hi, Vic!«

Die Kameras surren, und sie umarmen sich.

»Wo ist Alex?«

»Keinen Bock gehabt«, murmelt sie, »der geht zu Fuß.«

»Wo ist Ihr Partner?«, fragt Lafitte.

»Er steigt zu Fuß ab. Der Abstieg aus eigener Kraft gehört aus sportlichen Gründen dazu«, gibt Victor in die Runde, »Pepa ist nur auf Wunsch ihres Managers geflogen.«

»Wir hätten gern die Antwort von Miss Kronberger selbst«, mischt sich einer ein.

»Alex hat keinen Bock auf Presse und so«, sagt sie, »gibt's hier irgendwas zu trinken?«

Victor kümmert sich um Wasser. Denen scheint ja vollkommen egal zu sein, was sie braucht.

»Wie schwer ist die Route?«

»A4, glaub ich. Kenn ich mich nicht so aus. Einmal A5. Sehr schwer. Sehr gefährlich, vor allem.«

»Stimmt es, dass Sie die Schlafsäcke verloren haben? Wie haben Sie danach die Nacht verbracht?«

»Wir hatten keine Schlafsäcke mehr, wir haben uns so hingesetzt. Wir haben gesessen. War kein Platz zum Liegen. War halt kalt. Ich hab meine Zehen erfroren.«

Victor bringt ihr ein Mineralwasser. Die Kohlensäure sticht wie ein Nadelkissen.

»Würden Sie uns Ihre Zehen zeigen?«

Sie zieht Stiefel und Strümpfe aus. Was für eine Wohltat für die armen Füße: warme Luft. Sie betastet ihre gefühllosen Zehen: kleine Holzstöckchen vorne am lebendigen Fuß. Man kann sie bewegen, aber man fühlt einfach nichts.

»Tut mir Leid, zum Blauwerden hat's nicht gereicht.«

»Jetzt kommen deine stinkenden Füße ins Fernsehen!«, jubelt Victor. »Ich wette, auch die Spice Girls hatten ihre Füße nur im Fernsehen, wenn sie gewaschen waren. Du bist *definitiv* ein Star!«

Tatsächlich: die filmen und fotografieren ihre Füße. Schöne Füße, hat Alex mal gesagt. Die Presse ist wie ein Regen im April. Zehn Minuten prasselt es auf einen ein, dann ist wieder Ruhe.

»Wie geht's dir, Vic?«, fragt sie.

»Beschissen. Die Bullen haben den Zeltplatz geräumt.«

»Echt?«

»Es ist alles vorbei.«

Er bringt sie aufs Camp und lässt ihr Essen da und einen Kanister Wasser zum Trinken und Waschen, dann fährt er zur Montenversbahn, um Alex abzuholen.

Sie betastet ihre verkrusteten Lippen, die verbrannte Nase, die ledrigen Ohren. Wie zur Probe bewegt sie die müden Gelenke: Knie, Schultern, Ellbogen. Was man alles so hat. Sie lebt. Vögel singen, und um sie herum ist alles so schön grün. Sie legt sich in eine Hängematte. Fürchterlich komplizierte kleine Knoten sind das in der Matte. Die könnte sie nicht. Muss sie auch nicht können. Ein Grund mehr von so vielen, dankbar zu sein.

Liegen, atmen. Leben.

zurück

in victors Bus rollen sie durch die Schweiz. Alex liegt auf der Rückbank. Kaffee hält seine Augen offen. Die Leute behandeln einen wie einen ganz normalen Fußgänger. Und das Erstaunliche ist: man kann ihnen da überhaupt nicht Unrecht geben. Wenn er in einer Kneipe sitzt, ist das ein ums andere Mal so verwunderlich wie im Grunde angenehm. Man setzt sich hin und sagt: »Hey, ich will was trinken« oder »Ich will was essen«, und die bringen es einem. Nicht genug damit, dass es wieder überall Wasser und Essen gibt, nein, in der Kneipe stellen sie es einem noch auf den Tisch. »Der schönste Platz ist immer an der Theke«, heißt es bei *Ton, Steine, Scherben*, und wenn einer ihn mal nach einer alpinistischen Hymne fragt, würde er das vorschlagen. Der schönste Platz ist immer an der Theke. Die Kneipe ist der Himmel der Heimkehrer. Nach dem ersten Bier ist man blau, und Victor sagt immer, Bergsteigen ist eh nur eine umständliche Methode, um sich billig zu betrinken. Warum vibrierte da oben der Boden unter seinen Füßen? Vielleicht die Folge eines kleineren Bergsturzes auf der Rückseite des Berges?

In einem Straßencafé hat er die *Küken* getroffen, und sie haben gefragt, was sie machen sollen, jetzt, wo das Camp dicht ist. »Jungs«, sagte er, »Läbbe geht weiter.« So sprach Stepanovic immer nach Niederlagen, als er noch Trainer in Frankfurt war. Natürlich geht das Leben weiter. Was hätte er ihnen auch sagen sollen? Die kommen zu fünft im Polo und klauen mit der Tütenmethode. Die werden ihren Weg schon machen.

Die Behörden haben das Camp dichtgemacht. Dort hätten sie feiern können. Nachts kommen die Bullen bestimmt nicht. *Du solltest nach Mexiko gehen, Billy,* sagt Victor alle halbe Stunde. Giovanna und Luigi sind auch nach Hause. Am Himmel leuchten die ersten Sterne. An der Drus waren die Sterne ihre Gefährten, fast eine Woche lang. Also nach Peru. Haben sie gewonnen oder verloren? Jede Tour, die man überlebt, ist ein Erfolg. Jeder Aufbruch, der mit einem Rückzug endet, ist ein Erfolg, weil auch dabei was passieren kann. Es ist nicht so schwer, ein guter Bergsteiger zu werden. Die Kunst ist, ein alter Bergsteiger zu werden. Heckmair ist alt geworden. Heckmair ist sowieso der Größte.

Er hat ein Topo gezeichnet und im Office Haute Montagne abgegeben. Die Route heißt jetzt *Direttissima Billy the Kid.* Alex, der Meister, setzt sich auf und sieht aus dem Rückfenster. Bäume und Schilder huschen vorbei. Von links und rechts kommen sie ins Bild und werden rasend schnell kleiner, beinahe so, als ob sie runterfielen und der Asphalt eine waagrechte Wand wäre. Er steigt über die kreuz und quer liegenden Sachen nach vorne auf den Beifahrersitz.

Victors Musikgeschmack hat sich gebessert, ebenso wie sein Gefühl für den Song zur Situation. Vorhin hat er Leonhard Cohens *Partisan* gespielt.

The Frontiers are my prison
The wind the wind is blowing

Through the graves the wind is blowing
Freedom soon will come.

Alex denkt daran, dass man nach einer harten Tour das Recht hat, nicht ans Pleitesein zu denken, und jetzt muss er daran denken. Na ja.

»Was machst du, wenn du zu Hause bist, Victor?«

»Weiß nicht. Ich will nicht nach Hause.«

»Kann ich verstehen.«

»Weißt du, an wen du mich erinnerst, Alex? In England hatten wir mal einen König, der hieß Johann Ohneland.«

Giovanna und Luigi sind weg.

Adios, amigos.

Toni hat gemerkt, warum es heißt, eine Schwangerschaft ist kein Zuckerschlecken. Anja übergibt sich so heftig, dass sie Angst hat, sagt sie, der Fötus geht kaputt bei diesen Krämpfen, obwohl nirgendwo so was erwähnt wird. Die Arme auf dem kalten Rand der Wanne kniet sie da, mit einer verstörenden Gewohnheit, als sei das ein Stammtisch. Neues Leben entsteht, das ist doch eigentlich was Würdevolles, und Anja kauert zwei- bis dreimal täglich vor der Badewanne. Toni hat die Salatschüssel aus Plastik, die sie immer zum Zelten mitnehmen, in die Badewanne gestellt. Sonst bleiben die Klümpchen im Ausguss hängen. Wenn sie aus dem Schlafzimmer mit anhört, wie er die Schüssel entleert, hätte sie ihm das jedes Mal gern erspart. Aber sonst muss sie es in die Toilette machen, und wenn sie sich schon ständig übergibt, will sie nicht noch den Kopf dort hinhalten, wo sonst die

Scheiße hinfällt. Wenn Toni kotzen muss, nachdem er gesoffen hat, aber das ist auch seltener geworden, dann nimmt er immer das Klo. Ihm macht das nichts, aber das sagt er ihr nicht. Sie soll kein schlechtes Gewissen haben, wenn er ihr beim Kotzen hilft. Er muss dafür sorgen, dass es ihr gut geht. Das ist die Hauptsache.

Er tröstet sie, dass sie das Examen schon schaffen wird, und wartet drauf, dass sie es endlich ihrer blöden Familie sagt. Er wird gebraucht, und sie nimmt die Hilfe an. Wenn es Anja eine Stunde später gut geht, will sie sicher Liebe machen. Das sind alles die Hormone, sagt sie, bei meiner Schwester war das auch so. Bei Inge: Das musst du dir mal vorstellen.

Alex und Victor stehen vor der Tür. Anja hat die Zeitungen mit Berichten von der Drus gesammelt, dazu die Telefonnummern von all den Journalisten, die auf einen Anruf warten, sobald sie zurück sind. Ein paar Fernsehberichte hat sie aufgenommen, aber die, betont sie, sind unvollständig.

Sie erfahren, dass Anja Mutter wird. Und Toni wird Vater. Alex gratuliert mit belegter Stimme und weiß, dass Toni und er nicht mehr zusammengehören. Pepa hat angerufen, um zu fragen, auf welchem Sender ihr Interview kommt. Ihr haben sie es noch gar nicht erzählt, und das Interview haben sie verpasst. Sie trinken einen Rotwein, den Toni eigentlich für die Zeit gekauft hat, wenn Anja wieder was trinken darf, aber die erste Begehung der *Direttissima Billy the Kid* ist Anlass genug für die eine oder andere Ausnahme. Der Herd ist kaputtgegangen in der Zwischenzeit, und Toni hat einen neuen mit Cerankochfeld besorgt. Der Vorteil bei so einem Herd ist, sagt Anja, dass man ihn so leicht reinigen kann. Aber seit wann reinigt man einen Herd? Die roten Kreise unter der Espressokanne leuchten wie eine Supernova. Der war eigentlich billig, sagt Toni. Der Preis ist derselbe wie für ein Ticket nach Peru. Für Alex war ein Ticket drei Jahre lang die oberste Größenordnung von Geld. Er stellt fest, dass Anja einen Vorrat an Glühbirnen hält. Nach drei Wochen auf *Pierre d'Orthaz* respektiert er ihre Überlegenheit wie ein Indianer, der seine erste Lokomotive gesehen hat. Erstaunlich effizient, diese Leute. Eines Tages werden sie den ganzen Laden übernehmen.

Am Morgen kommt Pepa mit Brötchen, und auf einmal ist Schweigen in der Küche. Toni, Anja, Victor und Alex sitzen und haben längst gegessen. Pepa blättert in den Zeitungen, die Anja gesammelt hat, und steht immer noch.

»Raabe hat mir gefaxt. Wahrscheinlich kommt noch einiges auf uns zu. Er sagt, wir sind im Gespräch für eine große Neuauflage von ›Keine Macht den Drogen‹. Wär doch komisch, oder? Na ja, aber ich hab noch nichts unternommen. Äh, wisst ihr schon, dass ich ihn angelogen hab?«

Sieht ganz so aus. Die gucken sie alle an, als hätten sie Blut an den Händen.

»Es tut mir Leid, Alex! Ehrlich! Sorry.«

Sie geht vor ihm in die Hocke. In die Knie, aber nicht auf die Knie.

»Es tut mir Leid. Entschuldige.«

Sie senkt den Kopf.

»Du hast mir geglaubt«, sagt sie.

»Und du hast mich angelogen! Ja, ich weiß.«

»Pepa, du bist wirklich ein Arschloch!«, schneidet Toni. »Familie ist mir wichtig, Pepa, das weißt du, und das wissen auch Mama und Papa, aber eines ist wichtiger, und das ist Gerechtigkeit. Ich stehe nicht auf Alex' Seite, weil er mein bester Freund ist, sondern weil du so was nie wieder mehr gutmachen kannst.«

»Wir kennen nur die Version von Alex«, sagt Anja. »Und wir haben keine Ahnung, was sonst zwischen den beiden war.«

»Sonst war da nichts«, sagt Alex. Wenn sie jetzt in aller Öffentlichkeit ihre geplatzte Beziehung breittreten, können sie ja gleich bei *Vera am Mittag* auftreten.

»Was Alex euch erzählt hat, war mit Sicherheit korrekt. Ich hab ihm gesagt, ich hätte gesehen, der Riss geht weiter, und das hat nicht gestimmt. Und das hab ich dann weiter verschwiegen. Und wenn er mir das nicht verzeiht, ist das sein gutes Recht.«

Victor fühlt sich unwohl. Er kann der Diskussion nicht folgen. Auf dem Zeltplatz haben die anderen möglichst viel englisch gesprochen, um ihn nicht auszuschließen, aber hier kommt er nicht mehr mit. Anja fasst für ihn zusammen.

»Du kannst dich für alles entschuldigen, Pepa«, sagt er mit zitternder Stimme. »Du kannst auch einem ein Messer in die Schulter stechen und sagen, tut mir Leid, dass ich es vorher nicht desinfiziert habe. Tut mir echt Leid, ey! Aber ich sage dir – was immer du tust: du hinterlässt deine Spuren. Und im Moment sehe ich einen Fußtritt in

Alex' Gesicht. Und du sagst, es tut dir Leid! Hat dich jemals jemand so beleidigt, Alex?«

»Halt dich da raus«, sagt der Commander.

»Ich hab noch nichts unternommen«, wiederholt Pepa, »ich mach nichts gegen deinen Willen, Alex. Wir haben das zusammen gemacht, und wenn wir jetzt Geld draus machen, machen wir das auch zusammen. Oder eben nicht.«

»Du bist mir so dermaßen egal.«

Er holt ihre Ausrüstung, die er von seiner getrennt hat, und wirft sie ihr vor die Füße.

»Viel Spaß beim Klettern! Du wirst es noch weit bringen.«

»Du hast nie was falsch gemacht, *Commander* Alex«, schreit Anja ihn an und schlägt auf den Tisch, dass die Teller tanzen. »Du hat nie was falsch gemacht, als du jung warst? Oder wie war das? Nimm doch wenigstens die Kohle mit, du Idiot! Und verbau Pepa nicht den Weg! Hörst du? Verbau ihr nicht den Weg! Siehst du nicht, dass sie's bereut? Jetzt sieh sie doch an, du bornierter Idiot. Sieh ihr in die Augen!«

Alex' Blick erforscht die Krümel auf seinem Teller. Salzkristalle von der Brezel und ein Klecks rote Marmelade. Rot wie Blut.

»Du bist ein Klugscheißer, Alex«, setzt sie nach. »Und selbstgerecht!«

»Wir sollen heute Abend ins *Aktuelle Sportstudio* nach Mainz«, sagt Pepa. »Kannst dir ja überlegen. Die Tickets sind am Flughafen hinterlegt.«

Victor springt auf.

»Tu's nicht, Alex! Das machst du nicht!«

Sie gibt ihm ein Fax mit den Daten. Victor, findet Pepa, ist ein armer Idiot.

»Übrigens, Pepa«, sagt Anja, »Toni hat zu tun, an der Commerzbank wieder, wo ihr letzten Monat wart. Können wir mit dir rechnen?«

»Weiß ich nicht.«

In dem Warteraum für Interviewgäste steht ein kleines Büfett und ein riesiger Fernseher. Wer war alles vor ihnen hier? Becker, Beckenbauer, Schumacher? Steffi Graf? Auf diesem Sofa? Man weiß es nicht, weil die mehrere solche Räume haben. Außerdem tauschen die ihre Sofas häufiger aus als Pepa bei sich zu Hause. Alex zappt mit einer Geschwindigkeit, als würde die Fernbedienung morgen abgeschafft. Nach einer Weile begreift Pepa: Er schaut ausschließlich Werbung. Er behandelt sie wie Luft. Verdammte Lügerei.

Wie wird es sein, wenn man irgendwann nicht mehr weiß, wann und wo man in der Glotze auftaucht? Mit ihren Fotos, die im *klettern* und den Fachzeitschriften erscheinen, ist Pepa nie zufrieden. Mit den Werbeaufnahmen wird sie wahrscheinlich auch nicht zufrieden sein. Für was werden sie werben, wenn die Werbung gegen Drogen vorbei ist? Fitnessdrinks? Autos? Hauptsache, sie müssen nicht mehr arbeiten. Alex hat mal gesagt, *trabajo*, das spanische Wort für Arbeit, stamme ab vom Wort für ein römisches Folterinstrument. Da kann der DGB einem viel erzählen von einem Recht auf Arbeit: Südlich von Deutschland wird das Recht auf Folter nur selten eingefordert. Nur das Recht auf Einkommen. Und in Südamerika sagen sie sowieso: Wer arbeitet, liebt seine Mama nicht.

Es gibt eine schöne junge Frau, die nur dafür da ist, um zu fragen, ob sie etwas brauchen. Alex möchte noch Kaffee. Er trinkt ihn kannenweise. Er will nicht schlafen, seit er zurück ist. Er schaltet wieder auf den Studiokanal, wo sie vorhin gesehen haben, wie geprobt wird und all die Hanseln mit Headsets rumrennen. Sie haben ihre Dekoration schon gesehen, ein Wandbild in der Mitte und zwei große Fotos von ihnen aus der Wand, angeordnet wie ein Triptychon.

Die Leute klatschen wie verrückt, als sie hereinkommen, aber weil Pepa und Alex das Warm-up gesehen haben, kommt ihnen der Beifall nicht ehrlich vor. Mit Michael Steinbrecher haben sie den einzigen langhaarigen Sportmoderator Deutschlands erwischt, was bei Alex die Skepsis nicht unbedingt verringert. Stolz ist er trotzdem. Wer wäre nicht stolz. Er sieht auf das Wandbild, das sie schon im Studiokanal gesehen haben. Er hat das Gefühl, als würde ihm erst jetzt klar, wie schön der Berg ist, den sie da bestiegen haben. Und wie schön das war, so weit draußen zu sein.

Victor war den ganzen Tag in der Wohnung. Mit Anja kann man sich prima unterhalten. Ihr Englisch ist exzellent, und sie hört lange zu. Aber er hat dennoch das Gefühl, vor ihr stünde eine unsichtbare Mauer. Sie kennt jetzt alle wichtigen Geschichten, vom Fresswettbewerb vor fünf Jahren mit ausschließlich geklauten Sachen, von *Slowhand* und von *Dirty Harry*, sie hat erfahren, warum man zum Hähnchenklauen Handschuhe braucht und wie das mit Pepas Hubschrauberflug war. Aber sie scheint nicht wirklich begreifen zu wollen, so als ob das alles nur Unterhaltung wäre. Er wär gern mitgeflogen nach Mainz, hat sich aber nicht getraut, das zu sagen. Die sollen nicht glauben, er hinge an ihrem Rockzipfel.

München mag er nicht. *München Hell* hielt er begeistert für eine Art Heavy-Metal-Bier, dabei ist es nur das ganz Normale. Und nirgendwo findet er einen Platz für seinen Bus.

Als Pepa und Alex endlich Michael Steinbrecher erreicht haben, klatschen die Leute immer noch. Ein bisschen erinnert er Alex an den Verkäufer Hasselhoff. Was der wohl gerade macht?

»Hallo!«, sagt er. Und: »Euer Applaus!«, weil die Leute weiter klatschen, und deutet mit einer knappen Verneigung in ihre Richtung an, er findet, der Applaus sei verdient.

»Petra Kronberger und Alexander Lang sind mit ihrer Route an der Drus zu Stars geworden, und noch viel mehr, mit ihnen gibt es zum ersten Mal deutsche Bergsteiger, deren Namen jedes Kind kennt. Luis Trenker und Reinhold Messner haben zwar Namen, die deutsch sind, aber die beiden stammen, wie die meisten wissen, aus Südtirol. Diese beiden jungen Menschen haben während der Tage in der Wand die Sportmeldungen beherrscht wie nur wenige vor ihnen. Wir zeigen Ihnen eine Zusammenfassung der Tour – und die Reaktionen.«

Auf den Studiobildschirmen läuft eine MAZ mit Ausschnitten aus Beiträgen über sie. Lauter Beiträge über sie, damit sind sie quasi doppelt im Fernsehen. Live und als Einspieler. In SAT1 gab es eine dreißigminütige Sondersendung. Unter den gezeigten Zeitungsausschnitten ist sogar einer aus der Sport-BILD, was Alex mit Stolz erfüllt. Reinhold Messner sagt, ihre Tour sei der echte und wahre alpine Stil, nämlich unter Verzicht auf Bohrhaken, so wie er es immer gepredigt hat. Und er erzählt, dass Walter Bonatti ihm 1971 ein Buch gewidmet hat: *Für Reinhold Messner – junge und letzte Hoffnung des großen, klassischen Bergsteigens.* Sein nächstes Buch wird er diesen zwei jungen Deutschen widmen. Jan Ullrich zieht den Hut vor der Ausdauer, die man in so einer Wand wohl braucht. Michael Schumacher äußert Bewunderung für das Teamwork, bei dem die Piloten gleichzeitig die Mechaniker sind und ja auch keine Crashzellen haben.

»Habt ihr gewusst, dass der große Reinhold Messner so was über euch gesagt hat?«

»Haben wir nicht gewusst«, sagt Alex, »aber das macht natürlich stolz.«

»Wie habt ihr euch vorbereitet? Habt ihr vorher gewusst, wo und wie ihr gehen werdet?«

»Im Großen und Ganzen ist die Linie klar, wenn man die Wand mit dem Fernrohr analysiert. Da, wo ein Riss ist, kann man klettern. Und im Großen und Ganzen war das nach einem Blick ins Fernrohr klar.«

»Das letzte Fragezeichen, liebe Zuschauer, diese Geschichte müssen wir hier erzählen, das letzte Fragezeichen hat Pepa Kronberger gelöst, indem sie sich in einen Pressehubschrauber geschmuggelt hat, der einen Rundflug machte anlässlich der Bewerbung von Chamonix um die olympischen Winterspiele. Also eine Schwarzfahrt, besser gesagt, ein Schwarzflug im Helikopter, um zu sehen, ob diese Route überhaupt möglich war! Wie bist du überhaupt in diesen Hubschrauber gekommen, Pepa?«

»Da ging ein spanischer Journalist hin und hat nur eine Ausgabe von EL PAÍS hochgehoben. Da hab ich mir eine BILD-Zeitung besorgt und bin hinterher.«

»Das werden die Security-Firmen sich in Zukunft merken müssen. Andere Frage: Wie bist du in die Veranstaltung gekommen?«

»Ein Freund von uns hatte einen Presseausweis. Der hat mich da reingebracht. Aber eigentlich war das mit dem Flug keine – keine so schöne Aktion. Ich hab, emh, ich hab Alex hinterher angelogen.«

In ihrer Sprechpause wird es ganz still. Die Kamera zieht groß auf ihr Gesicht.

»Ich hab mich da reingeschmuggelt, um zu überprüfen, ob der Riss weitergeht. Aber als wir mit dem Hubschrauber vor der Stelle in der Wand waren, wo man es hätte sehen können, hat mich jemand abgelenkt – und, und da hab ich's einfach verpasst. Alex wollte nur einsteigen, wenn der Riss weiterging, und da hab ich ihn angelogen. Er hat mir die ganze Zeit vertraut, und ich hab ihn belogen. Das war, na ja, das war ziemlich schlecht von mir. Diese eine Länge, die so gefährlich war, das war dann genau diese Passage. Deswegen war klar, dass ich das machen musste. Auf jeden Fall tut es mir immer noch Leid, dass ich ihn belogen hab.«

Damit hat Steinbrecher nicht gerechnet, und Alex genauso wenig. Aber Steinbrecher ist ein Profi.

»Das muss ein kritischer Moment in der Wand gewesen sein, Alex, als dir klar wurde, dass deine Partnerin dir vor der Tour nicht die Wahrheit gesagt hat. Hast du ihr das verziehen?«

»Ja, klar. Außerdem hat sie's dann ja super hingekriegt. Das ist vergessen.«

Wie leicht man lügt. Wie schnell das geht.

Als die schöne junge Frau, die immer nur »Brauchen Sie noch etwas?« fragt, sie zurück in ihrem Raum bringt, sagt Alex:

»Ein Taxi ins Hotel, bitte! Wir sind sehr müde.«

Er könnte noch was anderes von ihr brauchen, aber das sagt man nicht. Als das Taxi kommt, steigt Pepa hinten ein und Alex vorn. Im Rückspiegel sieht sie ihre orangen Haare. Die haben sie ihr in der Maske geschnitten. Ein Teil ihrer Haare liegt seit vorgestern auf den *Flammes de Pierre*. Sie denkt an den Schmerz, als sie halb an ihren Haaren hing, und an die Angst. Der Haarschnitt beim ZDF war natürlich umsonst, genau wie der Flug und das Hotel und das Essen. Der Tag hat mehr Geld gekostet als die letzten drei Wochen. Nicht einmal das Taxi könnten sie bezahlen.

»Sind Sie nicht diese zwei Kletterer?«

»Ja.«

»Geben Sie mir ein Autogramm? Für meine Kinder.«

Den Rest der Fahrt sehen sie starr aus dem Fenster. Alex ist zum zweiten Mal zurück in Deutschland und überlegt, wie lange er wohl bleiben wird.

Er zieht die Tür ihres teuren Doppelzimmers hinter ihnen zu.

»Du Heuchlerin! Du bist so widerwärtig!«, faucht er.

»Ich hab es ehrlich gemeint, Alex. Ich dachte,

vielleicht glaubst du es eher, wenn ich es öffentlich sage.«

»Gott, ist das ekelhaft! Was soll ich denn sagen – auf Sendung? Gibt's diese Show noch – ›Verzeih mir‹? Was soll ich denn sagen?«

Er ruft die Rezeption an.

»Sagen Sie, das ZDF zahlt doch unser Zimmer. Gilt das auch für die Minibar?«

»Das gilt auch für die Minibar. Hier in der Lobby wartet ein Herr von der Presse. Er sagt, er ist mit Ihnen verabredet.«

»Was für eine Zeitung?«

»Die *Süddeutsche.*«

»Danke.«

Er legt auf.

»Da unten wartet einer von der *Süddeutschen.* Übernimm das doch bitte, ja?«

»Kommst nicht mit?«

»Ich möchte mir jetzt in aller Ruhe die Minibar reinschütten. Adios.«

Dem Seilpartner vertraut man sein Leben an. Wenn der einen nicht sichert, so wie er sagt, ist man tot, falls man stürzt. Das Vertrauen ist angemessen und wird immer erfüllt. Und das entgegengebrachte Vertrauen des anderen bedeutet Ehre und Pflicht. Alex vertraut niemandem mehr. Wenn es drauf ankäme, würde er nicht einmal Toni trauen, der ist vom gleichen Blut, und auch Gianluca würde er nicht mehr trauen. Sein Vermieter in Huarás, ein gebildeter Alkoholiker, sagt, das Glück ist wie eine Frau. Heute lacht es dich an und morgen spuckt es dir ins Gesicht.

Pepa geht in die Lobby. Warum soll sie um so einen Idioten kämpfen? In ihrem Magen rumort es, als würden Maschinen eine Straße aufreißen und Löcher in den Asphalt schlagen. Der Verstand sagt nicht, was zu tun ist, wenn es um Liebe geht. Verstand ist in diesem Land ganz unermesslich nutzlos. Wohin man will, das merkt man schon, und wie weit man geht, das sagt einem nur der Stolz. Und Pepas Stolz liegt längst wach, und seine Stiefel stehen neben dem Bett.

»Sport in so einer Arena der Einsamkeit«, sagt Elisabeth Vogt-Figerer, »ich finde, da steckt dieses chinesische Sprichwort drin: Der Mensch wurde erst zum Menschen, als das Nutzlose ihm unentbehrlich wurde.«

»Was wollen Sie damit sagen?«, fragt Alex.

»Dass Bergsteigen unentbehrlich ist«, sagt Pepa und hofft, dass Alex ihr zustimmt, aber er würdigt sie keines Blickes. Alex schauspielert trotzdem, als ob sie ein prima Paar wären. Und wenn sie allein sind, sieht sein Gesicht wieder so aus wie eine dieser Maya-Statuen früher in den Schulbüchern. Dass die Staatssekretärin sie duzt, empfindet Alex als Beleidigung. Raabe dagegen ist ein Zyniker, aber wenigstens intelligent.

»Ich sage es euch ganz offen«, sagt Vogt-Figerer, »ihr werdet von ›Keine Macht den Drogen‹ profitieren. Ihr werdet auf Jahre bekannt sein, und Herr Raabe wird das für Sponsorenverträge zu nutzen wissen. Und ich gönne es euch. Ihr seid wirkliche Vorbilder. Weil ihr irgendwie das olympische Ideal verkörpert. Ihr habt das nur aus Freude am Sport und an der Natur getan. Im Grunde nur für euch selbst. Darin liegt die Botschaft dessen, was ihr für die Jugend getan habt. Da kommt jetzt so viel auf euch zu, das könnt ihr allein kaum bewältigen. Die ganzen Interviews, wisst ihr, mit wem ihr reden solltet und wer euch nur ausnutzen will, darum kümmert sich Herr Raabe.«

Raabe nickt.

»Mit Interviews halten wir uns erst mal zurück. Nur wer es nötig hat, spricht in jedes Mikrofon. Na ja, außer er heißt Lothar Matthäus.«

»Okay«, sagt Pepa, »wird gemacht.«

»Ihr müsst immer auch betonen – wenn es so weit ist – wie lange ihr beide schon dabei seid. Also dass das viel Erfahrung braucht. Der Punkt ist: Das ist keine Funsportart, und das müsst ihr rüberbringen.«

»Ist klar«, sagt Alex.

»Nächste Woche geht's los, Pepa«, sagt Vogt-Figerer. »Eure Plakate hängen dann in ganz Deutschland, und der Spot läuft im Fernsehen. Wir machen das wirklich volle Power! Ich hab im Etat noch was losgemacht. Der Sohn von meinem Minister macht nämlich auch Freeclimbing!«

Sie zwinkert ihm zu. Wenn das Volk statt Klettern *Freeclimbing* sagt, dann ist sowieso Hopfen und Malz verloren. Dann gibt es wahrscheinlich auch bald so Aufkleber: I ❤ *Freeclimbing*. Skifahren ohne Piste heißt seit neuestem *Freeriding*. Und in der Mitgliederzeitschrift des Deutschen Alpenvereins läuft Biwakieren unter *Biwaking*. Na, dann viel Spaß.

»Und dann tretet ihr in Schulen auf. Zuerst in euren alten Schulen. Da ist das Fernsehen natürlich dabei.«

»Und was machen wir da? Das Abitur nachholen?«

»Ihr erzählt ganz einfach eure Geschichte. Wie ihr mit Fairplay und Willen ein großes Ziel erreicht habt und dass ihr keine Drogen nehmt. Ihr nehmt doch keine Drogen, oder? Ihr habt doch auch nie Drogen genommen?«

»Nein, nie«, sagt Pepa.

»Kein Problem«, sagt Alex. »Ich bin allerdings Raucher.«

»Das schaffst du doch, oder? Hast du schon mal ernsthaft versucht, mit dem Rauchen aufzuhören?«

»Nee, noch nie.«

»Siehst du. Du schaffst das. Ich weiß es einfach. Du hast doch den Willen. Ich spüre das. Und von mir aus darfst du gerne noch einen Werbevertrag über so ein Nichtrauchermittel mitnehmen. Ist ja für einen guten Zweck.«

Sie ist so ahnungslos, das ist schon wieder unterhaltsam. Wahrscheinlich hält sie die *Chicago Bulls* für eine Langhornrasse und den *Norton-Commander* für einen General aus dem Vietnamkrieg. Besonders toll findet sie Pepas offenes Geständnis, Alex belogen zu haben. Wenn man offen über etwas redet, ach, diese Offenheit wünscht sie sich oft in der Politik, auch in der eigenen Partei. Es kam auch im Fernsehen unheimlich gut rüber, sagt sie.

»Würdet ihr mich mal mitnehmen in die Berge?«, sagt sie. »Nur eine kleine Tour, nicht so was Extremes. Ich möchte auch mal so einen Sonnenuntergang erleben wie ihr an der Drus. Wie ist doch die Natur im Allgemeinen so schön!«

Vogt-Figerer hat einen Vertrag über ihre Mitwirkung bei »Keine Macht den Drogen« mitgebracht. Da steht drin, womit sie einverstanden sind und wie hoch die Aufwandsentschädigung sein wird. Um die Schulden bei Raabe zu bezahlen, reicht das allemal. Aber es sieht nicht so aus, als ob die Rechnung vom *Sport-Scheck* noch irgendeine Rolle spielen wird.

Apathisch zappt sich Pepa durch die Vorabend-Sitcoms. Manchmal ist Fernsehen wie Sodomie: Hauptsache, es bewegt sich. Steffi Graf ist zurückgetreten. Das ist mal wirklich eine Nachricht. Und in einer Nachrichtensendung auf einem anderen Kanal sieht sie plötzlich den betrogenen Verkäufer Hasselhoff. Es ist alles vorbei. Keine Werbeverträge, keine Kampagne, kein frischer Kaffee von Raabes Sekretärin. Beim Kartenspielen haben Hasselhoff und seine Kollegen sie und Alex im Fernsehen erkannt und übereinstimmend als zwei der Täter identifiziert, sagt der Sprecher. Der Eigentümer des Geschäfts hat Anzeige erstattet. Überraschend ist eigentlich nur, warum das so lang gedauert hat. Es weiß ja auch jeder, dass sie *Skastadt* gemacht hat. Seit wann spielen die Franzosen eigentlich Karten? Die schmeißen doch immer nur Kugeln in den Sand. Sie schaltet ab und geht hinaus.

In diesen brühwarmen Großstadt-Sommernächten schwitzt man wie blöde und denkt ständig an Sex. Im Biergarten trinkt sie drei Hefeweizen. Das Gleichgewicht lässt nach, die Gedanken bleiben leider klar. In der *Abendzeitung* steht:

Steilwandpärchen: Ausrüstung gestohlen!

Sie ruft Anja an und erzählt es ihr. Werden sie an Frankreich ausgeliefert? Was kostet ein Anwalt? Anja wird sich informieren. Toni braucht Jobber. Will sie nicht mitmachen? Sieht allerdings so aus, als würde Alex dabei sein. Dann nicht, sagt Pepa.

Alex nimmt die Nachricht von Hasselhoffs Enthüllungen ziemlich gelassen. Die wussten ja ohnehin schon alles, warum sollte das dann überraschen? Anja wusste außerdem schon, dass ihnen nicht viel bevorsteht außer dem Ende der Karriere als Lichtgestalten. Im internationalen Recht ist Diebstahl unter zehntausend Mark ein Bagatellvergehen, sagt sie, das wird nicht grenzüberschreitend verfolgt. Außerdem seien sie nicht vorbestraft. Beinahe ist das eine Beleidigung: Bagatellvergehen.

Vorerst geht er nur mit Sonnenbrille hinaus. Es gab schon Autogrammwünsche auf offener Straße, von Leuten, die sagten, mein Sohn ist auch Freeclimber, wissen Sie. In einem Biergarten redet Victor auf ihn ein. Er soll nach Peru.

»Du musst nach Mexiko gehen, Billy. Was willst du hier? Die Frau, die du liebst, hat dich betrogen. Und Geld kriegst du hier auch nicht mehr für.«

»Du nervst! Weißt du, wie Frank James geendet ist, der Bruder von Jesse? Als Kartenabreißer in einem Kino. Die Leute kamen, um ihn anzustarren, und nicht wegen der Filme. Ich bin nicht Billy the Kid. Ich bin nur ein Fußballfan, der gerne säuft und klettert.«

»Wegen was bleibst du denn sonst, wenn nicht wegen ihr?

»Victor!«

»Seien wir ehrlich: Frauen und Seife sind der Untergang des Alpinismus.«

»Wen interessiert das?«

»Weißt du was, Alex – ich komm mit! Ich verkauf meinen Bus, und davon leben wir erst mal eine Zeit. Achttausend Mark krieg ich bestimmt noch für den.«

»Hast du den Arsch offen?«

»Achttausend Mark! Davon kauf ich mir ein Ticket, und der Rest reicht so lang, bis ich Spanisch kann, und dann – dann sehen wir schon.«

Alex bucht seinen Flug. Steffi Graf ist zurückgetreten. Die war schon immer da, genauso lang wie Helmut Kohl, der längst weg ist. Lothar Matthäus will nach New York. Unbegreiflicherweise hat Alex erst vor wenigen Tagen erfahren, dass Matthäus nach New York will. Früher wäre ihm das sicher nicht entgangen. Der Skandal um Pepa und ihn wird sich in engen Grenzen halten. Die Nachrufe auf Steffi Graf, die größte und erfolgreichste deutsche Sportlerin aller Zeiten werden den Rahmen der Sportseiten sprengen. Außerdem hat die Bundesliga wieder angefangen. Auf dem Marienplatz spielt wieder der abgedrehte Tscheche auf seinem Akkordeon. Er hat es hinter sich, auf sein Publikum wirken zu wollen. Er spielt nur noch für sich und die Ewigkeit und durchleidet die Tragödie, ein verkanntes Genie zu sein. Aber was heißt Tragödie: Lieber ein verkanntes Genie als ein anerkannter Dilettant. Und was immer auch geschehen mag, die Musik liebt ihn, und diese Liebe ist von Dauer. Beim Spielen verdreht er die Augen, bis man nur noch das Weiße sieht. Es ist doch gleich, was es draußen zu sehen gibt, wenn man drinnen so viel hört. Der hat seinen Lebensstandard auch nicht verbessert in den letzten Wochen, wenn man die ausgelatschten Schuhe betrachtet und diese Hosen. Alex weiß, dass er sich auch mit dem, was er am besten kann, nie mit dem Tschechen messen könnte.

Und nebenan stehen die Touristen dicht gedrängt auf dem Marienplatz und warten, dass zur vollen Stunde am Rathaus die Puppen rotieren, und machen ihre Videokameras scharf, während da einer wundervoll Akkordeon spielt. Wer soll sich den ganzen Müll eigentlich ansehen? Doch was soll er sich aufregen an den letzten Tagen in der Heimat? Er hört zu. Das reicht.

Seit Tagen breitet sich in ihm eine tiefe Befriedigung aus. Er hat getan, was er am besten kann. Es war ein Abenteuer. Je mehr man kämpft, je mehr man gibt, desto mehr bekommt man zurück. Wenn er zurückdenkt, kommen ihm nur ein paar Momente in den Sinn: ein Tiefblick aus dem Vorstieg zu Pepa am Stand und zum Wandfuß, die Abende im *portaledge*, die Erschöpfung auf den letzten Schritten zum Gipfel, der Kuss aufs Haupt der Madonna.

Das war nicht schlecht. Obwohl es knapp war. Weil es knapp war.

Das bleibt. Die Erinnerung.

Für immer.

Niemand braucht Victor, also braucht er auch niemanden. Seinen Schlafsack hat er schon morgens mit einer dunklen Ahnung mit aus der Wohnung genommen. Er trinkt noch ein München Hell und fährt ab. Die Autobahnvignetten für Österreich und Schweiz hat er noch.

Davon haben die auch nichts bezahlt. Bastards. Für die Nacht stellt er sich auf die Wiese gegenüber vom Camp.

Morgens holt er Croissants und frühstückt wieder an seinem alten Aussichtspunkt. Schon während der Tage des Spähens hat es ihn in den Fingern gejuckt. Die *Amerikanische Direkte* ist lange schon fällig. Er ist auch neugierig, die neue Route aus der Nähe zu betrachten. Er will nicht solo einsteigen. Er will sich die Route nur einmal anschauen. Er nimmt nur Gurt, Schuhe, ein Seil und einen Abseilachter mit, aber alles für ein komfortables Biwak. Die ersten Längen sind einfach. Er könnte am selben Tag von Montenvers zum Wandfuß aufsteigen und wieder zurück ins Tal, aber er will auf dem alten *Rognon-Biwak* an der Randmoräne übernachten. Einfach nur mal alles anschauen.

In Montenvers grüßt ihn die kühle Gebirgsluft. Er freut sich auf einen unbeschwerten Ausflug. Ein paar Stunden Wanderung und eine einsame Nacht werden gut tun. Er überquert das Mer de Glace. Steil und fast hundert Meter hoch steigt die Randmoräne auf. Mit Genugtuung registriert er, dass kaum Spuren existieren. Normalerweise nehmen die Leute die Seilbahn auf die *Grands Montets*, um von dort bequem zum Fuß der Westwand abzusteigen. Die Mühe des klassischen Zustiegs von unten macht sich niemand mehr. Die Moräne hinaufzukommen ist gar nicht so einfach. Sand und Geröll sind hart zusammengepresst und bilden eine harte, steile Böschung. Immer wieder rutschen die Stiefelränder ab, und Sand und Steine, lösen sich und rumpeln staubend in die Tiefe. Zur Hälfte von der Erosion freigelegt, stehen kopf- und fernsehergroße Blöcke heraus. Ist aber gar nicht so gefährlich. Die

Steine rollen auf Fußhöhe, beschleunigen langsam und treffen höchstens das Bein. Ab einer bestimmten Neigung würden sie in Kopf- oder Körperhöhe kommen. Er ist kein Anfänger. Er hat mal den *Bonattipfeiler* gemacht.

»Adios, Cumpadre!«

»Adios. Adios.«

Toni möchte ihn gern zum Flughafen bringen, aber Alex besteht drauf, ab der Haustür allein zu gehen. Toni fährt zur Arbeit. Anja kommt mit und Pepa nachher auch noch. Er hat sie gestern noch mal gesehen. Er war bei ihr, mit Toni, und in ihrer Wohnung hingen diese ganzen Sportlerfotos nicht mehr. Es gab »Säbelzahntiger à la *Billy the Kid*«. Das schmeckte richtig wie mit Liebe gekocht, ein Haufen Kräuter drin und richtig knusprig. Sie hat vorher nicht gewusst, wie das geht mit dem falschen Hasen, da musste sie telefonieren. Beim Abschied hat er sie nur kurz gedrückt, damit die Umarmung nicht zu lange wird. Als er zur Tür ging, hat sie sich weggedreht mit ihren feucht schimmernden Augen. Er hat die Tür langsam geschlossen und sie weinen hören.

Es tut ihm auch Leid um Victor, der ohne Abschied gegangen ist.

Schwitzend und tief zufrieden erreicht Victor das dicht bewachsene Flachstück oberhalb des Moräne. Er geht durch dichtes hohes Gras. Noch siebenhundert Höhenmeter bis zum Wandfuß. Er füllt die Trinkflasche an einem Wasserlauf. Er staunt über lila Schmetterlinge, die ihm das nasse Getränkepulver vom Handrücken nuckeln. Welch eine Oase. Er entdeckt einen kaum fußbreiten Steig, der ihn nach links in einen offenen Hang führt. Ein Wasserfall stürzt diamantenstäubend neben seinem Weg auf einige flache Felsplatten. Das Wasser stürzt wie eine ewige Lawine – Wellen, Gischtspritzer, Bewegung durch und durch und doch ohne Veränderung. Auch der Geräuschpegel bleibt exakt derselbe, und seine Sinne lassen sich für ein Weilchen fangen. Wie in einem Strudel versinkt er in der Wahrnehmung des Wassers, und leicht betäubt setzt er seinen Weg fort.

Die Seitenmoräne des Drus-Gletschers reicht ein Mehrfaches weiter ins Tal als der Gletscher selbst. Von dem ist nicht mehr viel übrig. Sich der Drus von unten nähernd, fühlt er sich wie ein Pilger. Chamonix ist Mekka, die Drus die Kaaba. Er macht dem Berg seine Aufwartung und wird den Stein küssen. Er kann heimkehren ins Tal, einen trinken gehen und wieder versöhnt sein. Am *Rognon-Biwak* stehen ein paar flache Steinmauern. Früher haben sie hier regelmäßig biwakiert, für die *Amerikanische Direkte*, und ganz früher, als man noch von unten ins Couloir einstieg, auch für den *Bonattipfeiler*. Man hatte keine Ahnung, wie lange man brauchen würde. Man biwakierte am Einstieg, und dann stieg man eben ein. Heute kommen sie mit der ersten Gondel der *Grands-Montets*-Bahn, steigen in einer Stunde zum Wandfuß ab, dann huschen sie in Kletterschuhen bis zum großen Block am Ende des Amerikanischen Direkteinstiegs und seilen wieder ab, kaum dass sie die Wandmitte erreicht haben. Weil weiter oben die Kletterei nicht mehr so schön ist. Als ob es darum geht: schöne Kletterei. Und die Frogs haben sogar noch mit dem Akkubohrer eine komplette Abseilpiste eingebohrt, vom großen

Block bis nach unten. Das gehört alles ausgenagelt. Und wer nicht wieder abseilt, steigt auch so ohne Biwak durch die Wand. Moderne Zeiten, verdammt noch mal. Was sind die alle schnell. Er legt seinen Rucksack zwischen die Biwakmauern und nimmt Gurt, Schuhe und Seil heraus. Er ist einer derer von Artus' Runde, und er weiß sein Schwert zu führen. Er wird wieder die Hände an die Drus legen. Sein Blick sucht die Linie von *Billy the Kid* durch die steilste Zone der Wand. Nie war seine Ehrfurcht vor Pepa und Alex größer.

Am Einstieg wechselt er in die Kletterschuhe und bindet sich das Seil auf den Rücken. Die untersten Längen sind nur Fünfer. Wenn er die schon kennt, kann er die besser vorsteigen, wenn man es wirklich macht, und dann sparen sie gleich Zeit. Wasser läuft die flachen Risse hinab. Es ist Nachmittag, da läuft eben Schmelzwasser, klare Sache. Nach dreißig Metern kommt er zum ersten Stand. Bedauernd blickt er die Bohrhaken an, die die Frogs hier verbrochen haben. So weit ist es gekommen. 1962 sind Royal Robbins und Gary Hemming hier mit anständigen Mitteln hochgekommen, und jetzt das.

Er fällt, ohne damit zu rechnen. Er sieht nicht mehr die Wand vor sich, sondern das Tal. Merkwürdig! Er ist mit dem Fuß weggerutscht und dreht sich halb um die eigene Achse. Er fällt stehend, aufrecht, wie die Tapferen fallen. Er spürt die Beschleunigung.

Und ich Idiot hab das Seil auf dem Rücken! Hoffentlich ...

Er schlägt gegen die Wand und liegt plötzlich still im weichen Schnee. Donnerwetter, tut das weh. Was man nicht alles aushält.

Er steht auf, und als er sich auf sein rechtes Bein stützt, knickt es weg. Er schlägt lang hin. Liegen ist gar nicht schlecht. Liegen ist eigentlich so viel besser. Er ist so viel gelaufen in diesem Leben. Seine Wade hat einen Knick. Die Hose ist aufgerissen. Die gute alte Hose. Wird er eine neue brauchen. Ein helles Stück Knochen steht heraus. Knochen ist also wirklich weiß, schneeweiß. Das hat er nicht gewusst. Oberhalb des Knies hat das Bein auch einen Knick. Komisch. Schlecht. Zweimal gebrochen. Der Schnee bei seinem Unterschenkel ist so rot. Er versteht, dass es schlecht um ihn steht. Wirklich schlecht. Er legt den Kopf in den Schnee und weint.

Großer Gott – warum denn jetzt schon?

Okay. Bringen wir's hinter uns … wenigstens bin ich kein Feigling gewesen …

Eine Dohle landet neben ihm und sieht ihn ganz erstaunlich ruhig an. Wie geht's dir, Vic? Sie hat so komisch rote Augen. Ich will aber nicht sterben.

Du solltest nach Mexiko gehen, Billy …

Hast du Schmerzen? Hi, Dad, was machst du denn hier?

Ich komm nicht los von dem verfluchten Land, sagt Billy, *ich hätte es wissen müssen.*

Dad?

Sie haben das Camp zugemacht. Ich weiß gar nicht, was ich machen soll. Hey, Luigi, die Nagelschere, was haben wir gelacht. Oh, war das schön. Maaaaann! Pepa kommt zu ihm und gibt ihm ihre Handynummer, obwohl doch im Himmel garantiert kein Empfang ist. Na ja, ist ja lieb gemeint.

Giovanna lacht ihn an. Luigi zieht gerade Hasselhoff

auf sich. Teufelskerl, dieser Italiener. Könnte ein Engländer sein. ›Zur Hölle mit dem Frauenwahlrecht‹, ah, Alex ist so großartig, Gehirn wie eine verdammte Eintagsfliege, der alte Schwätzer. Alex, kommst du mit?

Wenn du einen ehrlichen Kampf willst, komm her. Dann bin ich der richtige Mann für dich. Der schwarze John kriecht über den Hof und schießt dem dicken Deputy in den Bauch, und der hält sich die Hand vor die Wunde, aber zwischen seinen Fingern läuft das Blut aus ihm raus, und langsam sterbend geht er, langsam im Sterben und langsam im Gehen, laaaaaangsam an den See, und sein mexikanisches Flintenweib läuft heulend hinter ihm. Sonnenuntergang und dann kommt *Knockin' on heaven's door.*

Mama, put my guns down in the ground
I can't shoot them anymore
That long black cloud is comin' down
I feel I'm knockin' on heaven's door

Victor hebt den Kopf und sieht noch mal ins Tal.

Ich bin nicht der Teufel, sagt der blöde Vogel. Wir sind die Engel, sagen andere Stimmen. Wir haben dich lieb. So wie du bist, verstehst du? Du. Du. Dubidubidu, singen sie, schubidu-hu.

Er spuckt Blut und verschluckt sich und bekommt noch mal Luft.

Nicht auch noch ersticken. Das wär ja das Allerletzte.

Weit oben fliegt die Dohle, aber er sieht sie nicht mehr.

Ich habe gestohlen, Dad, ist das schlimm?

Ich glaube nicht, Victor. Ich glaube nicht.

Die Stationen der S-Bahn gleiten vorbei. Er ist ziemlich sicher, dass er nicht fliegt. Er weiß es seit gestern. Ein Rest von Zweifel ist da. Er kann nicht bleiben, wenn ein Zweifel ist. Das heißt nicht, dass er fliegt. Es heißt, dass er den Zweifel beseitigen will. Zum Flughafen fahren war immer ein großartiges Gefühl, und wenn er herausfindet, dass das jetzt wirklich und ohne Zweifel anders geworden ist, dann bleibt es sich leichter. Wenn er den Flug verfallen lässt, sind tausend Dollar verbrannt. Die sieben Mark in die S-Bahn sollte man da schon noch investieren. Er will im Flughafen wieder sehen, wie auf den Anzeigetafeln die Zielorte in aller Welt durcheinander rappeln, als wäre das Ganze eine geographische Kegelbahn. Und zum ersten Mal keine Lust haben, dass aus diesem Buchstabenlotto eine Zeile entsteht, die den Ort nennt, an dem er morgen sein wird. Vielleicht kommt sie ihm ja nachgefahren, dann hätten sie eine schöne Szene. Er überlegt, wie er das machen würde im entscheidenden Moment. Er würde sie angrinsen und sagen, so haarscharf auf der Grenze zwischen Ironie und Ernst: »Komm her, Baby, und leg deinen Kopf an meine starke Schulter.«

Man müsste es zelebrieren.

Nach drei Stationen bekommt er ein schlechtes Gewissen. Warum soll er sie so lange warten lassen? Falls sie ihn liebt, leidet sie. Sie soll nicht leiden. Hat sie schon genug. Eine Station später bekommt er Angst. Wie böse wird sie ihm sein? Warum hat er sich so aufgeführt die ganze Zeit vor dem Essen gestern? Hoffentlich will sie ihn überhaupt noch. Das kann nämlich auch sein: dass er den Bogen überspannt hat. Er reißt den

Rucksack von der Gepäckablage und wartet, bis die S-Bahn hält.

Er steht an der Tür und spricht mit ihr wie mit einem schlechten Haken. Komm schon, halt. Los, halt.

Mit einem Geräusch, das wie ein Seufzen tief im Inneren des Berges klingt, fallen hausgroße Blöcke aus der Westwand der Drus. Sie kommen aus der Partie unterhalb der neuen Route. Während sie donnernd auf dem Vorbau zerschellen und die Umgebung erzittert, folgen Hunderttausende von Tonnen Fels. Die Wand häutet sich. Die ersten Längen des *Bonattipfeilers* und die untere Hälfte der *Direttissima Billy the Kid* stürzen in die Tiefe. Wie Granatsplitter fliegen zerberstende Felsen durch die Luft. Eine mächtige Staubwolke steigt auf, als wolle sie den fallenden Felsen entgegeneilen. Nach wenigen Minuten verhüllt sie den gesamten Berg. Die Erde bebt. Noch in Genf und in Mailand spürt man das Beben. Im Tal von Chamonix breitet sich der Geruch von Schwefel aus. Bis zum Abend steht die Wolke aus Gesteinsstaub über Victors etwas monumental geratener letzter Ruhestätte, dann sinkt sie mit dem Tau zu Boden.

Toni, Anja und Pepa hängen am selben Hochhaus wie Toni und Anja vor ein paar Wochen. Die andere Seite machen sie jetzt auch noch. Toni ist erleichtert, dass Pepa wieder mitmacht. Beschäftigung wird ihr gut tun.

»Die Fangschnur für die Sprühflasche machst du links an den Gurt«, sagt Pepa. »Wenn du ans nächste Fenster kommst, hängt sie gleich links. Dann sprühst du links und wischst mit rechts. Beim Sprühen kannst den rechten Arm hängen lassen. Es ist besser, du schonst den rechten Arm, weil du mit dem den ganzen Tag wischst.«

Sie kann Anja zeigen, wie das alles geht. Das lenkt ab. Wenigstens etwas. Sie sehen ein Flugzeug. Pepa schaut ihm hinterher.

»Das ist er noch nicht«, sagt Anja. »Seine Maschine geht in einer halben Stunde.«

»Du warst doch mal in Bolivien. Das muss doch so ähnlich sein wie Peru.«

»Bolivien ist klasse. Würde ich gern mal wieder hin.«

Pepa spürt einen Zug am Seil und blickt nach unten. Im abgesperrten Bereich der Straße, dort wo das untere Ende ihres Seils liegt, steht Alex. Er zieht an ihrem Strick wie ein Glöckner.

»Ähm, Anja, ich bin gleich zurück.«

Sie seilt ab, vom zwölften Stock auf null in weniger als zehn Sekunden.

Alex ist da. Sie ist sich nicht sicher, was das bedeutet. Er lässt den Rucksack fallen und sieht sie an. Wenn das klappt, hat er nicht nur ein Mädchen, das ihn liebt, er hat das schönste Mädchen. Ihre braunen, innen hellbraunen Augen mit den orangen Haaren sehen aus wie auf einem Titelbild.

Oh, hoffentlich ...

»Und? Wie sieht's aus?«, fragt sie.

»Willst du mich noch?«

»Ja.«

Sie schließen sich in die Arme und hören den Mittleren Ring nicht mehr, der neben ihnen dröhnt. Alex drückt seine Nase in den Kragen ihrer Jeansjacke und traut sich nicht, die Hand auf ihren Hintern zu legen.

»Tut mir Leid, dass ich dich so lange hab warten lassen.«

»Schon gut.«

»Tut mir Leid.«

»Bleibst du bei mir?«

»Ja.«

Toni und Anja bleiben oben und schauen ihnen nach.

»Das wurde aber auch Zeit«, sagt Toni.

»Komm, Toni, du warst damals auch nicht der Schnellste.«

»Hast Recht. Aber das war doch auch was ganz anderes.«

Pepa winkt nach oben, aber sie braucht nicht viel zu erklären. Sie legt ihren Gurt ab und geht mit Alex Arm in Arm die Straße runter.

Am nächsten Morgen birgt ein Helikopter der französischen Bergwacht eine spanische Seilschaft aus der *Amerikanischen Direkten.* Während immer wieder riesige Blöcke als Nachzügler Funken stiebend in die Tiefe stürzten, verbrachten die zwei Valencianos die Nacht relativ geschützt auf einem großen Block.

»Es war«, sagen sie der Presse, »als ob du einen Film von Spielberg siehst und denkst, *hombre!*, das fühlt sich jetzt aber echt realistisch an. Aber dann hast du das Gefühl, als ob es nie aufhört. Wir sind sehr, sehr froh. Heute Abend fahren wir nach Hause.«

Die Druckwelle trug Victors Anorak mit seinen Papieren bis in die Nähe der Moräne. Dieselbe Helikopterbesatzung, die die Spanier gerettet hat, entdeckte das Fundstück. In seinem Bus findet die Polizei den Montblancführer, in dem die Seiten mit der Beschreibung der *Amerikanischen Direkten* fehlen. Jacques Lafitte gelingt es, den Unfallhergang zu rekonstruieren:

Seit dem Versuch einer Alleinbegehung an der kürzlich von einem Bergsturz betroffenen Westwand der Drus gilt der englische Bergsteiger Victor Higgins als vermisst. Der Journalist aus Leeds hatte den Ruf eines erfahrenen und besonders vorsichtigen Kletterers. Der Unfall ist als besonders tragisch einzustufen, da die fragliche Route selbst nicht von dem Bergsturz betroffen war. Es ist zu vermuten, dass Higgins vom Luftzug aus der Wand gerissen wurde.

Lieber Gianluca,
wie geht's, wie steht's? Wie war Deine Saison?
Ich war nicht auf dem Matterhorn, aber dafür haben wir eine neue Route an der Drus gemacht. Gerade noch rechtzeitig, denn kurz danach ist die halbe Wand zusammengefallen. In den Klettermagazinen wirst Du bestimmt über den Bergsturz lesen.
Die wichtige Neuigkeit ist aber, dass ich mich entschlossen habe, in Deutschland zu bleiben. Ich werde Dich sehr vermissen, cumpadre. Na ja, wenigstens muss ich nicht mehr auf diesen blöden Huascarán, diesen Kuhberg. Melde Dich, wenn Du mal in Deutschland bist oder zu Hause. Von München ist Italien ja nicht weit. Verkauf meine Sachen und grüß die Kinder unserer Nachbarn. Ich hoffe sehr, dass wir uns irgendwann einmal wiedersehen.
Warum ich bleibe? Ich habe eine chica.
Eine große Umarmung, Dein Freund!
Alex

dank

Achim Pasold, Uschi Reich, Camilla Wellstein, Ragna Krückels, Ursula Raab, Klaus Fischer, Erich März, Robert Steiner, Jochen Schmoll.